Die unernste Geschichte des Saarlandes

Detlev Schönauer

DIE UNERNSTE GESCHICHTE DES SAARLANDES

illustriert von Volker Schmidt

WeymannBauerVerlag

ISBN 3-929395-33-9

1. Auflage 1998

Umschlaggestaltung Matthes/Grüttner
unter Verwendung einer Zeichnung von Volker Schmidt
Korrektur Ingo Zentner
Satz WeymannBauernVerlag
Druck und Binden
Clausen & Bosse, Leck

Inhalt

Vorwort

»Riwwer-Niwwer« (Herüber-Hinüber) – ist eine historisch-politische Grunderfahrung der Saarländer. Als Zankapfel zwischen Ost und West war unsere Region jahrhundertelang Objekt fremder Territorialinteressen, bevor sie 1945 und 1957 ihre politische Eigenständigkeit erlangte. Detlev Schönauer macht uns mit den verschiedenen Stationen dieser wechselvollen Geschichte bekannt, und er tut dies auf unernste, parodistische Weise.

Der Autor erzählt in Anekdoten, verwickelt seine historischen Figuren in amüsante Gespräche, vermischt spielerisch die Zeiten. Daß an der Saar einmal von »Saardeutschen« und »Saarfranzosen« gesprochen wurde, ist aus der neueren Geschichte bekannt. Doch weiß Schönauer auch von »Saar-Galliern« römischer Nation, »römelnden Saar-Kelten«, »Saar-Franken« und »Saarlothringern« zu berichten.

Angesichts solcher historischen Identitätsunsicherheiten ist es gewiß beachtlich, daß die heutigen Saarländer zu einem stabilen Selbstverständnis als Glied des deutschen Föderalismus und als Teil der Euroregion Saar-Lor-Lux gefunden haben. Anstelle des einstigen Hin und Her ist die grenzüberschreitende Zusammenarbeit mit unseren Nachbarn und das Bekenntnis zu einem gemeinsamen »Europa der Regionen« getreten.

Schönauers Stärke ist das Gefühl für die Färbungen des Dialekts und für die Denkgewohnheiten, die sich über die Jahrzehnte in der Sprache verfestigt haben. In vielen Sprachbildern wie »Glückauf« und »aweile gebbd geschafft« zeichnet er ein anschauliches Portrait des saarländischen Bergbaus und seiner kulturellen Traditionen. Daß dabei der Sozialkonservatismus übertrieben und der wirtschaftliche Strukturwandel unterschlagen wird, ist das gute Recht des Parodisten.

Auch sonst braucht nicht eigens betont zu werden, daß viele Details dieser unernsten Geschichte vom Leser nicht allzu ernst genommen werden sollten. Wer durch die Lektüre neugierig geworden ist und dem Saarland einen Besuch abstattet, der wird bei uns nicht um sein Eigentum fürchten müssen, dafür aber gewiß an der Gastfreundschaft und dem hier gepflegten Lebensstil seine Freude finden.

Oskar Lafontaine
Ministerpräsident des Saarlandes

Kapitel 1

AM BÜFFET
So hat alles angefangen

»Eh, Jacques, zieh mir mo noch enns!«
»Oui, Monsieur, un petit moment, isch kann schließlisch auch nischt hex'!«
»Ei horsche mol, doo! Isch henn e Woi bestellt, schunn vor fünf Minudde!«
»Oui – doucement zusamm', immer mit die Rüh' – wir habbe doch Zeit!«

Jetzt denken Sie gewiß, Sie wären im falschen Film, wenn Sie so eine Konversation hören. Aber, keine Angst: Sie sitzen weder im Kino, noch vor dem, wie manche meinen, wichtigsten Möbelstück. Es wird Sie weder eine taschenlampenbewaffnete Frau mit Eiscreme-Konfekt noch ein vollbusiges Weib mit einem aufregenden Date nerven.

Nein, Sie befinden sich ganz einfach in einer Kneipe. Ja, Sie haben richtig gehört, pardon, gelesen: in einer Kneipe. Gut – einem »Bistro«. So heißt das ja heute auf gut »neudeutsch«! – Aber Vorsicht! Hier in unserer Gegend wäre ein solcher Begriff etwas fehl am Platze: »neudeutsch«! – denn »deutsch« ist übertrieben, und »neu« ist das auch nicht gerade. Nein, Bistros gibt es hier schon lange in unserer Region. Und da trinkt man auch schon mal einen Crémant, tunkt ein Croissant in seinen Café au Lait oder zupft an frischem Baguette herum.

Können Sie sich hineinversetzen? Leises Stimmengemurmel, klapperndes Geschirr, der leichte Hauch schwerer, schwarzer Zigaretten?

Wenn Sie aber jetzt glauben, schon das Vibrieren der Métro

unter Ihren Füßen zu spüren oder das Geschrei nerviger Pariser Taxifahrer zu hören: Vergessen Sie's.

Hören Sie mal ganz genau hin: zwischendurch blubbert nämlich immer wieder ein Zapfhahn – dieses typische (auch von der Werbung immer verwendete ... »immer«? Nein, aber immer öfter verwendete) Gezisch, wenn ein frisches Pils ins Glas läuft ...

Und das klingt nun mal deutsch. Urdeutsch, sozusagen.

Stimmt – und hier spricht man auch deutsch ... Halt! Das wäre wieder übertrieben. Sagen wir, man spricht hier etwas, das man für Deutsch hält.

Und in diesem Punkt unterscheidet sich unsere Region kaum von Bayern, Hessen, Mecklenburg oder Sachsen. Wir befinden uns auch in Deutschland. Zumindest politisch gesehen. Denn, betrachtet man das Ganze mental, historisch oder gar emotional, dann sieht das etwas anders aus. Dann gehört unser Land eher zu ... ähem?

Tja – wozu eigentlich?

Und hier fängt im Grunde die ganze Geschichte an.

Nämlich bei der zentralen Frage, wozu sich dieses »kleinste Bundesland« nun eigentlich zugehörig fühlt.

Gehört es eher zu Deutschland? Weil man hier eine Sprache spricht, die eben mehr dem Deutschen ähnelt? Oder zu Frankreich? Weil die Lebensart eher eine frankophile ist? Oder zu Bayern? Ja – die waren auch schon da. Genauso wie die Pfälzer, die Franzosen oder die Preußen. Ja sogar die Römer und die Gallier, die Kelten und die Franken und ... und ... und ...

Habe ich gerade »kleinst« geschrieben, »kleinstes Bundesland«? Gewiß hat da der aufmerksame Leser sofort gestutzt. Sollte er ja auch! Und der Unaufmerksame sollte ein wenig besser aufpassen!

Denn das kleinste Bundesland ist nun mal Bremen. Und – klar – allein vom Buchumschlag her wissen wir natürlich, in diesem Buch geht es um das Saarland. Aber auch dieses kleine Land hat einen Superlativ aufzuweisen, o ja.

Denn wie oft hört man, wenn Statistiken von A wie Arbeitslosenzahlen bis Z wie Zigarettenverbrauch verglichen werden, für unsere Region den Ausdruck »kleinstes Flächenland«.

Nur – wer kennt das schon? Wer weiß schon, wo es ist, dieses unbekannte Etwas, dieses Saarland, das – zwischen Restdeutschland und Frankreich gelegen – den einen mehr zum Schmunzeln, den anderen eher zum Schulterzucken anregt?

Ersteren, weil er eben die »Eingeborenen« und ihre Eigenarten kennt, und letzteren – der leider häufiger vorkommt – weil er mit dieser Region höchstens mal beim Durchfahren nach Frankreich in Berührung kommt und gar keine Zeit hat, auch das Positive zu erkennen.

Böse Zungen werden ja auch nie müde, immer wieder zu behaupten, daß man spätestens bei Kaiserslautern vom Gas heruntergehen müsse, wolle man in unserem winzigen Land zum Stehen kommen. Gerade heute, wo die Grenze nach Frankreich fast nur noch symbolischen Charakter hat und kein Ausreisender mehr vom Zoll aufgehalten wird.

Immerhin – eine Million Einwohner nennen wir unser eigen. Und das sind mehr als Frankfurt hat. Also das am Main!

Nehmen wir doch einmal eine Deutschlandkarte und betrachten uns diesen kleinen Zipfel kurz vor Lothringen. – Wo ist die Lupe? Ah hier!

Hm. – Merkwürdig! Ich möchte ja nicht lästern, aber irgendwie gleichen die Umrisse dieses kleinsten Flächenlandes einem recht gut genährten Schweinchen. Zufall! Oder ...? Es muß ein Zufall sein. Schließlich haben sich die Grenzen dieses, unseres kleinen Landes dauernd verändert, ebenso wie die entsprechenden Herrscher, die Währung, die Sprache und die ... Nein, die Menschen weniger! Zwar mußten sie sich immer wieder neuen Systemen unterordnen, aber sie haben sich stets angepaßt – zumindest haben sie so getan, als ob!

Aber zutreffend ist sie irgendwie schon, diese Schweine-Silhouette. Spielt doch dieses Haustier im täglichen Leben an der Saar eine nicht unbeachtliche Rolle: linguistisch einerseits (so lautet die Steigerung von »gut« im Saarländischen »saugudd« – das nur noch von »gudd wie die Sau« übertroffen wird) – und tropholo-gisch andererseits ...

»Troppo... was?«, ach, da höre ich schon Frau Backes tönen, die auch heute abend zufällig mit ihrem Kegelklub hier im Bistro verweilt, »einen zu trinken«. Eine ganz typische Saarländerin übrigens, mit großem Herz und – manchmal – kleinem Horizont. »Trophologisch, Frau Backes, Entschuldigung, ernährungsmäßig ...«

»Ah! Vum Esse sproocht der, gudd dann. Das stimmt. Schweinefleisch hole mir immer fer de Schwenkbroode. Das kummt abber aa in de Lyoner ninn, unn im Dibbelabbes is jo aa Dürrfleesch. Unn das is jo schließlisch aa vunn da Wutz ...«

Nun, so genau wollten wir es ja gar nicht wissen. Sehen wir uns noch einmal die Größe dieses kleinen Bundeslandes an, sogar des »kleinsten Flächen-Bundeslandes« der Republik. Allein dieser Ausdruck zeigt ja, daß es noch Kleineres gibt. Aber wenigstens ein Superlativ!

Vielleicht fällt es kaum auf, aber hier ist schon eine typisch saarländische Eigenart zu erkennen: die Untertreibung. Wobei man das weniger wie das »understatement« der Engländer pflegt; nein, es geht um mehr: Man will vor allem Widerspruch wecken.

Allein schon deswegen, weil es – psst, im Vertrauen gesagt – im Saarland nicht gerade überwältigend viel gibt, worauf man stolz sein könnte ...

Hoffentlich hat das jetzt keiner der Gäste in unserem Bistro gehört, denn die Saarländer sehen das natürlich ganz anders.

Also – wenn man nichts Größeres hat, gibt man eben mit den kleinen Dingen an. Und »kleinstes Flächenland« ist doch auch schon was! Besser, als irgendwo an fünfter Stelle zu stehen – egal von wo aus man zählt.

Aber, bevor wir uns hier in der innersaarländischen Mentalität verlieren, zurück zu unserer Frage: Wozu gehört eigentlich der Saarländer – vom Wesen her? Denn so richtig deutsch ist er ja nicht gerade. Es soll nämlich noch Bundesbürger geben, die allen Ernstes glauben, im Saarland spräche man Französisch. Aber weit gefehlt. Das geschieht nur in den Schulen, dafür allerdings als erste Fremdsprache – auch eine Reminiszenz an die Geschichte.

Aber französisch ist das Saarland auch nicht. Auch wenn manchen bekannten Saarländer ein französischer Name ziert ...

Also, was ist der Saarländer? Mehr ein Deutscher mit frankophilen Neigungen? Oder ist er eher Franzose, der nach Deutschland eingemeindet wurde, denn – unter uns – manchmal wird er tatsächlich als »Rucksackfranzose« verunglimpft, aber so etwas überhört er geflissentlich. Am besten, wir fragen ihn selber.

»Froochst du ein Zeisch! – Was mir sinn? Ei Saarlänner. Was dann sunnschd?« – so würde Frau Backes argumentieren.

Na gut. Etwas genauer dürfte es schon sein, fragen wir einmal weiter, vielleicht gar die Prominenz.

Ja – sowas gibt's im Saarland auch! Glauben Sie nicht? Na? Welche fünf berühmten Persönlichkeiten gebar die Saar?

Huch! Das reimt sich ja!

Nun, ist doch nicht schwer. Wer kommt da in Betracht?

Hier weiß das jedes Schulkind und rasselt die fünf Namen ganz locker herunter (das unterscheidet sich dann höchstens noch in der Reihenfolge, je nachdem wer zu Hause mehr zu sagen hat; der Papa oder die Glotze): Oskar Lafontaine, Heinz Becker, Nicole, Erich Honecker und die Rote Lilo.

Seien Sie ehrlich! Sie werden jetzt bestimmt als erstes wissen wollen, wer die Rote Lilo ist – hab' ich mir fast gedacht! Aber ich muß Sie enttäuschen: keine erotischen Delikatessen, kein Rotlicht, nichts »Wutzisches« (wie man hier alles Sexuelle, vom unschuldig Sinnlichen bis hin zum Pornographischen über einen Kamm schert.)

»Wutzig«: Ja, ja, da läßt auch unser Schwein noch mal grüßen!

Nein – die Rote Lilo heben wir uns bis zum Schluß auf.

Apropos »Promis von der Saar«. Hier streitet man sich schon lange darüber, wer eigentlich als Botschafter von der Saar unser Land bundesweit eher bekanntgemacht hat: War es Oskar, Nicole oder »de Becker, Heinz«?

Hier wird übrigens immer der Zuname zuerst genannt, also der Nachname vor dem Vornamen – wohl noch ein Relikt aus preußischer Zeit.

Nun, war's der »Becker, Heinz«? Diese Kultfigur im deutschen Fernsehen, leicht vertrottelt, etwas minderbemittelt, mit unverwechselbar saarländischer Zunge, der aber hier – hinter vorgehaltener Hand – manchmal schon als »Nestbeschmutzer« getadelt wird.

Oder vielleicht doch eher Nicole. Halt, hier heißt sie »unser Nicole« – Betonung auf »unser«. Haben wir doch alle tatkräftig mitgebastelt an der Karriere. Ach was. Kennen Sie gar nicht? Na, jetzt aber! Unseren Schlagerstar aus dem nördlichen (dem noch provinzielleren) Saarland? Gewann Anfang der Achtziger Jahre den »Grand Prix de la Chanson« im englischen Harrogate. – Nein? Funkt's immer noch nicht? »Ein bißchen Frieden«, na? – Ah ja!

Doch, doch, das ist eine Saarländerin! Beziehungsweise »e saarländisches Määde!«, so das hiesige Prädikat. Und dieses »Määde« kämpfte seinerzeit mit ihrer Gitarre für »ein bißchen Frieden«, woraus man deutlich sieht, daß Saarländer eben genügsam sind. Immerhin, »ein bißchen ...« ist wesentlich mehr als gar nix! Und das wurde eben auch beim Europäischen Schlagerfest gewürdigt. Das ganze Land war damals aus dem Häuschen und platzte fast aus den Nähten vor Stolz, weil erstmals der Name »Saarland« auch in der internationalen Presse Erwähnung fand. Aber trotzdem – ein bißchen undankbar war sie schon, unser' Nicole. Immer sang sie nur von Liebe, Schmerz, ein bißchen Umwelt – aber nie von ihrer schönen Heimat! Wird sich deren doch nicht geschämt haben, nachdem sie die große Welt kennengelernt hatte? Nein, Nicole können wir als Botschafterin der Saarländischen Kultur getrost streichen.

Kann's dann doch nur noch Oskar Lafontaine gewesen sein. Also, »de Oskar« – wie er von allen genannt wird. Besser »unser Oskar« – denn Menschen, die es zu etwas gebracht haben, die man auch außerhalb der Landesgrenzen kennt, die werden sofort vereinnahmt. So nimmt es auch nicht wunder, daß sogar die saarländische CDU heimlich stolz darauf gewesen sein soll, als »unser Oskar« zum SPD-Chef aufstieg.

Und seinen Erfolg hier verdankt er nicht zuletzt der Tatsache, daß er in geradezu eklatanter Weise einen Wesenszug des typischen Saarländers verkörpert: den Genießer, der weiß, wie man »gudd« lebt. Er kennt es nämlich, dieses Patentrezept des »Saar-voir vivre«.

Und so regiert er auch. Manchmal als absolutistisch verschrien, häufig als »Napoleon von der Saar« charakterisiert. Aber genau das ist es, was der Saarländer braucht. Einen, der sagt, wo's langgeht – aber auch einen, »uff den mer stolz sinn kann«! Immerhin ist er oft genug »im Fernsehen«!

Oskar Lafontaine, seines Zeichens Landesvater. Zumindest ist er's gerade, wo ich dies schreibe: Ministerpräsident und SPD-Bundesvorsitzender. Hat aber sogar mal was Anständiges gelernt, nämlich Physiker.

Aber – jetzt wissen wir noch immer nicht, was das Wesen eines Saarländers überhaupt ausmacht. Als was fühlt er sich denn eigentlich? Wo glaubt er sich zugehörig?

Fragen wir die vier doch gerade, wo sie schon mal da sind!

Was? Wieso fünf? – Ach so, stimmt – aber der Erich Honecker ... Naja – also, hm! Da spricht man doch nicht mehr so gerne drüber.

Nicht, weil er »rübergemacht« ist. Das wäre ja noch zu verzeihen, aber daß er, abgesehen von einem – hier pompös gefeierten und nach der Wende verschämt verschwiegenen – Besuch, das Saarland links liegen ließ – also das ... Nee, nee! Denn wer im Saarland geboren ist, der lebt da auch (zumindest zeitweise, um hier sein andernorts verdientes Geld auszugeben), und vor allem: er stirbt auch hier. Wenigstens der anständige Saarländer.

Und nicht im Osten oder gar im fernen Chile. »Der hädd doch redour kumme kenne – mir häddene nommo geholl!« (dt.: ... wir hätten ihn doch – gastfreundlich wie wir sind – noch einmal aufgenommen!) zumindest die kleine Anhänger-Schar »vumm Erich aus Wiebelskeije« (dt.: von Herrn Honecker, Erisch aus Neunkirchen, Ortsteil Wiebelskirchen), die sich immerhin zu einer winzigen PDS-Landesgruppe zusammengerauft hat. Auch noch andere kommunistische Relikte, wie versprengte Schalmeienensembles sowie diverses sozialistisches Liedgut existieren hier noch ganz friedlich. »Nee, nee, wenn das de Erisch noch erlebt hädd' ...« In jenen Kreisen wird er – hinter vorgehaltener Hand – auch mancherorts noch als »unser Erisch« gefeiert.

Gut. Haken wir Honecker einfach als historische Persönlichkeit ab. Sowieso reiner Zufall, daß er Saarländer war. Hätte ebensogut Pälzer sein können!

Diese Beleidigung versteht jetzt natürlich nur der Saarländer, denn für den ist ein »Pälzer« (hochdt.: Pfälzer) das, was für den Badener ein Schwabe oder für den Frankfurter ein Offenbacher ist – diese Liste ließe sich natürlich endlos erweitern. Aber zum Bruderzwist mit dem Nachbarn im Osten kommen wir noch!

Zurück zur Frage: Als was sieht sich der Saarländer?

Ah, da bleibt ja noch die Rote Lilo, die wir fragen könnten.

Vorsicht! Nichts Falsches denken! Sie hat mit dem sozialistischen

Rot nur die Farbe gemeinsam. Die Haarfarbe. Zudem pflegt sie eine bodenständige Freundschaft zu Oskar, was verblüffend ist, weil er mit Zeitungsleuten eigentlich gar nicht so gut kann, ihnen lieber einen Maulkorb umlegt und sie mundtot machen läßt, wenn sie sich erdreisten, nicht so zu schreiben, wie's dem großen Herrscher belieben. Gut – die rote Lilo hat mit Zeitungen auch nur soviel zu tun, daß sie sie austrägt (besser: » ... trug« – als sie jünger war, und die Beine noch konnten). Aber die Zeitungen auszutragen, in Saarbrücken, um den »Sankt Johanner Markt« herum, das machte sie lauthals! Da schlug sie dem brav in seiner Stammkneipe dahinsaufenden Saarländer die Schlagzeilen nur so um die Ohren.

Ja, die Rote Lilo zählt heute noch zu den Originalen am »Sankt Johanner Markt«, dem Aushängeschild der Landeshauptstadt Saarbrücken, oder – wie häufig ganz gemütlich und heimelig – »unser gudd Stubb'« genannt. Und bei landeswichtigen Entscheidungen wird sie, die Lilo, sogar gefragt. Eine eher saarländische Form von Demokratie!

Wahrscheinlich wird es irgendwann einmal eine Bronzefigur von der Lilo am Markt geben. Irgendwann, wenn es der Stadt mal wieder besser geht. Tja, und was würde die Lilo sagen? Sie würde sich wahrscheinlich erst einmal über einen solch unwissenden Frager aufregen: »Oh du Dummschwätzer. Froohschd du abber en dummes Zeisch! Wääschde was, Kneschd? Gugge mo, es is so: de Saarlänner denkt deitsch – wenn er denkt; unn er lebt franzeesisch – wenn er lebt!«

Ein Oskar Lafontaine – das ist der mit dem prunkvollen Gästehaus in Paris und mit dem auf französische Küche spezialisierten Leibkoch in Bonn – würde auf die Frage nach dem Zugehörigkeitsgefühl der Saarländer erst einmal an einem Glas Chablis nippen, den Kopf etwas schräg legen, süffisant lächeln und voller frankophiler Nonchalance bemerken, daß das Saarland ja schon von Tradition her europäisch ist. Aber die eigentliche Kultur, die Mentalität, dieses »Laissez faire« käme ja wohl mehr von unseren westlichen

Nachbarn her (»Laissez faire«, »lassen wir's drauf ankommen« – saarld.: »Kummschd heit nitt, kummschd moje!«).

Ja, der Oskar ist eben ein Genießer. Hat er selber ja auch schon zugegeben: »Die drei schönsten Dinge im Leben sind: essen, trinken und ...« (Also, er hat keine Pünktchen gemacht!) Pfui, Oskar!

Fragen wir »unser' Nicole«, die zwar sehr schnell als »unser Määde« hier vereinnahmt wurde, aber erst kürzlich – lange nach Überschreiten ihres Schlager-Himmel-Zenits – es gewagt hat, ihr erstes Live-Konzert in der Heimat zu geben (das mit dem Propheten im eigenen Land gilt wohl ebenso auch für Prophetinnen).

Nicole wird als Antwort wahrscheinlich ihr nettestes Autogrammkarten-Lächeln aufsetzen, einem tief in die Augen schauen und brav aufsagen: »Das Saarland kam am 1.1.1957 als elftes Bundesland zu Deutschland, nachdem sich in der Volksabstimung vom 23. Oktober 1955 67,7% der saarländischen Bevölkerung dafür ausgesprochen haben. Ich hätte seinerzeit genauso gestimmt, aber mich haben sie damals noch nicht gefragt.«

Tja, an dich hat man damals halt noch gar nicht gedacht.

Na – wissen wir jetzt endlich mehr über das saarländische Nationalbewußtsein? Nöö! Dann gibt es nur noch einen; also, wenn der's nicht weiß ... ? Einer, der als sogenannter »Vorzeige- und Edel-Saarländer« die etwas behäbige und kleinbürgerliche Art nicht nur des Saarländers durch bundesdeutsche Stadthallen schleift – in schlechtsitzendem Blouson und mit einer typisch saarländischen Kopfbedeckung: der »Batschkapp«. Also fragen wir den »Becker, Heinz«.

Frage: »Herr Becker, uns bewegt eine Grundsatz-Frage, die wir unbedingt klären müssen, bevor wir tiefer in die saarländische Seele und deren historische Entwicklung eintauchen können: Sie sind Saarländer?«

B., H.: »Ei joh! Vun Betschbach!« (dt.: Ei ja, aus Bexbach.) Er rückt die »Batschkapp« zurecht.

Frage: »Als was fühlen Sie sich denn eher: als Franzose ... ?«
B., H. winkt angewidert mit der rechten Hand ab: »Geh' fffort!« (dt.: Was ist das für eine dumme Frage?)
Frage: »... oder als Deutscher?«
B., H. winkt angewidert mit der linken Hand ab: »Heer uff!« (dt.: Diese Frage ist nicht minder dumm.)
Frage: »Aha! Und als was fühlen Sie sich wirklich?«
B., H.: »Oh leck, froohschd du ein dummes Zeich! Mei Opa war Saarlänner, mei Vadder war Saarlänner – unn was glaabsche dann, was isch bin?«
Frage (unsicher): »Deutscher?«
B., H.: »Dummschwätzer!«

Wir sehen, es ist wohl nicht so einfach, einen Saarländer korrekt einzuordnen.

Und genau hier liegt der Punkt. Der Saarländer gehört nicht irgendwohin – nein, er *ist* einfach. Und zwar *ist* er Saarländer.

Genauso würde das unsere Frau Backes sehen: »Mir sinn Saarlänner – nitt mehr unn nitt wennischer. Unn das reischt uns!«

Sie sieht schon etwas komisch aus, wie sie da steht, mit der einen Hand ihr Sektglas schwenkend, mit der anderen sich am Tresen festhaltend, der übrigens im Saarland nicht Tresen heißt oder Theke – nein, das ist »es Büffet«! Dabei wird (von wegen »frankophil«!) nicht die zweite, sondern (»gradzaleetz!«, »jetzt erst recht!«) die erste Silbe betont. Und dieses »Büffet« ist auch kein simples Möbelstück, nein, das ist eine saarländische Institution.

Eine Kneipe, ein Bistro, eine Wirtschaft im Saarland kann eher auf Tische und Stühle verzichten, als auf dieses kommunikative Bindeglied zwischen Bier-Geber und -Nehmer.

»Rischdisch! Mir sinn Saarländer – doo kann eener saache, was er will. Kann er uns ruhisch veräppele, das is uns ganz egal. Mir wisse, wo mer hiegeheern!« pflichtet da gerade ein schmächtiges Kerlchen – pilsglasbewaffnet – Frau Backes bei.

Ja, bei diesem Thema sind sich alle Saarländer einig. Immer wenn es darum geht, die Fehler dieser Region, die Marotten ihrer Bewohner, überhaupt alle Unzulänglichkeiten zu entschuldigen, wird eben erklärt, das käme vom ewigen Hin und Her. Gehörte doch die Saar bald zu Deutschland (oder zu dem, was da vorher war), bald zu Frankreich. Mal zu Preußen, mal zu Bayern. War mal römisch und mal gallisch. Und deshalb gibt es für den Saarländer eben nur eine Heimat, nicht, Frau Backes? »Genau! Immer sinn mir hin- unn hergezohe woor. Jetz is Schluß. Mir sinn, was mer sinn! Do kenne ihr lache odder kreische« (mit »kreische« meint der Saarländer stets »weinen« – man soll seinen Schmerz schon hören, zur Not auch bis in die Pfalz).

Aber hören wir weiter ihrem Lamento zu: »Mir sinn nitt groß, mir hann nix, mer kriehn aa nix, unn mir wisse aa gar nitt so vill. Abber eens, das weeß isch ganz genau. Weil das hann isch do in mei'm ...« – und klopft sich dabei vehement auf ihren wogenden Busen – » ... in mei'm Herz: Mir sinn Saarlänner! Nitt meh unn nitt wennischer!«

Hatte ich doch gerade gesagt.

Und der etwas französelnde Wirt hinter der Theke, pardon, »hinnerm Büffet«, beendet diesen patriotischen Stoßseufzer: »Rischtisch! Alors, darauf mir trink' ein: à la vôtre!«

Nach diesem hier sehr französischen Trinkspruch heben alle Gäste ihre Gläser, als hätten sie nur aufs Stichwort gewartet, und trinken – aufs Saarland.

Hoffentlich fangen sie jetzt nicht zu singen an, irgend so eine typische Saar-Hymne ... Nein! Gott sei Dank!

Der Saarländer will nicht Franzose sein, aber auch nicht Deutscher. Nein, er genügt sich als das, was er ist: Bewohner und Nutznießer seiner Region, ihres Charmes, ihrer Kultur, ihrer Sprache, ihrer noch verbliebenen Wirtschaft sowie ihrer landwirtschaftlichen Produkte, nämlich Kartoffeln und ... ? Richtig, Schweinefleisch in den verschiedensten Zubereitungsformen.

Er ist eben Saarländer! Mit Leib und Seele. Und darauf legt er allergrößten Wert. Er hat nichts gegen Franzosen und nichts gegen die Restdeutschen. Wobei es da – wie schon angedeutet – noch kleine verbale Scharmützel gibt, vor allem gegen die »Pälzer« – aber die eigentlichen Feindschaften gehören längst der Vergangenheit an. So läßt er auch die europäischen Nachbarn gerne für sich arbeiten: als französischer Bistro-Patron, als pfälzischer Woistubb'-Wirt, als italienischer Pizza-Bäcker ...

Nein, der Saarländer kennt – gottlob – keine Fremdenfeindlichkeit und keinen Nationalismus, nur eine patriotische Liebe zur Saar, und dazu – und zu seinem Land, seinem kleinen Land – steht er auch tapfer! Auch wenn man »im Reisch« oft über das Saarland lacht, über seine Bewohner und deren Eigenarten.

»Mir sinn halt so!«: das ist das saarländische Credo! Ja, man steht hier zu seinen Eigentümlichkeiten. Oft versteckt man sich sogar dahinter und kokettiert mit seinen Unzulänglichkeiten: »So sinn mir halt!«

Der Saarländer hat sich, hin- und hergezerrt durch die Wirren der Geschichte, seine eigene kleine Welt geschaffen. Darin ist Platz für Bier und Schwenkbraten, für Baguette und Burgunder, für »ihn« und für »ehs«, aber auch für Gäste aller Art – und für alles Menschliche, was ihn umgibt. Und alles wird gehegt und gepflegt. Ja, selbst die kleinen menschlichen Fehler werden hier kultiviert und gehören dazu; »So sinn mir halt!«

Und immer wieder wird einem das – meist schon in fortgeschrittener Stunde – mit patriotischem Funkeln in den Augen und leicht alkoholisiertem Klang in der Stimme erklärt, vor allem, wenn man »aussem Reisch« kommt, dann aber in vermeintlichem »hochdeutsch«: »Also kuck mol! Historisch gesiehen wußten wir Saarländer eigentlisch nie, zu wem, daß wir mal gehört hapen. Weil, kaum hatte man sich mal an einen Herrn gewöhnt, kam ein Krieg oder eine andere Katastrophe herbei ...«

» ... enn Heirad zum Beispiel ...«, ergänzt Frau Backes, die mit dem wogenden Busen.

»Genau! Auch bei solschen Erbverteilungen war die Saar häufick Zankapfel.«

»Wahrscheinlisch wolld halt jeder gern die Saar hann, wo er gesiehn hodd, wie scheen das bei uns is ...«, sinniert der kleine Herr stolz, der am Büffet in zweiter Reihe steht und sich jetzt, wo es patriotisch wird, auch ins Gespräch einklinkt.

Klingt fast so, als hätte man sich in der Vergangenheit um die Saar gestritten. Stimmt ja auch, aber nicht derart, daß alle sie wollten. Oft war es umgekehrt: Keiner wollte einen Klotz am Bein!

»Spielt doch alles kee mee Roll'«, beendet Frau Backes den Disput, »mir sinn Saarlänner, unn alles annere is uns egal. Solle do drauße doch die Pälzer odder die Wackese oder wie se all hääße mache, was se wolle. Mir wisse, wer mir sinn, mir wisse was gudd is unn – Jacques, jetz mach mer noch e Sekt ...«

Moment! Das war jetzt etwas schnell. Was »Pälzer« sind, dürftet ihr noch wissen ...

Hoppla! Entschuldigung, ist mir so rausgerutscht – das »ihr« ... Ja, hier im Saarland, insbesondere an einem Büffet, da dutzt man sich recht schnell. Also gut – wenn wir schon mal dabei sind. Trinken wir ein Bier zusammen – bleiben wir dabei.

Also zurück: Unter »Pälzer« vermutet ihr die Bewohner der Nachbarregion nach Osten, der Pfalz. Stimmt – und stimmt nicht! Stimmt, weil östlich, also Richtung »Reisch«, tatsächlich die Pfalz liegt. Stimmt aber auch nicht so ganz, denn der Saarländer bezeichnet fast alle, die in Rheinland-Pfalz leben, und noch manche darüber hinaus als »Pälzer«. Noch ein Relikt aus einer gar nicht so fernen Zeit, als es zwischen beiden eine echte Grenze mit Zoll und Schmuggel, mit Neid und Haß gegeben hatte.

Aber was sind »Wackese«? – Nun, das sind dann sozusagen die »Pälzer im Westen«, also die Franzosen, genaugenommen die Lothringer, die direkten Nachbarn hinter der (heutigen) Grenze. Ein sehr ähnlicher Menschenschlag übrigens. Nur: »e guddes Bier kenne se kääns mache, abber uff da Grub (dt.: im Bergbau) schaffe die aach« – weiß Klaus zu beurteilen, der sich selber unter Tage geschunden hat.

Und etwas weiß er noch! Das wurde ihm nämlich schon mit der Muttermilch eingegeben, wie den restlichen 1,1 Millionen Bewohnern dieses kleinen Landes: Er ist Saarländer. Nicht mehr und nicht weniger. Er war es, er ist es, und er wird es bleiben! So Gott will!

Und warum ist das so? Woher diese Heimatverbundenheit, dieses Klammern an der kohlegeschwängerten Scholle, die doch heute kaum noch was abwirft? Tja, um dieses Warum zu klären, müssen wir die Zeit zurückdrehen. Und zwar ganz schön weit zurück ...

Kapitel 2

HAUPTSACH': GUDD GESS'!
Am Anfang war der Schwenkergrill ...

Es ist Mittag. Irgendwann zwischen 423122 und 7000 vor Christus. Drei Gestalten sitzen um ein Höhlenfeuer herum. Wir wissen nicht, wer die drei sind, wir wissen nicht genau, wie spät es ist – die Erfindung der Uhr liegt noch weit vor uns, und von der Sonne, falls sie mal scheint, sieht man in einer Höhle naturgemäß auch nicht allzuviel. Und wo wir uns befinden, ist auch nicht sehr klar, am allerwenigsten den drei Herren, die da leichtbekleidet um eine Wildschweinkeule streiten.

Aber nicht weit unserer Höhle, Richtung Westen – besser Richtung untergehender Sonne (mit dem Kompaß wird es wohl auch noch etwas dauern!) – schlängelt sich ein Fluß durch unberührte Wälder. Was heißt unberührt: außer ein paar Jägern und Sammlern, die da ab und an jagend und sammelnd – häufig auch nichts findend – umherstreifen, sowie ein paar irrtümlich erlegten und ungenießbaren Kollegen finden sich höchstens ein paar verlorene Faustkeile, einige Lappen ... – nein, keine Touristen aus Skandinavien; sollt' ich also besser »Lumpen« sagen? Halt! Gemeint sind aber auch keine Diebe und kein Gesindel, nein, ich denke eher an textile Überreste, die sich bei näherem Hinsehen als unbrauchbare Fellreste schon verzehrten Wildes entpuppen.

Die Faustkeile gibt es übrigens heute noch, nach immerhin 425120 bzw. 8998 Jahren! Ebenfalls den Fluß. Der heißt Saar. Heute heißt er so. Damals auch, aber das wußte er nicht. Alle nannten ihn nur »Fluß« – sie hatten auch keine große Auswahl an Flüssen, noch keinen Geographie-Unterricht und auch noch keinen Atlas. Der Wald ist zwischenzeitlich einer Industrielandschaft gewichen, zumindest ein kleiner Teil davon, wobei ich patriotischerweise das »klein« als besonders herausstellen möchte! Und Lumpen gibt's auch wieder, aber diesmal als weit entfernte Nachfahren der drei Höhlenbewohner.

Nun, die drei sitzen also wohlgemut ums Feuer herum. Das immerhin ist schon erfunden. – Natürlich »erfunden«! »Von den Göttern ...«? Dummes Zeug. Nein, nein, es wurde erfunden. Kaum vorstellbar, daß ein Prometheus sich den weiten Weg zu einem Fluß namens Saar gemacht hat, nur, um drei Halbwilden Feuer zu geben. Außerdem weiß schon jedes Kind seit Winnetou und Old Shatterhand, daß man nur einen harten Holzspan auf einem weichen Holzstück reiben muß – und schon brennt's – wenigstens im Film! ... obwohl Karl May ja auch noch nicht erfunden ist. Na egal.

Auf jeden Fall haben wir gerade Mittagszeit; ich bin sogar so kühn, zu behaupten, daß es just 12 Uhr ist. Denn um die Saar herum gilt – wahrscheinlich schon seit dem ersten Tag der Schöpfung – der unumstößliche Spruch: »um 12 gebbd gess'«, was im Hochdeutschen, also im heutigen, bedeutet, daß Essenszeit stets um Punkt zwölf Uhr zu sein hat. Worauf die Frage erlaubt sein muß, woher Steinzeitmenschen, denn um solche handelt es sich bei unseren Wildschweinschmausern, wissen, wann zwölf Uhr ist. Aber vielleicht gab es ja schon vor der Zeitrechnung Uhren – biologische! Wer weiß. Solche wurden auch nie erfunden – die hatte man eben!

Was sind denn das nun für Herrschaften, die da an einem ganz normalen Dienstag – oder ist es Mittwoch (stimmt, Kalender gibt's ja auch noch nicht) mittags eine Wildschweinkeule in Rotwein geniessen. Geniessen, genossen, oder Genossen? Oh, pardon – zwar ist die SPD schon eine steinalte Partei, aber zu Steinzeit-Zeiten? Und Rotwein? Nun – ob's den schon gibt? Gute Frage! »Primeur« mal auf keinen Fall! Nicht nur, weil draußen vor der Höhle gerade der Frühling sprießt (oder spriesst? – die Rechtschreibreform gibt's ja auch noch nicht). »Primeur« wurde ja erst in unseren Tagen aus Gründen der Profitsteigerung erfunden, und an Geld denkt in der Steinzeit noch niemand. Gibt's ja auch noch nicht. Goldene Zeiten! Aber Rotwein könnte es schon geben. Aber nicht hier an der Saar. In Burgund vielleicht oder Bordeaux. Da soll es schon lange sehr edle und alte Tröpfchen geben. Aber wie transportieren? Ohne Brummis, ohne Autobahn und ohne Lastwagenfahrergewerkschaft? Also auch keinen Rotwein zum Wildschwein.

Außerdem ist die Keule nicht geschmort, sondern gegrillt. Gibt ja auch noch keine Töpfe. Also keine aus Alu, Stahl oder Teflon. Noch nicht einmal die Gußeisernen, die übrigens jeder gute Koch allen anderen vorzieht! Aber wir sind ja auch erst in der Steinzeit. Die Kupferzeit (und mit ihr der Kupferkessel) und die Eisenzeit (Gußeisenpfanne) liegen mit ihren innovativen Neuerungen auf haushaltswirtschaftlichem Gebiet ja noch etwas in der Zukunft.

Wildschweine gibt's schon. Und Menschen. Naja, Menschen – eine »Vorform« eben. Die nennt man heute ja salopp »Neandertaler«. Sollen irgendwo in der Nähe vom heutigen Düsseldorf gelebt haben. Unsere drei Genießer dürften jedoch aus ihrem heimatlichen Urwald kaum herausgekommen sein, vielleicht gerade bis zur (auch noch nicht erfundenen) pfälzischen Grenze, aber bis zum Rhein? Wo ja auch Auto, Flugzeug und Bahn noch ewig, also »fast ewig«, ihrer Erfindung harren. Ja selbst Streitwagen, Kalesche und Pferd sind noch nicht erfunden. Halt! Das Pferd schon – aber der Sattel noch nicht.

Nein, es sind wohl keine Neandertaler, sondern mehr Urahnen derselben. Aber immerhin sind die schon des aufrechten Ganges fähig. Auch wenn sie gerade ums Feuer hocken. Aber immer »aufrecht hocken«, gar noch aufrecht sein? – Und das im Gebiet des späteren Saarlandes, nöö, macht auch keinen Spaß. Aber Primaten sind's nun auch keine mehr, eher leicht zum »homo erectus« tendierend. Wobei Fachleute ja tatsächlich behaupten, in steinigen Zeiten hätte hier der Sinanthropus gewohnt. Was heißt »gewohnt«? Wohnungen waren auch noch nicht erfunden. Also sagen wir

»gehöhlt«. »Sinanthropus« – so heißen also die Kerle. Wissen die aber noch nicht. Woher auch? Latein gibt's ja ebenfalls noch nicht. Und wenn man sich dann vorstellt, daß der »Sinanthropus« auch »Peking-Mensch« heißt, dann ist man echt verblüfft, gelle? Peking ist schließlich noch ein ganzes Ende weiter als Düsseldorf!

Aber wir sind noch nicht am Ende. Da sitzen (hocken) die Jungs in ihrer Wohnhöhle, mampfen eine Wildschweinkeule und lassen den lieben Gott einen guten Mann sein. Halt! Den gibt's ja auch noch nicht. Oder? Ah, doch – der war ja schon zu Anfang da und schuf Himmel und Erde – noch lange vor Peking und dem Neandertal. So steht's in der Bibel. Aber die gibt's halt auch noch nicht. Wir wissen ja eigentlich erst durch Jesus von seinem Papa. Oder war's der Moses? Na, is egal. Die Religion ist noch nicht erfunden. Also die heutige, jetzige, mithin die hiesige. Obwohl die drei Aufrechten auch sowas wie Religion haben, oder etwas Ähnliches: wenn's da mal richtig donnert, da denken die gleich, der Himmel – das ist das blau-schwarze Zelt über der Welt, an dem abends die vielen kleinen Halogenstrahlerchen leuchten – fällt ihnen auf den Kopf und die Götter seien erzürnt.

Aber beten können sie noch nicht, dafür aber arbeiten. Ist heute ja oft umgekehrt! Und Angst haben sie – vor Naturkatastrophen: Sturm und Schnee, Eis, Gewitter und Erdbeben. Die wissen ja noch nicht, daß das ganz normale geophysikalische Abläufe sind. Haben noch keine Ahnung, woher sowas kommt. Und die machen's eben wie die Leute heute: Wenn man nicht weiterweiß, müssen eben die Götter ran, beim Teutates.

Ja, das war übrigens einer der ersten, aber der kriegt seinen Namen erst bei den Kelten (ein paar Seiten und ein paar ...zigtausend Jahre weiter, wen's denn so dringend interessiert).

Aber grillen können die Jungs schon: Jäger, Sammler, Griller! Und das hat sich in der Gegend um die Saar bis heute nicht verändert. Gut, Jäger gibt es heute nicht mehr ganz so viele; wenn auch die Zahl auf der Autobahn platt gewalzter Hasen, Igel, Katzen, Füchse oder Hunde steigend ist. Aber das Sammeln und

Aufbewahren allerlei brauchbarer oder unbrauchbarer Gegenstände, Werkzeuge oder Erinnerungen liegt dem Saarländer heute noch. Man weiß doch nie, wie man sowas noch einmal braucht! Und das Grillen – natürlich. Macht heute im Saarland doch schon dreißig Prozent der Freizeit aus. Kaum taut der erste Sonnenstrahl den letzten Schneerest vom Winter weg, steht auch schon der Schwenkbratenständer im Hof oder im Garten und wartet auf Bestückung. Dieses typisch saarländische Dreibein, von dessen Knotenpunkt eine massive Kette herabhängt, an der, dreipunktförmig fixiert, ein runder Grillrost baumelt. Darauf dann – wie schon eingangs erläutert – eingelegtes Schweinefleisch. Immer noch eine große Freude im Land an der Saar. Immer noch das größte Glück, wenn der Schwenker, so heißt auch das auf dem Schwenkerrost schwankende Fleisch, »saugudd«, und nicht das größte Unglück über den grillenden Saarbewohner hereingebro-

chen ist, der Super-GAU von der Saar, die größte anzunehmende Katastrophe westlich des Pfälzer Waldes: wenn nämlich zwanzig Schwenkbraten fast durchgegart sind und dann die Kette reißt!

Aber halt! Ich greife vor. Und zwar ganz schön weit! Dieser ach so typische Schwenker-Grill ist nämlich alles andere als ein steinzeitliches Relikt! Wenn vielleicht auch viele Charakterzüge des heutigen Saarländers, sowie diverse Arbeitsabläufe (gerade bei Ämtern und Behörden) schon fast steinzeitliche Züge tragen, das Grillen in der heutigen Form – man kann es übrigens an schönen Sonntagen im Osten bis zum Rhein und im Westen bis zur Maas riechen – ist eine Erfindung unserer Tage. Wobei man das Grillen als solches, als das Garen rohen, möglicherweise frisch erlegten Fleisches über einem offenen Feuer, besser über roter Glut, als eine der ersten Errungenschaften der Menschheit bezeichnen könnte.

Und beim Essen waren diese alten Höhlenbewohner auch nicht zimperlich. Das hat sich bis heute glücklicherweise erhalten: der saarländische Ausdruck »Hauptsach' gudd gess!« könnte schon in prähistorischer Zeit geprägt worden sein. Wobei man sich nicht so sicher ist, wie die Damen und Herren Paläo-, Meso- und Neolithiker überhaupt kommuniziert, also miteinander gesprochen haben. In einer vorkeltischen Sprache wilder Urschreie etwa oder schon mit syntaktisch verknüpften Lauten, die man heute vereinzelt noch in saarländischen Gegenden wie Saarlouis-Roden, »Määäarpingen« oder »Schmelllz« antrifft: Gurrlaute, verschluckte Zungen-R's sowie die typisch kehligen »l's«, die offensichtlich aus dem Neolithikum in die Gegenwart herübergerettet wurden.

Schade, daß man überhaupt so wenig aus der paläontologischen Wiege der Saarländer weiß. Da haben wir ein paar Faustkeile gefunden, datiert in die ältere Steinzeit, kennen ein paar Höhlen oder auch Reste eines Rastplatzes auf dem Saarbrücker Sonnenberg (wobei Rastplatz nichts mit heutigen Raststätten oder Autobahnparkplätzen gemein hat), und weil nix anderes ausgegraben wurde (wahrscheinlich haben wir immer noch nicht genügend Baugruben für Parkhäuser, Wohnsiedlungen oder Kohlekraftwerke ausgehoben), schon behaupten die Spezialisten, die Urbevölkerung an der Saar sei ein wanderndes Nomadenvolk gewesen, das sich nur mal zum Rasten und Grillen hier niedergelassen hätte. Naja!

Erst in der jüngeren Steinzeit wäre der Mensch im Gebiet des heutigen Saarlandes seßhaft geworden. Als ob man da so lange überlegen müßte. Nur weil man aus dieser Zeit vermehrt Steinbeile, Steinklingen und solches Zeugs fand. Vielleicht war man zur Zeit unserer drei Jäger-Sammler-Griller eben etwas ordentlicher. Oder man versteckte die Steinschätze in der Höhle. Und die ist dann zugewachsen und harret noch heute ihrer Entdekkung. Denn so viele Höhlen gibt es eigentlich nicht an der Saar. Und die, die man kennt, sind alle picobello aufgeräumt. Naja, wenn man acht Mark Eintritt nimmt, kann man ja schlecht das ganze alte Gerümpel da noch rumliegen lassen.

Aber gut – gehen wir tatsächlich davon aus, daß erst die Jungsteinzeitler des Wanderns müde und seßhaft wurden, dann wissen wir noch nicht viel.

Der erste, der eigentlich vom Saarland berichtet, ist der alte Cäsar. Ja, soll man nicht glauben. Dem gefiel die Saar nämlich so gut, daß er sich sagte: »Kann ich zwar nicht mitnehmen, aber einverleiben.« Obwohl das, genaugenommen, erst später war. Nämlich kurz vor Jesu Geburt (ach Gott, was heißt »kurz«? Ist auch übertrieben, Maria war noch nicht mal schwanger – nein, es war just 52 Jahre vor der Story in Bethlehem), da kam der Herr Cäsar – wie Tausende nach ihm – ins Saarland und war verblüfft, daß es tatsächlich viel schöner war, als man es sich immer vorgestellt hatte. Ein Grund, dem auch heute, zweitausend Jahre später, immer noch diverse Zugereiste ihr Seßhaftwerden an der Saar verdanken – und die kommen nicht mehr nur aus Düsseldorf oder dem fernen Peking, sondern aus aller Welt! Aber Cäsar war der erste Tourist, der seine Beutezüge dokumentiert hat. Nicht mit Fotoapparat und Video-Hi8. Aber glücklicherweise war er Hobbyautor und hat wohl auch gleich einen Verlag gefunden, immerhin lesen heute noch viele Schulkinder aus seinem »De bello gallico« – auch wenn sie dies des öfteren fälschlicherweise als »Vom Schönen Gallien« übersetzen.

Und dort steht auch geschrieben, was vorher war, bevor die ganze Gegend zur römischen Provinz »Belgica« wurde. Ja, aus Cäsars Berichten wissen wir, daß vor den Römern die Mediomatriker das Saarland (zumindest den südlichen Teil) bevölkert hatten. Nicht, daß die Leute schon etwas mit Mathematikern, Numis- oder anderen »Matikern« zu tun gehabt hätten, nein, der Name kommt eher von der Hauptstadt her, von »Metz«. Hieß irgendwie so ähnlich, später dann Divodurum (Cäsar mochte die eingefleischten Namen nicht leiden) und dann – richtig französisch: »Metz«. War nämlich noch nicht französisch. Non, das wurde auch erst viel später erfunden.

Wie man sieht: Ein vereintes Europa gab's in der Steinzeit auch schon – und es funktionierte. Auch ohne »Euro« – oder wegen ...? Aber Krach gab's natürlich auch. Da gab es nämlich noch die Treverer. Das waren die Nachfahren der Jäger und Sammler, die sich in die Nähe von Trier hingesetzt hatten, um seßhaft zu sein. Und das wiederum waren die Vorfahren der heutigen Nordsaarländer, also der Hochwälder. Vielleicht versteht man die deshalb heute immer noch so schlecht. Und die beiden Völker, die ja erst in der jüngeren Steinzeit die Nachfahren unserer drei Grillbrüder waren (wobei da auch Schwestern mitgemacht haben müssen, denn »das« ging damals schon ganz genauso wie heute), lagen im Clinch. Gegeneinander, miteinander und gegen die Nachbarn – alles miteinander verkracht. Wie heute in einem typisch saarländischen Dorf.

Da gab es im Osten die Ober-Germanen (heute besänftigend Vorderpfälzer, Rheinhessen oder Ost-Elsässer genannt), im Süden die Leuker (die Rest-Elsässer halt), im Westen die Remer (das sind die, die später viel Kohle mit Champagner machten) und im Norden (mehr so im Belgischen, Luxemburgischen, bis in die Eifel hinein) die Nervier. Die nervten natürlich besonders. Und so gab es immer wieder Streit untereinander. Genau wie bei unseren dreien von der Grillstelle. Gerade jetzt hat der Kleine dem Großen wieder die Wildschweinkeule aufs Haupt sausen lassen, nur weil er auch mal Häuptling sein will (daher kommt auch das Wort). Tja, Fehden gibt es halt immer. Daran hat sich bis heute kaum etwas geändert.

Da wird schon gelegentlich einer niedergemacht, weil man an sein pralles Weib will oder weil er einfach ein »Depp« ist (das dafür heute im Saarland oft fälschlich verwendete Synonym »Pälzer« gab es damals noch nicht). Viele sterben auch ganz normal – was halt normal ist: Herzversagen, Bärentatze oder Opfertisch (Lungenkrebs steckt noch in den Kinderschuhen, AIDS ist noch nicht erfunden, und die Pest wütet noch anderswo). Aber beerdigt wird schon. Klar, man läßt doch die Toten nicht einfach so rumliegen. Allein der Gestank – und das im Angesicht des Grills, igittigitt ...

Aber die umweltfreundliche Entsorgung der »Dahingeschlafenen« und »Entschiedenen« hat man damals schon genauso praktiziert wie heute: Erst hat man sie beerdigt – Loch gebuddelt, Leichnam rein, zu! Und als man in der Bronzezeit endlich die Bronze erfunden hatte, konnte man dem Toten auch noch manch Hübsches mitgeben: Ringe, Armbänder, Pfeilspitzen, Speere – weiß man ja auch nie, wie man sowas brauchen kann. So ein Himmel, in dem von früh bis spät »Halleluja« gesungen und frohlockt wird, der wird ja erst viel später erwähnt. Also hat man auch noch keine Vorstellung, wo man eigentlich hinkommt! Dann doch besser zur Sicherheit ein paar Pfeile eingesteckt und einen haltbaren handlichen Faustkeil, man weiß ja nie! Oder vielleicht auch etwas Schmuck, vielleicht gibt es ja gemischte Himmelreiche ... Aber irgendwann in der späteren Bronzezeit – man schreibt das Jahr 1000 v. Chr. plus/minus – muß diese Art der Bestattung einem Totengräber zu sehr gestunken haben. Vielleicht war gerade Wochenende, die Leiche lag schon zu lange und das bei dem heißen Wetter ... dieser Gestank! Nix. Warf er den Leichnam einfach ins Feuer. Aber die Asche hat er aufgehoben, gesammelt eben – man weiß ja nie, wie man's noch braucht! Haben auch die Kollegen gesagt: Diese sogenannte »Urnenfeldbestattung« ist doch viel praktischer. Erstens ist die Totenaufbewahrung platzsparender, zweitens kann man endlich die alten Tontöpfe und Lehmarbeiten verwenden, die da noch aus alter Steinzeit irgendwo hinten in der Höhle rumliegen. Nur, so ganz wollte man nun doch nicht mit den alten, liebgewordenen Traditionen brechen, und – Tote gehören einfach nach unten. So vergrub man eben die Urne mitsamt der Asche! Staub zu Staub! – Halt, ich greife vor, Bibel gab's noch nicht. So!

Und damit man die Urne auch wieder findet – man weiß ja nie, wie man sowas nochmal braucht – stellt man einen Stein daneben. Woher wissen wir das heute? Na klar, wir haben die Steine gefunden. Haha! Nur die Urnen nicht. Aber die waren da – sagen die Historiker. Und die müssen's wissen; die werden dafür ganz gut bezahlt. Nur, wo sind die Urnen hingekommen? Sind wohl schon im Himmel. Die Steine sind noch da. So viel Gepäck kann man dahin auch nicht mitnehmen.

Ja, und daher gibt es noch zwei alte Menhire im Saarland. Der eine ist sogar der größte Europas! Haha! Schade, daß das Guinness-Buch auch erst in unserer Zeit erfunden wurde ...

Dieser »Gollenstein« steht heute noch und »überblickt« die Bliesgauebene mit seinen fast sieben Metern. Gut – er ist etwas lädiert, weil er in drei Stücke zerbrochen war und wieder zusammenbetoniert wurde (der Beton ist übrigens original 20. Jahrhundert!). Aber daran sind die Franzosen schuld! Das muß ganz klar gesagt werden, denn zu Beginn des Zweiten Weltkrieges wurde dieser kostbare steinzeitliche Menhir umgelegt, bevor er denen als Richtpunkt für ihre Artillerie hätte dienen können. Und dieses Umlegen hat er etwas übel genommen und hat sich selbst in handliche Stücke zerteilt, die dafür aber auch leichter aufzubewahren waren. Und nach dem Krieg wurde der Stein wieder aufgestellt und restauriert.

Aber auch der »Spillenstein« verdient Erwähnung. Auch hier vermutet man Gräber. Der »Hinkelstein«, so nennt man ihn auch – und nicht erst seit Obelix, denn der kam etwas später, wenn auch nicht ins Saarland – steht in einem Vorgarten. Der Name »Spillerstein« soll übrigens von Spindel kommen. Sieht ja auch so aus. Sogar »Criemhildespill« hieß er mal. Da also ist die Spindel der Kriemhilde aus der alten Nibelungensage hingekommen. Aber für zarte Frauenhände etwas groß geraten und – wie gesagt – auch nur als Art Grabstein »aufgepflanzt«.

Vielleicht wollte man vermeiden, daß unser schönes Land von lauter solch riesigen Steinfingern verschandelt wird – sowas kann man ja in der Bretagne besichtigen – auf jeden Fall ging man ein paar hundert Jahre später wieder zum gewohnten Verbuddeln über. Aber man verscharrte den Dahingegangenen nicht mehr so popelig wie früher. Nix. Hier herrschte Ordnung! Exakt, einheitlich, Richtung SSO-NNW wurde das Grab ausgerichtet. Hat mehr mit der Sonne zu tun als mit irgendwelchen Wasseradern, die einen nicht ungestört schlafen lassen! Und da wurde der Ver-

blichene nicht einfach reingelegt, zugescharrt, Schluß! Nein, da wurde ein sogenanntes Hügelgrab konstruiert! Aus Holzstäben – heute würde man Dachlatten vom Baumarkt nehmen – wurde eine hüttenähnliche Konstruktion angefertigt, der Tote daruntergelegt (mit dem Gesicht Richtung aufgehender Sonne, Richtung Südost, auch ohne Kompaß!). Dann wurde ein Erdhaufen daraufgehäuft, der sich sehen lassen konnte. Selbst wenn der Holzrahmen darunter zu Bruch ging, egal. Hauptsache ein repräsentativer Haufen.

Waren die Alten, die von den Bäumen heruntergestiegen sind, um auch das Saarland zu bevölkern, noch »No-name-Vorfahren«, die umherirrten, jagten, sammelten, lebten, liebten und starben, beerdigt und vergessen wurden, so haben die sich irgendwann wohl gesagt: »So, Schluß jetzt mit dem Vegetieren in der Versenkung! Laßt uns Einzug in die Geschichtsbücher halten! (Irgendwer hat das später auch noch mal gesagt – auch ein »Seßhafter« – aber keiner aus dem Saarland, mehr aus dem pfälzischen Oggersheim.) Jetzt sind es noch ziemlich genau 500 Jahre bis zu Christi Geburt! Wird langsam Zeit, daß wir ein bißchen Ordnung in den Laden bringen und uns eine Ordnung geben. Nennen wir uns Kelten – denn wir verbessern die Welten – hahaha! Damit weiß auch Cäsar, der demnächst hier vorbeikommt und uns zu Römern machen will, mit wem er's zu tun haben wird.«

Naja – und so wandelte sich der Saarländer vom Steinzeit- über den Bronze- und Eisenzeitmenschen (unter Einfluß der Völkerwanderung) zum Kelten und noch weiter zum Römer, über Franken ...

Halt, halt! Reden wir noch etwas von früher, denn auch die Keltenzeit ging nicht so schnell vorbei ...

Kapitel 3

ASTERIX UND OBELIX AN DER SAAR?
Gallier und Kelten – ganz neue Welten!

Ganz Gallien war besetzt. Ganz Gallien? – Langsam, langsam. Noch ruht Cäsar in seiner Mutter Schoß – und selbst da noch nicht. Bis er die vermeintliche Zivilisation an die Saar bringt, werden noch drei-, vierhundert Jahre vergehen müssen, denn wir schreiben erst das Jahr 486 vor Christus (plus/minus). Aus Steinzeitlern sind mittlerweile seßhafte Saarländer geworden. Naja, was heißt Saarländer, noch sind's Kelten. Das merkt man auch sofort. Diese ganze Art – wenn ihr die sehen würdet – typisch keltisch! Doch, wie die schon reden, wie sie rumlaufen, wohnen, arbeiten, kämpfen, lieben ... und überhaupt: Wie die schon aussehen.

Jetzt hör' ich schon den ersten sich ganz verdutzt fragen: Was weiß denn ich, wie ein typischer Kelte aussieht? Ich kenne keinen. Nö, ich auch nicht, aber man kann sich's leicht zusammenreimen. Denn die Fotografie entstand erst im 19. Jahrhundert, von Fernsehen, Multimedia und Internet ganz zu schweigen.

Nun, und da wir alle – da sind wir uns wohl einig – keinen persönlich kennen, backen wir uns einen. Ja, dazu brauchen wir natürlich ein paar Zutaten: nehmen wir eine Prise detektivischen Gespürs, einen guten Schuß Einfühlungsvermögen in die saarländische Seele, ein paar Tropfen von Columbos Schusseligkeit und verrühren alles. Sicher, ein Kochbuch würde uns auch helfen. Aber noch gibt es keinen keltischen Bocuse, selbst Alfred Biolek ist noch eine Spur zu jung. Halt, aber da liegt ein saarländisches Wörterbuch. Vielleicht kann das uns helfen.

Und jetzt drehen wir die Zeit zurück. Wer kommt mit? Alles einsteigen – nein, hinsetzen. Wie die Seßhaften. Setzen wir uns in

Saarbrücken auf den Rand des Brunnens am Sankt Johanner Markt und drehen die Zeit zurück, ganz weit, bis vor die römische Eroberung im Jahr 52 v. Chr.... Halt!

Was sehen wir dabei? Eine Stadt, die ganz schnell jünger und kleiner wird, dann ein Dorf mit Holzhäusern, einen alten Hof und noch weiter zurück ein paar vergammelte Hütten und dann: nix mehr. »Isch glaab, isch steh im Wald«, ruft verdutzt einer unserer Reisenden aus, der das Wörterbuch trägt. Diesen saarländischen Ausdruck fand er just unter »Versteht ihr das?«. Ja, das Zitat könnte schon aus der Zeit stammen: Ein dichter Wald breitet sich zu beiden Seiten eines lieblichen Flusses aus, der sich – noch leicht algengrün, chlor- und salmonellenfrei, dafür aber mit kekken Fischlein durchsetzt – durchs Land schlängelt.

Und beim genaueren Hinsehen sitzen dort auf ein paar Holzstämmen drei großgewachsene Herren um ein Feuer. Jeder von ihnen hält einen Metallspieß in der Hand – wir nehmen an aus Bronze, denn die Bronzezeit liegt gerade hinter uns, also hinter ihnen (die Eisenzeit zwar auch, aber Eisen rostet zu schnell!). Auf den Spießen, welche die drei in die Glut halten, stecken Fische, offensichtlich gerade gefangen. Wie, ist leider nicht nachzuvollziehen.

Schleichen wir uns etwas näher. Da hören wir, wie die sich über ihren Fluß unterhalten. »Wie sollen wir ihn nennen, Männer?« fragt da gerade der Kleinste von den drei Großen. »Wieso ihn?« will der Größte wissen. »Vielleicht ist ein Fluß ja weiblich – schließlich gebiert er unsere Nahrung«, und hebt anerkennend mit leicht ehrerbietiger Geste seinen – schon fast verbrannten – Fisch aus dem Feuer. »Gebiert?« fragen die beiden anderen verblüfft. Auch wir wundern uns etwas ob der feinen Ausdrucksweise – vielleicht denkt der eine schon an »Bier«, das ja zum Saarland ebenso gehört wie die Saar. Aber, der Große erklärt das seinen Kollegen. »Gebiert« käme von »gebären«, und »gebären« würden gemeinhin nur Frauen, zumindest war das bisher so. Also müßte der Fluß weiblich sein. Punktum. Gut – die anderen beiden beugen sich, schließlich sind sie ja auch kleiner.

Woher wissen wir übrigens, wie groß die Jungs sind? Haben sie exakte Maße hinterlassen? Nein, das nicht, aber Gräber. Und darin liegen auch noch alte Knochen. Und die sind halt ziemlich groß – müssen die Kerle dann auch gewesen sein. So einfach ist das. Moment, nicht wieder zuschütten die alte Ruhestatt. Da liegt ja noch mehr Krimskrams. Alles für den Trip in den Himmel: Waffen, Schmuck, Eßgeräte und Steine. Ja, kleine, runde Kieselsteine, Glassteine, Mini-Faustkeile für die Westentasche ...

Also – weiblich muß der Fluß sein. Und jetzt prasseln die Vorschläge: »Saah mol, wie wär: ›die Elbe‹?«. »Gibt's schon«, meint der Mittlere und schlägt vor, »Und wenn mir ›die Rheine‹ saahn?« »Auch schlecht«, fallen die beiden anderen ihm ins Wort, »zu leicht zu verwechseln mit dem Rhein, auch mit Seine, Leine, meiner oder deiner«.

Sie grübeln und grübeln. Einer meint: »Saah mer vielleicht: ›die Ferne‹?« (Er denkt gerade an einen Betriebsausflug mit Bauernkollegen an die Nahe.) »Was heißt fern – sind doch grad' mal zwanzig Meter!« motzt ein anderer zurück und wirft ein paar Kieselsteine, die er seiner Tasche entnimmt, ins Wasser. Natürlich sagt er noch nicht »Meter« – wir haben's leicht modernisiert – er denkt da eher an 45 Ellen.

»Saah nur!« ereifert sich da der Kleine über die Bevormundung (»Saah nur« heißt übrigens »sag nur«), aber schon beim »Saah« wiegt der Große wohlwollend sein Haupt: »Ja, Saah is gudd.« Und – schwuppdiwupps – der Name ist gefunden. Gut, heute heißt das »Saar«, aber nach immerhin über zweitausend Jahren und hunderten wechselnder Regierungen kann sich ein Name schon etwas verändern, gerade wenn er – wie damals üblich – erst einmal mündlich überliefert wird.

Der Fisch ist durch, man mampft – nimmt noch die Hände dazu (Messer und Gabel kommen erst viel später an die Saah/Saar). Aber gut, dort können manche heute noch nicht mit Bestecken essen; gerade am Sankt Johanner Markt in Saarbrücken. Der größte

Umsatz wird dort beim »Amerikaner« gemacht – mit zerstückeltem Rind auf Salatblatt »an Ketchup und Senf«, eingebettet in gebißschonendes, dafür sesambestreutes Backwerk.

Nun gut, der Kelte ißt grundsätzlich mit den Fingern. Und nicht den Burger (der kann frühestens nach Christoph Kolumbus an die Saar gekommen sein), sondern zum Beispiel den Fisch. Und der war köstlich. Man reibt sich satt den vollen Bauch ... Wieso Bauch? Woher wir die Figurprobleme saarländischer Kelten kennen?

Nun – Probleme haben die wohl weniger damit, aber einen Bauch haben die schon – müssen sie. Das sagt uns auch unser Saarländisches Wörterbuch. Da finden wir nämlich für »Hosenträger« den Ausdruck »Galljer« (kann man auch »Gallier« schreiben) und sind – nullkommanix – bei Asterix gelandet. Stop! Das kleine unbesiegbare gallische Dorf lag doch in Aremorica, der heutigen Bretagne. Und das wollte Cäsar anno 52 v. Chr. erobern. Die dort lebenden Westkelten nannte er »Gallier«. Warum? Vielleicht weil ihn die Unbeugsamen mit ihrem Zaubertrank immer wieder Gift und Galle speien ließen, wer weiß.

Jedenfalls war »Gallier« der römische Ausdruck für die Westkelten, zu denen auch unsere saarländischen Fisch-Gourmets zählen. Wenn der heutige Saarländer »Galljer« trägt, tut er das, weil ihm sonst die Hose rutscht. Und das, weil er über einen stattlichen Bauch verfügt, der der ungeträgerten, also der unbe»galljer«ten Hose keinen Halt mehr bietet. Und daraus geht ganz klar hervor, daß es bei den Galliern/Kelten schon so etwas wie Hosenträger gegeben hat. Vielleicht aus Flachs gesponnen, aus Stroh gedreht oder aus Tierhäuten – allgemein als Leder bekannt – gefertigt. Gummi kam erst später. Also stellen wir uns unseren Kelten/Gallier recht beleibt vor.

Groß, dick – rothaarig. Wieso das denn?

Sicher, am einfachsten ist es, einfach einen Asterix-Comic genauer unter die Lupe zu nehmen. Die haben alle rote Haare. Aber woher wissen die Zeichner das?

Indem sie genau das Saarländische Wörterbuch studieren. Da

steht doch alles drin! Noch heute wird einem rothaarigen Saarländer hinterhergerufen: »Die Roode hann all e Steen im Sack!« – Rothaarige tragen also heute immer noch Steine mit sich herum. Nur als Grabbeilagen finden die keine Verwendung mehr. (Die Steine! Die Rothaarigen schon, wenn ihre Zeit gekommen ist.)

Warum nun der rothaarige, dickbäuchige, hochgewachsene Kelte an der Saar noch Relikte aus der Steinzeit (eben die Steine) mit sich herumschleppt, ist nicht ganz klar – übrigens nicht nur er, auch sie tut das, die Keltin. Denn das Tragen von Steinen »im Sack« bezieht sich mehr auf das Mitführen derselben in einem Behältnis (Hosentasche, Leinentasche, Rucksack) und weniger auf vielleicht zu Stein gewordene männliche Fortpflanzungsorgane und dem damit einhergehenden Bevölkerungsschwund, denn der kommt erst in unserer Zeit über die Saar.

Bei den Kelten läuft »das« noch sehr gut. Sie sind auch schon entsprechend organisiert: man lebt in Familien und pflegt die Einehe. Wobei gerade die etwas Betuchteren, denn die gibt es auch schon, das Konkubinat praktizieren – das weiß man jetzt von den Grabbeigaben: den Konkubinen eben.

Der keltische Alltag ist recht langweilig. Man lebt in Dörfern, die um ein Herrenhaus gruppiert sind. Darin lebt der Gutsherr. Oft sind solche Herrengehöfte von einem großen Ringwall umgeben, damit der Herr vom Nachbardorf oder gar einer von einem ganz anderen Gau nicht einfach mit seinen Mannen da einmarschieren kann. So einen Ringwall gibt es im Saarland sogar heute noch – in Otzenhausen. Nun ja, zwar ohne den Herrn, ohne Herrenhaus und ohne Dorf, aber der Wall ist noch da – und was für einer.

Dem Herrn nun (so eine Vorform des späteren Adels) gehören nicht nur die Länderreien, sondern eigentlich das ganze Volk. Das hat auch nicht allzuviel zu sagen, denn es gilt die Devise: wer motzt, kommt auf den Gabentisch, also den Opferaltar! Für die Opferungen sind die Druiden zuständig. Aber nicht nur dafür. Sie sind auch Richter und bewahren die Staatsreligion. Dafür organisieren sie religiöse Feste, nicht nur gegen die Langeweile, sondern vor allem für die Götter. Und die Highlights solcher Shows sind eben Menschenopfer. Tja, die brauchen immer Leute! Die Druiden sind sozusagen die Vorfahren der Priester. Und opfern nicht Brot und Wein, sondern buchstäblich Fleisch und Blut: da werden aus Flechtwerk riesige Figuren (Kühe, Stiere, Bären – alles heilig!) zusammengebaut und mit Menschen – vor allem Dieben, Mördern und solchem Gesindel – gefüllt. Und ist mal gerade keine kriminelle Saison, werden vom Druiden eben »Freiwillige« ausgesucht. Das Ganze wird dann verbrannt – unterm Gejohle der Davongekommenen. Zwar verbietet das schon ein römischer Senatsbeschluß von 97 v. Chr., aber, mein Gott, wer hält sich daran, solange nicht ganz Gallien, mit all seinen Kelten unterworfen ist. Man huldigt eben seinen Göttern: dem Gottvater Dis,

Teutates, dem »Wegweiser«, Belenus, dem Schutzgott gegen Krankheiten, dem Donnergott Taranis, Esus, dem Kriegsgott oder auch Belisana, zuständig für die Künste. Und Anlässe für solch ein Gaudi gibt es immer: ob man besseres Wetter erfleht, eine gute Ernte, Schutz gegen Naturkatastrophen erhofft oder halt nur in den Krieg zieht. Muß ja auch mal sein. Gegen die feindlichen Stämme. Stämme, übrigens, das sind sowas wie Staaten. Denen steht ein richtiger Präsident vor. So würde man ihn heute nennen. Damals war das wohl mehr ein Fürst oder ein König. Und der führt auch – damit man gleich weiß, mit wem man es zu tun hat – sowas wie »rex« oder »rix« als Endsilbe in seinem Namen: Vercingetorix, zum Beispiel. Daß im Comic alle Galliernamen (wahrscheinlich in Anlehnung daran) auf -ix enden, haben die Autoren bestimmt gemacht, daß es zwischen den rauflustigen Gesellen nicht dauernd Krach gibt. Sonst gäb's ja nur noch Mord und Totschlag und keine Entwicklung zur Zivilisation.

So ein keltischer Stamm nun ist unterteilt in verschiedene Völkerschaften; so wie heute die Deutschen in Hessen, Bayern, Schwaben, Sachsen oder Pfälzer zerfallen – und natürlich Saarländer – zumindest im Moment. Und eine Völkerschaft besteht wiederum aus mehreren Gauen, die ihrerseits die Dörfer beinhalten. Also fast genauso wie bei uns. Nur, daß der Stammesfürst halt noch mehr zu sagen hat. Und das auch tut, ohne mit der Wimper zu zucken.

Und, wie gesagt, wenn ihm ein anderer dumm kommt, dann gibt's Krieg – natürlich mit dem entsprechenden makabren Opferfest vorneweg. Da wird dann dem Kriegsgott Esus geopfert – vielleicht nicht gerade die gesündesten und kräftigsten Jünglinge, denn die sollen ja kämpfen und Beute machen. Aber diese Beute wird dem Gott schon vorher fest versprochen und hinterher dann auch geopfert. Mitsamt den Kriegsgefangenen. Die werden sogar noch zur Schau gestellt; ja, die Köpfe der erschlagenen Feinde werden als Siegestrophäen an Pfählen und Bäumen aufgehängt. Und davon zeugt heute noch ein typisch saarländischer Ausdruck. Wenn sich nämlich jemand wundert, etwas nicht versteht oder sich besiegt glaubt, dann kann er schon mal in weiser Voraussicht sagen: »Oh leck, fallt mir der Kopp ab!«

Das heißt natürlich nicht, daß die Kelten/Gallier jetzt immer und überall siegreich sind, wie Alexander der Große weiter östlich. Nein – irgendwann muß sogar ein Feldherr wie Vercingetorix seine Waffen Cäsar zu Füßen legen und sich der römischen Übermacht beugen, die schließlich ganz Europa mit ihrer Kultur, ihren politischen Ideen, aber auch mit ihrer folgenden Dekadenz überrollt. Und nicht nur Europa, nicht nur die westkeltischen Gallier – nein, auch die Mediomatriker und die Treverer werden plötzlich römisch, wenn Gajus Julius Cäsar anno 52. v. Chr. seinen sandalenbewehrten Fuß ins Land an der Saar setzt und voller Freude ausruft: »Veni, vidi, vici!« oder – wie das ein Saarländer übersetzen würde: »Ich kam, sah – unn wollt' garnimmeh fort!«

Kapitel 4

VENI, VIDI, WILLI!
Ein Genießervolk paßt sich langsam an ...

»Cameradi saraviensii, Prosit amici, ...«

Selbst im Gebiet des heutigen Saarlandes befleißigt man sich nach der Einnahme durch die Römer einer ganz neuen Sprache. Keine urzeitlichen Grunzlaute mehr, keine vorder-, hinter- oder mittelkeltischen Dialekte, die das Ohr peinigen, nein, man spricht vornehm: »lateinisch«.

Und das hat man dem alten Cäsar zu verdanken. Und mit dieser schönen Sprache hat er auch die Kultur, die Religion und verschiedene Bräuche Roms mitgebracht. Natürlich auch diverse Legionäre, die von nun an für Ruhe sorgen sollen. Beamte werden hierher (zwangs)versetzt – und die haben zu alledem auch noch ihre Gesetze eingeführt! Natürlich gibt es einen solch massiven Kulturschub nicht zum Nulltarif! Nein, man muß dafür schon regelmäßig Beiträge bezahlen, die »Steuern« heißen, die von römischen Herren eingetrieben und dann nach Rom expediert werden.

Dafür hat Cäsar ja extra die Straßen neu ausbauen lassen. Klar gab es vorher schon Wege und Trampelpfade, aber die neuen Herrscher des »Imperium Romanum« setzen da ganz neue Standards, auch an der Saar. Und wenn man sich dann vergegenwärtigt, daß nun, nach der Besetzung durch den großen Imperator Gajus Julius Cäsar, unsere Gegend in einen bald fünfhundertjährigen Frieden, genannt »Pax Romanum«, verfällt, ohne Zerstörung, ohne Plünderung, ohne Streit und »palavus«, dann kann man sich leicht ausmalen, wie die Entwicklung der Verkehrswege davon profitieren wird: die Straßen werden kunstvoll ausgebaut –

mit Steinen befestigt, verbreitert und hübsch gepflastert. Kein Legionär mehr, der seinem Zenturio beim Appell in schlammdurchtränkten Sandalen auffallen und zur Strafe die Marmorplatten im Atrium kehren muß – und kein Ochsenkarren mehr, der, mit italischem »vino rosso molto romano« beladen, in unwegsamen Pfützen endet. Die großen Metropolen »Metz«, Cäsar verleiht der Stadt den Namen »Divodurum«, weil er es einfach schicker findet, und »Trier«, das als »Augusta Treverorum« in die Geschichte eingehen wird, verbindet bald eine autobahnähnliche Straße, auf der schon zu damaliger Zeit Staus, Baustellen und Unfälle modernere Zeiten ankündigen.

Aber das ist noch lange nicht alles. Der Fortschritt überflutet das Land: man kann innerhalb weniger Tage das ganze Gebiet der Treverer und der Mediomatriker durchqueren. Auf einer ganz neuen Straße – in unserer Zeit ganz banal als B50 bezeichnet – die, von Innergallien kommend, über Divodurum und den Herapel beim heutigen Forbach vorbei, Vicus Saravus (Saarbrükken) streifend, durch Volmeria (Schwarzenacker) bis nach Borbetomagus (Worms) zum Rhein hinführt. Oder auf einer anderen Route mit einem Abstecher nach Contiomagus (Pachten) in Richtung Moguntiacum (Mainz), oder aber, indem man von Argentoratum (Straßburg) kommend über Volmeria bis nach Augusta Treverorum (Trier) reist – stets durchquert man ein nun römisch gewordenes Gebiet, in dem allerdings kaum Römer, sondern immer noch Gallier leben, die sich daran gewöhnt haben, als Römer bezeichnet zu werden, und die – der Weg des geringsten Widerstands ist nun mal auch im Gebiet der Saar zu Hause – auch so tun, als seien sie Römer. Ab und zu sondern sie ein römisches »Ave« ab und raffen ihre schlecht sitzende Toga zusammen. Wenngleich sich auch einige erdreisten – vor allem in treverischem Gebiet – sich gegen die fremde Herrschaft aufzulehnen.

Aber die werden dann auch regelmäßig vor allem durch Eintrittskarten zu blutrünstigen Gladiatorenkämpfen oder durch

Angebote interessanter, spannender Engagements im Circus Maximus zu Rom besänftigt.

Ganz Gallien ist eben von Römern besetzt. Ganz Gallien? Fast. Zumindest in unserer Gegend gehört es zum feinen Ton, römisch zu sein. Man baut ein paar vermeintlich römische (tatsächlich aber griechische) Säulen vor die Hütte, hängt sich toga-oid ein altes Bettuch um, läßt auch im Winter die Sandalen an den Füßen und spricht latino-gallisch. Man macht jetzt eben auf »Römer«, weltweit trendy in der Zeit um Christi Geburt.

Im heutigen Saarland leben zu der Zeit hauptsächlich solch konvertierte Gallo-Römer. Gut, ein paar Auswärtige gibt es auch. Heute würde man sie schlicht als »Dahergeloffene« verunglimpfen, wenngleich sie, die schönen neuen Straßen nutzend, auch mit modernsten Hochgeschwindigkeitskutschen oder Luxus-Ochsen-Karren angereist sind. So ein »Fremder« ist zum Beispiel der Doctorus Albertus Grandius, der eine sehr gut gehende Augenarztpraxis in Volmeria betreibt und ursprünglich aus Lugdunum (Lyon) kommt, aber hier in der Provinz an der Saar eben ein größer Maß an Blindheit vorfand.

Volmeria übrigens ist der römische Name einer recht großen Stadt (seinerzeit als »Vicus« bezeichnet), die man nahe dem heutigen Schwarzenacker im Saargebiet ausgegraben und restauriert hat. Und dort fand man neben den verschiedensten Gebäuden eben auch jene Praxis, nebst diverser Augensalben, furchterregender Operationsinstrumente und sogar einen ausgefüllten Rezeptblock.

Und wenn man in diesem (heute wieder) wunderschönen Haus steht, das mit seinen Säulen, seinem Atrium und seinem mediterranen Flair tatsächlich an antike Zeiten erinnert, da stellt man sich schon gern einmal vor, wie da ein paar gallo-keltische Römer oder besser, römische Gallier, oder noch genauer, gallo-römisch-adaptierte Kelten herumsitzen und, einen Becher Wein in der Hand schwenkend, ihrem kürzlich verstorbenen Freund und Bruder Julius Saufus gedenken: »Prosit, amici ...

Vielleicht ist es doch sinnvoller, sich eines lateinisch-deutschen Simultan-Dolmetschers zu bedienen, damit auch der des Lateinischen Unkundige etwas von dem hochgeistigen Gespräch versteht, das – bei genauerem Hinhören – eher dem Stammtisch-Gequassel einer heutigen saarländischen Kneipe ähnelt, denn der blumigen Konversation hochwohlgeborener gallo-römischer Herren ...

Wir schreiben das Jahr 357. In Rom herrscht gerade Constantius II., der Sohn des großen Konstantin. Bald fallen die Hunnen über das Ostgotenreich her, die Völker beginnen herumzuwandern, und Rom rüstet sich, das ehemals verhaßte und verfolgte Christentum zur Staatsreligion zu erklären ...

Und in Volmeria?

Der arme Julius Saufus. Letzten Mittwoch ist er von uns gegangen. Obgleich ein Hüne von Gestalt, war er doch in seiner Manufaktur in Volmeria ein Meister. Er konnte das feinste Tuch, das zarteste Linnen weben – aber er konnte nicht von der Amphore lassen. Immer wieder huldigte er dem Suff, ergötzte sich am edlen Rebensaft der Unteren Saar – bis es dann geschehen war ...

Und heute haben sich all seine Freunde, Geschäftspartner, Neider und Verwandten im Haus seines Bruders, dem Augenarzt Albertus Grandius, versammelt. Eigentlich wollte man sich ja woanders, nämlich im Haus mit diesem entzückenden Säulenkeller, das normalerweise dem örtlichen Handwerkerverein als Versammlungsgebäude dient, zu Tische setzen, aber just am heutigen Tag ist dort ein Gelage der 7. Kohorte vom Vicus Saravus im Gange. Und in dieser langsam etwas unruhiger werdenden Zeit gehen militärische Belange natürlich vor.

Außerdem ist schon seit letzter Woche im Säulenkeller das Hypokaustum ausgefallen, jene geniale römische Fußbodenheizung, bei der heißer Dampf durch unterirdische Gänge zieht und seine Umgebung aufheizt. Aber im Moment kommt gar kein Dampf mehr durch, und die zechende Trauergemeinde weiß auch nicht warum. Aber wir wissen es, dank der hervorragenden Arbeit der saarländischen Archäologen: ein Hund hat sich nach dort unten verirrt (übrigens ein Vorfahr des späteren Dackels namens »Waldus Teccelus«). Und der Arme blieb auf seiner Suche nach Futter, Freiheit oder Weibern (also weiblichen »waldi tecceli«) gar in einem zu schmalen Kanal stecken, wodurch der Fluß des Dampfes unterbrochen, die Wirkung der Heizung nutzlos und das Leben des Hundes beendet war. Den Hund übrigens, zumindest seine sterblichen Überreste, kann man noch heute im Museum in Schwarzenacker besichtigen. Immerhin! Denn die des verblichenen Tuchhändlers sind bis heute leider unauffindbar, obwohl man ihn nicht einmal verbrannt hat. »Nein, nein, igittus maximus!« sagten sich die Neu-Römer seinerzeit. »Solche heidnischen Verbrennungsrituale pflegen wir nicht mehr.« Jahrelang wurden die Entschlafenen eingeäschert. Der Geruch verbrannten Fleisches durchzog die ganzen Ostprovinzen (der Westwind wehte schon damals) über Palatinus bis weit nach Germanien hinein. Und die Jungs da am Rhenus sind eh schon recht ungehalten.

Gut, später, viel später – im zwanzigsten Jahrhundert, da werden wir wieder anfangen, die benachbarte Pfalz auszuräuchern, aber nicht mit verbrannten Leichnamen, sondern mit eingelegtem Schweinefleisch – wie schon angedeutet. Aber das ist eine andere Geschichte ...

In der gallo-römischen Zeit hat man wieder eine ganz moderne Methode des Bestattens ausgegraben, denn die gab's früher auch schon: Der Leichnam wird in einen steinernen Sarg abgelegt – unbeschädigt nach Möglichkeit. Schließlich soll ja auch unser armer Julius Saufus ins Reich der Toten wandern können – obgleich er am Schluß wirklich Probleme mit dem Gehen hatte. Aber da haben alle Hinterbliebenen zusammengelegt für ihren Cumpelus und ihm ein hölzernes Rad mitgegeben – samt diesem kleinen Esel aus Bronzeguß. Sowie getrocknetes Fleisch, ein Stück Käserinde und ein paar Trauben als Wegzehrung, dazu Bronzeteller, Becher und Löffel und auch ein Schwert gegen die bösen Geister. Dann natürlich drei Amphoren seines Lieblingsweines und ein paar Sesterzen als Fährgroschen für die Überfahrt ins Totenreich.

Tja, unsere Leichen sind die bestausgestatteten der Welt. Nun ja, nur noch übertroffen von den altägyptischen Pharaonen, die ja seinerzeit ihre ganzen Königreiche mit in ihre überladenen Grabmale geschleift hatten. Wenn man dagegen diese armseligen Christen betrachtet mit ihrer neumodischen Zeitgeistreligion – die sie da aus Rom mitbringen ... Da bekommt der Tote überhaupt nichts mit, das arme Schwein! Ganz ohne Waffen und Verpflegung. Keine Lieblingsfrau – nicht einmal ein bißchen Nippes in Form von Schmuck oder bronzenen Tierchen – nix! Nackt in Linnen gehüllt, wird er in eine Holzkiste geworfen. Die behaupten doch glatt, der Körper würde sowieso für immer dort ruhen bleiben und vergammeln, während nur seine Seele irgendwann so mir nichts, dir nichts, auferstehen soll – von ganz allein!

Ja, da wäre doch tatsächlich vor längerer Zeit so ein Fall passiert. Aber weit weg, ganz auf der anderen Seite des römischen Weltreiches, in der Provinz Syrien – naja, wenn's stimmt – es wird ja so viel erzählt bei diesen Christen. Statt den Heiden einfach eins über die Rübe zu geben, wurden die vollgelabert mit Geschichten von der »wandelnden Leprakranken« und »wäßrigen Hochzeiten«, nur damit der ganze Hokuspokus geglaubt wird ...

Aber zurück zu unserer Fete nach Volmeria und ins Jahr 357. Da sitzen wir gerade gemütlich im Innenhof des schönen römischen Hauses, dessen bemalte Wände in seriös rotbraunem Ton mit hübschen Ornamenten vom Erfolg seines Besitzers künden. Und nicht nur die. Auch das Geschirr, das man dem traurigen Anlaß gemäß ausgewählt hat, zeigt den immensen Reichtum.

Doch, Doctorus Albertus Grandius hat sich nicht lumpen lassen. Sein bestes Geschirr hat er aufgestellt. Und so essen wir heute vom edlen »terra sigillata«, jenem kunstvoll orange bis braunrot gebrannten Luxusgeschirr aus Rom ...

»Nichts da, Cameradici«, erklärt uns der Hausherr gerade, »dieses neue Service wurde sogar von Avitus in Gallien gebrannt ...«

Ein anerkennendes Raunen zieht durch den Raum. »Von Avitus! Deus meus! Das ist schon etwas Besonderes. Audi! Audi!« (Das heißt: »Hört! Hört!« – Autos wurden erst später so genannt.)

»Ich stehe ja mehr auf diese entzückenden Schalen von Cambo – auch gallisch. Aber haben die nicht kürzlich die ganze Produktion an den Rhenus verlegt?«

Sogleich wird die Frage durch ein leidvolles Gemurmel beantwortet. Jetzt gab es mal an der Saar einen keramischen Exportartikel, der unsere Brennkunst weltweit bekannt gemacht hat, und nun sollen die palatinischen (also die pfälzischen) Barbaren solch edle Stücke schaffen, mein Gott. Und nur, weil die Exportwege günstiger sind. Na, die werden schon sehen, was sie davon haben. So nah bei den Germanen, igittus faecalus!

Natürlich weiß man damals noch nicht, daß sich die Geschichte wiederholen wird, und, daß viel, viel später, im 20. Jahrhundert nämlich, auch wieder saarländische Keramik um die Welt gehen wird. Gut, keine Schalen wie damals, aber Schüsseln immerhin: findet man doch heute rund um den Erdball die Wasch-, Bidet- und Kloschüsseln von Villeroy & Boch. Na also!

Aber nicht nur edles Geschirr hat man zu Ehren des dahingeschlafenen Julius Saufus aus der Eichentruhe gepackt, auch Löffel und Becher aus feinster Bronze. Und die sind auch nicht aus heimischer Produktion. In jener Zeit hat man viel Besteck und Hausrat in monatelangen Transporten von Campanien hierher geschafft.

Dafür ist der schön polierte Kupferkessel original saarländisch (sagen wir mediomatrisch-gallisch-römisch), schließlich hängt er an einer Kette über dem Feuer ...

Vielleicht denkt der eine oder andere schon daran, wenn man jetzt an die Kette statt des Kessels einen Rost hängen würde ...

Aber so weit sind wir in römischer Zeit noch lange nicht. Solche Innovationen heben wir uns für später auf. Wobei die »Erfindung« der Kupfergewinnung für das Saargebiet zur Römerzeit schon eine recht bedeutende Neuerung darstellt. Schließlich werden damals schon die Weichen gestellt, hin zu einer montanen Industriegesellschaft, deren Auswirkungen aber erst sehr viel später die gesellschaftliche Struktur der Region prägen werden. Aber trotzdem sollten wir uns an dieser Stelle vergegenwärtigen, daß der allererste Bergbau, das erste Bergwerk (im Gebiet des heutigen St. Barbara bei Wallerfangen) zur römischen Besatzungszeit begann! Der wirkliche Beginn von »de Gruub«, die fortan fast die gesamte saarländische Geschichte bestimmen wird. Vergessen wir nicht »die Hitt«, die Hütte, die eigentlich zeitgleich das Tageslicht der Welt erblickt. Denn auch die erste – noch provinziell und kleinhandwerkerlich praktizierte – Eisenverhüttung geht auf gallo-römische Ursprünge zurück.

Und noch was, psst! Der Hausherr spricht gerade davon: » ... hier, haltet mal eure Hand dahin. Fühlt ihr, wie heiß mein Hypokaustum ist? Das ist durch dieses neue Zeugs da, was man statt Holz verbrennen kann. Dieses Carbonium. Toll, sag' ich Euch.«

»Carbonium! Ist ja phantasticum! Wirklich, picum bonum« – heute würde man sagen: »saugudd«.

»Ja, wo kriegt man denn sowas Feines?« will da der pfiffige Quintus gleich wissen. Klar, für ihn kann das eine ganz schöne Neuinvestition bedeuten. Schließlich ist er der Boss (oder »Bossus«?) einer bedeutenden Ziegelei. Die kennt ihr bestimmt: Quintus Valerius Sabellus. Ton, Steine, Ziegel aus Kleinblitterdomum. Na gut, so heißt der Flecken nicht, denn der heutige Ort Kleinblitterdorf ruht noch weit im Schoß von Mutter Erde, und wie man zu römischer Zeit diese Uferlandschaft an der Saar nennt, ist uns leider entfallen. Aber die Ziegel findet man heute noch. Vor knapp 2000 Jahren gebrannt nach Rezepten, die römische Legionäre an die Saar brachten ...

»Dieses Carbonium liegt einfach so unter der Erde«, schwärmt Albertus Grandius da gerade. Vielleicht wäre ja er es gewesen, der den später üblichen Ausdruck »unter Tage« geprägt hätte, wäre es nicht schon draußen dunkel gewesen ...

»Soll auch ursprünglich mal Holz gewesen sein, aber seit Jahrmillionen versteinert ...«

Aber noch gibt es weder Kumpel noch Bergleute, die in die Grube einfahren und im tiefen Keller Kohlen schürfen. Nur wo der Kohleflöz schon durch die Erdoberfläche spitzt und dem Bergmann direkt vor der Nase liegt, wird er in bislang kleinen Mengen abgebaut.

»Kuckt mal, Cumpeli, diese herrliche Wandmalerei. Ist sie nicht geradezu allerliebst?« Der Sohn von Quintus, Quintus Valerius der Jüngere, will – leicht hungrig – gerade etwas von dem sich anbahnenden Fachgespräch ab- und zur mit Köstlichkeiten aufgebauten, üppigen Tafel hinlenken. Aber die Gäste bemerken diesen leichten Wink mit dem Kochlöffel überhaupt nicht.

Eben doch noch keine gourmetbewußten Saarländer, die sofort auf das Kulinarische eingegangen wären und das architektonisch-künstlerische dagegen ad acta gelegt hätten, wie zum Beispiel auch die schönen Glasfenster und die herrlichen Verputzarbeiten. Der Doctorus hatte sie vorhin bereits voller Stolz bei einer Hausführung gezeigt. Beeindruckend – seine Privat-Thermen. Ein Bad, marmorgefliest, wie es sich heute nicht einmal mehr ein ehrlicher Bundesminister leisten könnte. Also, bei solchen Räumen, da kann man sogar als erst kürzlich gewendeter Gallo-Römer noch neidisch werden.

»Na, das Mosaik ist ja etwas popelig«, meint gerade ein etwas fülliger Herr mit leicht keltischem Akzent. Gut, Neider und Dilettanten gibt es halt überall.

Aber nein! Bald stellt sich nämlich heraus, daß das ein Fachmann ist. Ja, ein staatlich geprüfter Mosaikleger. Ein wahrer Künstler seiner Zunft. Er zeigt uns sogar Bilder, diese neumodischen Lithographien, bei denen man mit Farben auf Steinplatten Abbildungen seiner herrlichen Mosaikfußböden gemalt hat: »Und der hier ist von einem reichen Trierer Bürger. Eine Villa urbana, nicht weit von Augusta Treverorum entfernt – wahrhaft kaiserlich. Mit den herrlichsten Badeanlagen, mit künstlichen Grotten und Wasserkünsten im Park. Und dieses Bodenmosaik hier hat er bei mir in Auftrag gegeben.« Er zeigt es uns nicht ganz ohne Stolz. Aber man muß neidlos anerkennen, daß sich da unseren verwöhnten Augen eine wahre Pracht auserlesener Mosaikkunst zeigt: Theaterszenen aus dem kaiserlichen Amphitheater, Gladiatorenkämpfe, Hatzen, Musikgruppen. Wirklich beeindruckend.

Da hat der Mensch wirklich »gudd geschafft«. Und so jemand ist ja auch froh, wenn er mal für einen würdigen Mäzen etwas Besonderes schaffen darf, statt immer diese Discounter-Massenware produzieren zu müssen.

Er zeigt uns noch eine Litho, heilige Gedenksteine sind gerade der allerletzte Schrei, Säulen griechischen Ursprungs mit einem viereckigen Sockel, immer wieder die römischen Götter Juno, Merkur und Minerva tragend – als ob's da nicht noch mannigfaltige andere gäbe. Zwar werden sie immer unterschiedlich dargestellt, aber manchmal erkennt man sogar noch die alten keltischen Gottheiten, wenn man da einen aus Rom importierten Jupiter in gallische Kittel gesteckt vorfindet.

Und gerade da erscheint wieder ein wichtiger Wesenszug unserer späteren Saarländer: schon während der römischen Besatzung kristallisiert sich der konservative Genußmensch heraus. Wo sich ein Saar-Gallier bei leiblichen Genüssen überraschend schnell den neuen Umwälzungen aus dem römischen Reich anpaßt, ist er bei religiösen Dingen eher konservativ.

Auch, wenn die Saarbrücker aus »Vicus Saravus« mit ihrem bis heute anhaltenden Hauch zur Exklusivität nun mal persische Gottheiten zuließen! Als wenn wir in Europa nicht genügend eigene hätten! Allein die ganze griechische Blase vom Olymp oder den ohnehin schon reichlich überbevölkerten römischen Himmel. Und was da an keltischen Voll-, Halb- und Viertelgöttern in den Wäldern herumkreucht und fleucht! Aber nein – müssen die jetzt noch dem persischen Mithraskult huldigen – einen Sonnen- und Lichtgott verehren! Und wo üben sie ihren spinnerten Kult aus? In einer Höhle! Da können sie natürlich lange nach einem Sonnengott suchen. Den haben sie ja auch bis heute nicht gefunden. Dafür findet man jedoch noch die Höhle.

Aber wieder schweife ich ab. Gerade wird gelästert. Heute würde man das im Saarland als »gerätscht« bezeichnen: verbal negativ über einen nicht Dabeiseienden zu befinden.

Und jetzt geht's gerade um den Herrn mit dem tollen Mosaik und den Wasserspielen im Park, um diesen reichen Trierer Geschäftsmann ...

»Ein listiger Fuchs. Der baut Villen – fremdfinanziert – und hat schon allerlei Banken über die Tafel gezogen. Sein Name ist Juergus Sartorius (heute würde man ihn lapidar als Jürgen Schneider bezeichnen).

»Ach, das ist doch der, von dem behauptet wird, er hätte über zwei Millionen Goldene Aureen auf einem helvetischen Nummernkonto versteckt, um sie vor römischem Steuerzugriff zu bewahren ...«

Und viele Jahre später sollte sich eine solche Dreistigkeit im Frankfurter Bau- und Banken-Milieu sogar wiederholen, mit anschließender Flucht nach Florida. Gut, Florida war damals noch nicht entdeckt, so mußte der alte Sartorius mit einem Alterssitz im Land an der Saar vorliebnehmen ... »Das sind doch alles Gerüchte«, entgegnet da ein schlanker, großgewachsener Herr aus Contiomagus. Er habe selber mit besagtem Herrn Geschäfte gemacht – alles ganz legal. Gerade in letzter Zeit würde der sogar große staatliche Bauaufträge ausführen: »Überall werden Kastelle gebaut. Um das Vicus Saravus haben sie eine dicke und hohe Mauer gezogen.«

Ja, diese Mauern, regelrechte Bollwerke gegen irgendwelche

nichtvorhandenen Feinde, die erregen schon seit einiger Zeit die Gemüter: »Mein Gott, jetzt haben wir schon seit 400 Jahren die ›Pax Romana‹, und nun fangen die an, aufzurüsten, Wälle und Befestigungslinien zu bauen. Überall schießen Lager aus dem Boden; erinnert doch sehr an diesen, na, – wie heißt er noch?« Nein, nein, Moment! – Hitler kannst du nicht meinen. Dessen Angst vor Bedrohung aus dem Osten kam erst viel später. Aber auch heuer, im Saargebiet des 5. Jahrhunderts, geht die Angst um. Die Angst vor einer massiven Gefahr aus dem Osten: vor Germanen! Vor diesen ungeschliffenen, ungehobelten Barbaren, die ohne Tuch schneuzen, ohne Bestecke fressen und ihre Streitigkeiten noch immer ohne hochqualifizierte Richter, dafür aber mit minderqualitativen Keulen austragen.

»Stellt euch vor, nur wegen dieser blöden Befestigungsmauer um meine Heimatstadt Contiomagus (aha, der Kerl stammt also aus Dillingen-Pachten) mußte ich sogar meinen so schön ausgesessenen Sitzstein im Circus Maximus in Augusta Treverorum aufgeben, wo ich so gerne ins Theater gehe! Jetzt brauchen sie alle größeren Steinblöcke als Bollwerk gegen diese blöden Obergermanen ... – wo bleibt denn da die hohe Kunst, wo bleiben die Gladiatorenkämpfe und Löwenzerfleischungen?«

»Tja, in solchen Zeiten, in denen barbarische Überfälle wieder zunehmen, gehen nun mal militärische Belange vor. Schließlich ist kürzlich ja auch an vielen Stellen der Limes gefallen. Und amici, gebt zu: wollt Ihr zurück in die Barbarei? Wollt Ihr eine Kultur wie die unsrige mit ihren herrlichen Genüssen und Dekadenzen einfach so aufgeben? Na bitte!« leitet Doctorus Albertus Grandius geschickt zum gerade eröffneten Schmause-Büffet über und läßt eine kleine Amphore kreisen, die der Größe nach eher ins Kinderzimmer paßt oder als Kindergarten-Trinkgefäß Verwendung finden könnte. Dem ist aber nicht so, denn wenn man bedenkt, was drin ist: Schnaps! Selbstgebrannter aus süßen Birnen. Willi-Birnenschnaps. Ja, das können wir hier schon lange und gut: Brennen. Selber und schwarz. Dafür zahlen wir ja auch nichts an Steuern ans ferne Rom, und daran soll sich auch die folgenden 1500 Jahre kaum was ändern.

»Prosit, Cameradii. Hoppus in de Koppus! – Und exus!« Alle schütten sich den feinen Willi hinter die noch nicht vorhandene Binde. Denn durstig sind sie, die Saar-Gallier römischer Nation. Aber keine Angst. Da steht ja noch eine ganze Batterie von Amphoren bereit, die durstigen Herren zu füllen. Die köstlichsten Weine aus der Gegend, aber auch solche aus Gallien, aus Bordighera, Massilia und aus Hispania harren des Genusses oder – schlimmer noch – ihres Mißbrauchs.

Da schütten doch diese ungehobelten Saar-Kelten immer noch Honig in den Wein, weil er ihnen zu »sauer« ist. Dabei macht sauer doch lustig. Und was macht Honig? – Der macht den dicken Kopf. Und das ohne Aspirin und Alka Seltzer!

Dafür wissen sie wenigstens beim Essen schon stilvoll aufzutischen: Auf kupfernen Schalen ruhen Austern von der aremoricanischen Küste. Schüsseln aus Terra Sigillata bergen köstliches Wild, Geflügel und Schweinekeulen. Sogar frischen Lachs aus der Saar – mein Gott, muß das lange her sein – und frisch geerntete Pilze aus dem Stadtwald von Vicus Saravus. Und dort – eine Köstlichkeit: gepökeltes Schweinefleisch vom »Saar-Landwirt«. Daneben der feine Ardenner Schinken, den man ja heuer so schlecht bekommt, wo der fast ausschließlich nach Rom exportiert wird ...

Halt! Stop mit dem endlosen Gefasel! Endlich geht die Feier los! Geht auch gleich ganz schön feucht-fröhlich ab: da gibt es tanzende Sklavinnen aus der palatinischen Gegend (die Frauentanzgruppe der »Compagnia Danza Concensus« aus Primasensus). Und fröhliche Musicanti mit Harfen, Flöten und Schalmeien spielen zum Tanz.

Ja, das hat sich bis heute in der Saargegend bewahrt: wenn einer wirklich von uns geht, dann wird gefeiert, als wäre der Verblichene selber mit dabei und der umjubelte Ehrengast. Sagt ja auch gerade der Sohn von Quintus mit schon leicht lallender Zunge: »Der Leichenimbsus ist wirklich das schönste Fest im ganzen Leben! – Schade, daß der alte Julius Saufus nix mehr davon hat. Trinken wir auf ihn ...«

Und alle erheben ihre Becher.

Eine schöne Zeit, die Jahre römischen Besuchs. Wenn nur diese Germanen mit ihren dauernden Bedrohungen und Terroranschlägen nicht wären. Doch, die machen uns wirklich nur das Leben zur Sau, ähem, zur Wutz. Und das schützende Rom ist weit weg. Da müssen wir uns irgendwie selber helfen.

Ja – man spürt förmlich: Eine neue Epoche liegt in der Luft. Mit den alten Römern ist halt nicht mehr so viel los. Und Germanen an die Saar? Das wäre historisch gesehen ein echter

Rückschritt. Also warten wir besser ab, wer da als nächster kommt.

Und wie aufs Stichwort läutet's an der säulenumrankten Pforte. Ein Sklave bringt auf einem Bronzetablett ein Visitentäfelchen: »Herr Doctorus Grandius, ein Herr Chlodwig aus dem Frankenreich steht draußen ...«

Kapitel 5

HEILISCH' ORANN, SCHENK MIR E MANN!
Heiden-Leiden ade: Frommsein ist »in«

»Ist die Luft rein?« Ein rotgesichtiger, dicklicher Saar-Römer streckt keck die Nase aus der Höhle.

»Hörst du nicht? Da knistern doch noch ein paar Feuersbrünste! Bleib besser hier!« winselt aus einer dunklen Ecke ein zartes Stimmchen.

»Ich geh mal raus. Irgendwann müssen die ja auch wieder weiterziehen.«

»Nix, ich warte noch!«

Moment mal? Wieso Höhle – aus der Zeit sind wir doch längst raus, oder? Und wer sind »die«?

Gut – wir sind noch im Land an der Saar. Und da scheinen sich ein paar Leute in einer Höhle verkrochen zu haben, aber warum? Katastrophe, Krieg, Jüngstes Gericht?

Der Kleine aus der Ecke zittert – da sehr leicht bekleidet – und kommt näher zum Feuer.

»Du bist aber auch wirklich ein Depp! Wie kann man seine Toga verbrennen?« raunzt der Dicke ihn an. »Mittlerweile haben wir November, und du läufst hier rum wie am Ballermann 6!«

»Meinst du, ich will umgelegt werden? Du weißt genau: Wenn die dich erwischen, und du hast nur ein Zipfelchen Römisches an dir, dann sind deine Würfel aber gefallen, kann ich dir sagen.«

»Ach Quatsch! Diese ollen Germanen! So hohl wie die sind, merken die doch gar nichts. Und schau hier ...«, deutet auf seine Füße, die von undefinierbarem Fell umschlungen sind, »echter Saar-Tiger.«

»Saar-Tiger, Idiot! Meinst du, die merken nicht, daß du noch die römischen Sandalen drunter hast?«

»Die behalte ich auch! Von denen trenne ich mich nicht. Das war immerhin ein Souvenir aus Rom von meinem Schwager Tourismus!«

»Mensch, du weißt doch, diese Germanen hauen alles zu Klump, was nur irgendwie nach Römern riecht! Sogar den kleinen Kiefernwald haben sie grölend abgeholzt, nur weil er wie eine römische Säulenhalle ausgesehen hat.«

»Ach, stell dich doch nicht so an«, meint der Dicke. »Wir gehen jetzt aus dieser albernen Höhle raus und lassen uns wieder im Tal nieder, wo wir hingehören. Ich hause doch nicht wie meine Urahnen! Ich will mein Domus mit Atrium und Hypokaustum ...«

»Pscht! Halt's Maul! Du bringst uns um Kopf und Kragen«, der Kleine zittert richtig. »Aber weißt du was? Mach's doch wie die anderen: bau einfach um. Säulen weg, die Bodenmosaike übermalt, ein germanisches Lagerfeuer und einen stinkigen Misthaufen in den Hof ...«

»Ja, ja – dann soll ich mir wohl auch noch so einen Rübezahlbart wachsen lassen, in Lumpen gehen und germanische Urlaute ausstoßen? Das ist doch ein Rückschritt.«

»Du solltest jetzt weniger an die Geschichte und eher an dein Leben denken.«

»Dann lauf du doch rum wie so ein Asozialer aussem Osten, Hasenfuß!«

»Pscht!« macht der Kleine, der Ängstliche. »Nenn' mich nicht Hasenfuß! Klingt doch viel zu römisch! Sag besser ›Hasenpfote‹!«

»Habt ihr's bald, ihr Streithähne?« mischt sich eine leicht hünenhafte, äußerlich schon recht germanisch wirkende Hausmegäre ins Gespräch, »Komm jetzt rein, Juppus, und mach den Lappen vor. Du weißt doch: Verdunkelung! Und du, Hasenfuß, leg neues Holz auf.«

»Ich heiß' nicht Hasenfuß!«

»Ja, ja, Dein Name ist Hase, du weißt von nix!«
»Hasenpfote!«
»Schluß jetzt mit dem Hasengespräch! – Die Suppe ist fertig!« beendet das Weib abrupt den Disput.

Stop! Hier müssen wir kurz unterbrechen! Schließlich war dieser Satz ein Meilenstein saarländischer Kultur.

Was? Der über die Suppe? Nein, eine einfache Bohnensuppe (in saarld.: »Bibbelschesbohnesupp'« – also eine eher »biblische Bohnensuppe«) zählt nicht zu den lokalen Besonderheiten, dafür aber das »Hasengespräch«. Denn das gibt es heute noch. Und es bedeutet: nichts! Absolut nichts! Tatsächlich, ein »Hasengespräch zu führen« heißt viel reden, nichts sagen. In der saarländischen Sprache würde man es als »dummes Geschwätz« charakterisieren. Aber heute sitzt man an der Saar auch nicht mehr in Höhlen und gruselt sich vor germanischen Horden. Man ist da schon viel fortschrittlicher und steht an der Theke, pardon, am Büffet. Und während man sein Bier kippt, hält man auch heute immer noch »ein Hasengespräch«. Viel reden, nichts sagen!

Ja, das ist eine Form wirklich demokratischer Kommunikation, die vielleicht sogar noch aus griechischer Polis-Zeit stammend, den römischen Senat überdauernd, sich heute sogar bis in den Bundestag und andere Parlamente gerettet hat. Auch in jedem Stadt- oder Gemeinderat gehört ein »Hasengespräch« auf die Tagesordnung! Gerade zwischen Politikern, die es dabei oft bis zur Meisterschaft bringen: viel zu reden, aber dabei nichts zu sagen haben.

Aber zurück! Bleiben wir noch etwas in dieser merkwürdigen Höhle, in die sich ein paar übriggebliebene Saar-Römer verschanzt haben. Aber vor wem? Wer will ihnen an den – nicht vorhandenen – Kragen? Vor wem fürchten die sich? Genaugenommen: vor den Germanen! Denn die Geschichte geht ja auch weiter, und die Römerzeit neigt sich dem Ende zu. Außerdem war mit den Römern eh nicht mehr so viel los; immer nur Orgien, Brot und Spiele – das hält auch der Gesündeste auf Dauer nicht durch!

Und da schon seit Jahrhunderten wilde germanische Stämme immer wieder versuchten, den Rhein zu überqueren, wenn auch ohne großen Erfolg, war jetzt die Zeit gekommen, das »Geschichtsbuch« weiterzuschreiben. Wobei die Jungs wahrscheinlich des Schreibens ebensowenig kundig waren wie des Essens mit Messer und Gabel. Aber das scherte sie einen feuchten Pferdeapfel, und so trieb ihr Führer, ein gewisser Chrok aus dem Alemannischen, seine Horden gen Westen – pünktlich zum Ende der Römerzeit.

Gut, heute bezeichnet das der Saarländer als »germanischen Einfall ins gallisch-keltisch-römische Saargebiet«. Wobei sich genaugenommen die Germanen für das merkwürdige kleine Völkchen an der Saar gar nicht interessierten. Sie wollten vor allem nach Gallien, das römische Weltreich erobern, beziehungsweise, was davon noch übrig war. Und da trampelten sie notgedrungen auch durch unser Gebiet.

Sie taten sich zusammen, die Vandalen, die Alemannen, die Sueben und Alanen, und wie sie sich alle nannten. »Go West«, hieß es damals schon, »auf nach Gallien!«

Und so wiegelte auch die kämpferische Mutter eines gewissen Alemannenkönigs namens Chrok ihren Sprößling auf: »Wenn du Neues schaffen und dir Ruhm erwerben willst, Chrok, zerstöre alles, was andere erbaut haben, vernichte gänzlich die Völker, die du besiegst.«

Ja, und eigentlich meinte sie damit die römischen Gallier – weniger das kleine Saarvölkchen. Daß das da eben zufällig auf der Strecke lag und letztendlich auf derselben blieb, nahm sie billigend und dabei ganz unbewußt in Kauf.

Tja, und kaum war die erste Welle vandalisierender Horden brennend und mordend Richtung Atlantik gezogen – nichts ahnend unter sich die ersten Pflänzchen saarländischer Kultur zertrampelnd – kamen schon die nächsten. Gut, die Franken waren schon immer etwas langsamer. Aber wenn's um etwas ging, waren sie dabei.

Dafür waren sie aber auch besser organisiert und stürmten gesitteter und daher – verständlicherweise – mit leichter Verspätung über den Rhein. Sie hatten schließlich auch einen etwas weiteren Weg, wie man weiß.

Zwar hatten bis dato die Alemannen und Vandalen schon so gut wie alles zerstört, aber – Ordnung muß sein – die Franken hieben trotzdem noch eins drauf. Viermal wurde allein Trier verbrannt. Und obwohl die Stadt schon »schwarz vom Brande« war, legten die Franken Trier anno 432 nochmals in Schutt und Asche. Aber selbst nach dem vierten Mal hatten sie es noch immer nicht ganz geschafft; vielleicht war es der beißende Qualm, der aus allen Häusern quoll und die Eroberer blind machte – so manch römisches Gebäude hatten sie übersehen, seien es die Kaiserthermen oder die Konstantin-Basilika. Oder die heute immer noch von der Feuersbrunst geschwärzte Porta Nigra – sie alle künden noch von dieser wilden Zeit. Wenn's denn wirklich so war!

Denn, eigentlich: »Nix Genaues weiß man nicht!«

Ob und wie die römischen Gallier an der Saar vertrieben oder ausgemerzt wurden oder ob sie sich nur an die nächsten Besucher anpaßten – der uns heute bekannte Charakter des Saarländers läßt eigentlich nur diesen Schluß zu – die Historiker schweigen sich aus.

Gut, keiner von uns ist dabeigewesen. Aber die Vermutung, daß das ganze Volk römelnder Saar-Kelten sich so mir nichts, dir nichts vernichten ließ, das kann ja wohl nicht angehen. Dieser Menschenschlag hat es gewiß genauso gehalten wie in den Jahrhunderten danach, und wie er heute noch ist: »Ei, mer gugge mo!« will sagen: Wir passen uns mal an, motzen nicht rum und lassen die Neuen halt mal machen.

Deswegen hat der Kleine in der Höhle ja auch seine Toga verbrannt (ein Ritual übrigens, dem später noch so einige Utensilien folgen sollen: von der französischen Uniform über deutsche Fahnen bis zur Hochzeits-Luxusausgabe von »Mein Kampf«).

Aber halt! – Wir greifen vor. Griechen wir – Stop! Stop! Stop! Die Griechen waren wahrscheinlich die einzigen, die nicht an der Saar waren. Sagen wir, »Druckfehler«, streichen »g«, setzen »k« und – kriechen wir besser wieder zurück in die Höhle. Und was sehen wir?

Die Alte hält dem Kleinen gerade etwas unter die Nase:

»Hier, dein handgestrickter Pulli ist fertig. Kannst jetzt mit Juppus mal rausgehen, kucken, ob die Horden weg sind und was noch übrig ist von unserm Land.«

»Saah besser Jupp zu mir. Klingt nidd mehr so römisch.« Auch der Dicke spricht schon viel angepaßter. Und mutig greift er einen knorrigen Holzstock und den Kleinen, und beide schleichen vorsichtig hinaus aus der Höhle.

»Oh leck! Alles weg!«

»Tatsächlich, diese Vandalen haben ja nichts stehenlassen! Verstehst du jetzt endlich, warum man die Vandalen nennt?«

»Da wird mir wirklich einiges klar, Jupp!«

Und leicht verzagt stiefeln sie (»stiefeln« muß man schon sagen, denn die Sandalen sind jetzt endgültig verscharrt) durch die noch rauchenden Ruinen. Da standen mal Häuser, Dörfer, Städte. Da gab es Menschen. Und jetzt?

»Fangen wir halt wieder von vorne an«, meint der Kleine, spuckt in die Hände und will schon nach der nicht vorhandenen Schaufel greifen.

»Laß uns erst einmal umsehen, was das für Leute sind, diese Alemannen.«

»Franken!«

»Was weiß denn ich. Wer soll sich da auskennen: Germanen, Alemannen, Franken, Sueben, Brukterer, Chatten, Sugambrer, Chamaren ...« – Dem Kleinen raucht schon der Schädel.

Es wird wohl noch ein paar hundert Jahre dauern, bis auch die Saarländer sich daran gewöhnt haben, stets unter der Knute irgendwelcher Dahergelaufener zu stehen. Es ist wirklich so: alle möglichen Volksstämme waren mal an der Saar, aber bis heute sind es eigentlich stets die Fremden, die Zugereisten oder – wie hier schon leicht verunglimpft – die »Dohergeloffne«, die in den Chefetagen und den Zentren der Macht das eigentliche Sagen haben. Die Saarländer selbst hatten zeit ihrer Existenz immer nur zu kuschen »unn de Mund ze halle!«

Somit war auch das damalige Chaos, als das Land an der Saar zum Frankenreich kam, eigentlich gar nichts Besonderes, und – genaugenommen – war's auch überhaupt nicht so kompliziert. Alemannen und Franken lagen miteinander im Clinch, aber Chlodwig, der Boss der Franken, obsiegte. »König« nannte man ihn damals. Und das war jetzt ein Merowinger – so hieß wohl seine Familie.

Aber diese Franken blickten wohl auch nicht so recht durch und reformierten sich erst einmal selber; teilten sich einfach in zwei Gruppen – in die Ripuarier, die durften sich an Rhein, Mosel und Saar niederlassen, und die Salier. Die mußten sich mit dem nördlicheren Teil begnügen, den man heute Benelux nennt.

Das ging auch ein paar Jahre ganz gut, bis der alte Chlodwig nicht mehr so recht konnte und alles seinen drei Söhnen vermachte. Die teilten natürlich den ganzen Laden wieder auf, in genau drei Teile: Austrasien, das jetzt weder mit Österreich noch Australien oder Asien verwechselt werden sollte, nannte man das heutige Nordost-Frankreich bis hin zu Rhein und Mosel mit Reims als Hauptstadt; Neustrien, womit man den Westen des heutigen Frankreich bezeichnete, und Burgund. Aber das kennt man ja – zumindest der Weinkenner weiß, wo es liegt.

Aber auch diese Einteilung währte nicht ewig. Irgendwie hatten wohl die Söhne das Ganze auch nicht so im Griff und ließen sich sogar von einem Hausmeister über den Tisch ziehen. Der hieß Pippin. Gut, was heißt Hausmeister – das war nicht so ein muffliger Kerl, der im blauen Kittel mit Schlüssel bewaffnet die

Heizung inspiziert. Er war auch gar kein richtiger Hausmeister, sondern eher ein »Hausmeier«! Zu gut deutsch hieß das damals »Majordomus« – klingt ja auch viel besser, oder?

Und diese Majordomusse (-domi, -domen – ach, was weiß denn ich?) waren so eine Art »Hilfskönige«. Denn der Enkel Chlodwigs, ein gewisser Chlothar II., durfte das ganze Frankenreich vereinen, nachdem die Onkels abgetreten waren. Aber so ein riesiges Reich alleine verwalten? Nee, nee, da mußte er schon diese Meier einstellen.

Und bei heutigem Halogenlicht betrachtet, war das auch gar keine so schlechte Idee, denn damit wurde erreicht, daß das Beamtentum nicht mehr nur von einem einzigen König abhängig und ausgewählt war. Schade, daß sich diese Idee nicht bis zum großen pfälzischen Bundeskanzler gehalten hat. Mensch, Meier!

Aber sonst blieb damals alles beim alten. Es gab im Frankenreich bald keine rivalisierenden Könige mehr, dafür schlugen sich eben die Domüsse auf die Nuß. Und Pippin II., besagter von Austrasien, konnte seine Kollegen im Westen regelrecht ausstechen und blieb als einziger Majordomus majoris übrig. Und weil er ja kein König war, mußte er die Macht auch nicht unbedingt an einen ehelichen Sohn abgeben. Er hatte nämlich einen unehelichen. Und so durfte auch mal ein Bastard regieren! Das waren Zeiten! Wenn man sich sowas heute vorstellt – ein unehelicher Windsor? Eher wird der Papst Papa!

Also zurück zum Bastard: der hieß Karl. Natürlich nix mit »von« und »zu«, nöö, nöö, Gene durfte man wohl weitergeben, aber Titel? Nein, nein! Und so hieß der kleine Karl einfach Karl Martell. Spötter werden ja nicht müde zu behaupten, das »Martell« käme daher, daß sein Papa, also dieser Pippin, der auch der Mittlere genannt wurde, gerne an der Cognacflasche hing – natürlich am echten Neustrischer mit fünf Sternen! Und nach zwei Litern dieses geistigen Einflusses wäre er eines Morgens – die fünf Sterne umkreisten ihn – neben einer (Nicht-Ehe-)Frau erwacht. Er war noch ziemlich voll im

Kopp, sie dafür – ähem – eben woanders. Naja, und neun Monate später kamen dann die Früchte des gebrannten Weines zu Tage.

Nur im Gegensatz zur bekannten Regel »Wie der Herr, so's Gescherr«, der kleine Filius Karl entwickelte sich bald ganz anders. Ließ seine (ehelichen) Kinder später sogar im Kloster erziehen! Und zur Belohnung bekamen sie das Reich. Der eine, Karlmann, erhielt den Osten, und die Saar gehörte notgedrungen dazu, der andere Sohn, Pippin der Letzte, begnügte sich mit dem Westen.

So wurde die Familie richtig fromm! Superfromm, ja hyperfromm, gar! Man kann sagen, daß sich diese krankhafte Sucht nach klösterlicher Geborgenheit später fast wie eine Pestilenz in der Familie ausbreitete: Karlmann wurde Mönch und richtig asketisch, sein Bruder Pippin schließlich der Alleinherrscher. Klar, so ging's ja auch! Er nannte sich dann auch folgerichtig wieder König Pippin, aber so recht bekannt wurde erst sein Sprößling, der später sogar das gesamte Reich übernahm: Karl der Große.

Klar, den kennt jeder – sogar der schlechteste Schüler kann sich vom »gesamten Mittelalter« zumindest das Krönungsdatum dieses Karl merken: Weihnachten 800. Da wurde aus dem König ein Kaiser. Der Imperator des großen Frankenreiches.

Aber sehr lange hielt der sich auch nicht gerade. Sein Sohn, Ludwig der Fromme, der doch tatsächlich glaubte, ganz ohne Papst auszukommen, salbte sich gleich selbst zum Kaiser, und die Salbe auf dem Kaiserhaupte hielt dann auch tatsächlich fast vierzig Jahre – also zumindest das damit verbundene Amt.

Wie kommt jetzt eigentlich der Papst hier ins Spiel? Seit wann hat denn der was in unserer Geschichte zu sagen? Kamen wir doch bisher locker mit den diversen heidnischen und römischen Göttern aus ...

Ja, heimlich, still und leise hat sich derweil auch die Kirche entwickelt. Gut, nicht gerade zu jedermanns Freude, aber unter den Kutten hat sich da schon einiges getan. Auch hier bei uns an der Saar.

Zum besseren Verständnis muß man die Zeit noch einmal etwas zurückdrehen. Ja, klingeln wir doch nochmal bei Chlodwig, dem Frankenkönig. Unter seiner Herrschaft erlebte das ganze Gebiet des heutigen Deutschlands eine recht ruhige Zeit: Jeder hatte sein eigenes kleines Land – es war ganz ähnlich wie heuer. Bis dann dieser Frankenkönig auf die Idee kam, sich taufen zu lassen. Nun gut, war halt damals so Mode, und jeder, der was auf sich hielt, huldigte diesem neumodischen Christentum. Doch was heißt »neumodisch«. So neu war das ja gar nicht: Schon unter den Römern gab es so ein paar Verrückte, die von ihrer Götter-Galerie nichts mehr wissen wollten. Wie bescheiden die damals doch waren! Ein einziger Gott reichte denen! Vielleicht waren diese »Christen« auch nur zu faul, alle römischen Götter, Göttinnen, Seiten-, Neben- und Ersatzgötter zu kennen, und glaubten aus reiner Bequemlichkeit nur an einen Universal-Gott. Ließen gerade noch dessen Sohn zu, der allerdings irgendwo, wo der Pfeffer wächst, im Mittleren Osten herumgezogen und wahrscheinlich verschollen war.

Der Weg des Christentums aus diesem »Mittleren Osten« – womit ein Land gemeint ist, das man heute »Heiliges Land« nennt (wobei der historisch objektivere und weniger Israel-Fixierte wagt, »Palästina« zu sagen) – bis ins damals römische Weltreich ist ganz leicht nachzuvollziehen. Orientalische Sklaven brachten es mit. Die hatten ja auch sonst nicht viel – außer sich selbst. Deshalb wurden sie ja Sklaven. Und bei wem? Vor allem bei den Beamten. Denen ging es tatsächlich noch besser als den heutigen. Ja, die wurden damals noch regelrecht hofiert. Da wagte es keiner, sie für ihre eigene Altersversorgung selber zur Kasse zu bitten, keiner traute sich, ihre soziale Stellung anzuzweifeln. Waren das noch goldene Beamtenzeiten! Nein, sie hatten nicht nur uneingeschränkte Pensionsberechtigung und waren unkündbar, sie wurden dazu noch reichlich belohnt, von vorne und hinten bedient (kein Wunder, daß selbst der Deutsche Beamten-Bund noch wehmütig an solche Zeiten zurückdenkt). Ja, damals ging es dem Staatsbediensteten wirklich noch gut: Einem römischen Beamten – auch wenn er an Rhein oder Saar wirkte – stand immerhin eine hochherrschaftliche Villa zu. Und dazu – natürlich Sklaven. Die kamen halt oft aus dem Orient und besaßen nix außer diesem neumodischen Glauben an jenen Jesus von Nazareth, der pauschal für alle mal vorsorglich am Kreuz vorgebüßt hat. Ist ja auch eine praktische Sache: einer, der für alle den Kopf hinhält, und wir müssen dann nur noch ein bißchen beten, ihm danken und unsere Sünden bereuen; gut, vielleicht einen kleinen Ablaß zahlen oder einen Scheck für die Welthungerhilfe (gegen Spendenbescheinigung, versteht sich), und schon kommen wir ins Paradies.

Ein hauptberufliches Schwarzes Schaf. Na toll! Ist doch klar, daß sich so eine Instant-Religion in rasendem Tempo durchsetzt! Selbstverständlich auch hier an der Saar.

Ei klar, wo sich schon die Kaiser (Konstantin war zum Beispiel der erste Römer, der sich im 4. Jahrhundert taufen ließ) und die Könige (wie schon gesagt, Chlodwig fand das auch chic) diesem neuen Messias huldigten, warum sollte es das Volk nicht auch?

Mein Gott, die paar Kirchen waren schnell gebaut. Und selbst, wenn manch konservatives Saar-Bäuerlein vom Hochwald oder vom Hunsrück immer noch den Donner verehrte oder irgendwelche dubiosen Baum-, Quellen- oder Waldgötter anbetete, waren doch die meisten schnell bereit, mit ein paar lateinischen Sprüchen und Kniebeugen die neue Mode mitzumachen und diesem neuen Gott zu huldigen. Amen.

Gut, manche übertrieben es auch wieder. Zogen sich zurück, um diesem einzigen Gott ganz ihr Leben zu schenken. Eremiten nannte man die. Heute würde man eher »Spinner« sagen, die sich vor aller Welt verschließen. Und wo man sich heute über diese – neumodisch »Aussteiger« genannten – mokiert, verehrte man diese Einsiedler damals sogar.

Gerade hier, im Land an der Saar, war man froh, daß man außer einem unsichtbaren Gott, der noch dazu in einem schwer zugänglichen Himmel residierte, zur Sicherheit auch noch einen

Wendelin und eine (nein, keinen Wum!) Oranna hatte. Leute, wie du und ich, aus Fleisch und Blut. Das waren beides sogenannte Lokalheilige, halt eben zuständig für unsere Region.

Dafür haben die aber auch viel geleistet. Muß man zugeben.

Außerdem hieß der Herr nicht Wendelin, sondern Wendalinus, und war eigentlich - so will es die Legende, und die setzt sich letztendlich immer durch - ein schottischer Königssohn, der auf seinen Thron verzichtete. Ein raffinierter Werbegag übrigens, der ihm schnell die richtige Publicity und Publikums-Sympathie garantierte.

Nun, dieser Wendalinus haßte wohl ebenso wie auch manch moderner Adlige den ganzen Presse-Rummel: täglich von Paparazzi verfolgt, jede Woche in der Yellow-Press, damit auch Mutti am Montag mehr weiß als andere Frauen.

Nein, nein, Wendalinus war da ganz anders. Er wollte einfach nur Gott dienen. Und irgendwann im 6. Jahrhundert pilgerte er dafür erst einmal nach Rom - das machte man früher, als es noch richtig schön beschwerlich war. Einfach so, als Buße!

Es war nicht wie heute: 3½ Tage Wochenend-Wallfahrt mit Stadtrundfahrt und Konzertbesuch, mit Gebet vom Kassettenrecorder und Videofilmen im Bus! Nein, nein, damals wurde noch knochenhart gepilgert. Und nachdem dieser Wendalinus genug von Rom hatte, überlegte er den ganzen Rückweg lang, wie er dem königlichen Papa beibringen sollte, daß er eigentlich null Bock auf Thron hatte, und (heute kennt man so was nur noch von den Kids am Zeugnistag) traute der sich gar nicht mehr nach Hause. Und zufällig in der waldigen Wildnis um Sankt Wendel herum, just im Land an der Saar, gefiel es ihm so gut, daß er blieb. Dort war's ja auch für einen Einsiedler wie geschaffen. »So was von hinterm Mond finde ich in ganz Schottland nicht wieder!« sagte er sich und ließ sich dort im Gehölz nieder. Gut, Sankt Wendel hieß die benachbarte Stadt noch nicht - erst nach seinem Wirken. Gottlob, denn der ursprüngliche Name

»Basonevillare« war selbst für alteingesessene Saar-Franken schwer auszusprechen.

Nun, erst einmal übte Wendalinus seinen Traumberuf aus: Einsiedler. Aber da so eine Tätigkeit finanziell nicht allzuviel abwarf und ein soziales System wie heute noch nicht existierte, wo man auch ohne Schweiß und Anstrengung sehr bequem (von den und dank der anderen) leben kann, nahm Wendalinus der Not gehorchend einen Job an und diente einem Edelmann als Hirte – genauer, er diente eigentlich dessen Schafherde.

Und eines Tages wollte der Edelmann – der eigentlich gar nicht so edel war, sondern, laut Zeitzeugen, ein Gauner (heute würde man »Weiße-Kragen-Verbrecher« sagen) – seine Schafherde inspizieren und war erzürnt, als er sie schließlich fand: j.w.d. – janz weit draußen. Ja, über sieben Meilen hatte sich dieser Wendalinus doch vom Hof entfernt! Und was sollte das Geschwätz von wegen, da gäbe es so eine schöne Weide an diesem Berg, und da würden auch dem Herrn Eremiten immer so tolle neue Gebete einfallen? Hm? Allein aus logistischen Gründen konnte man das Essen heute vergessen! Was sollte die Köchin jetzt noch kochen, bitteschön? Ein in Rosmarin gedünstetes Lämmchen stand natürlich für heute nicht mehr auf der Speisekarte – wo es schon langsam dunkelte! Und einfaches, trockenes Brot? Für einen Edelmann? Das verschmähte der erzürnte Edle natürlich, und einen Pizza-Service hatte auch noch keiner erfunden (die nächste Fuhre Italo-Römer sollte erst wieder in den sechziger Jahren des 20. Jahrhunderts kommen). »So muß ich mich wieder mit aufgewärmtem Fraß von gestern begnügen. Potzblitz! Hol dich doch der Teufel, Wendelin!« meinte erbost der Edelmann, gab seinem Pferd die Sporen und eilte zum Hof zurück.

Wendalinus war gekränkt. Nicht nur wegen dem »Teufel«, der ihn holen sollte. »Dem zeig ich's«, muß er sich gesagt haben und vollbrachte aus Trotz (oder wie man heute im Saarland sagen würde: »graad zaleetz«, gerade zuletzt, also gerade erst recht) ein Wunder, das ihm schließlich einen Ehrenplatz in der – zugegebenermaßen recht kurzen – Liste der Saar-Heiligen eintrug. Denn als der Edelmann zu Hause (ohne auch nur das geringste Lämmlein um den Hals) vom dampfenden Roß stieg, immer noch in seinen Bart grummelnd, hörte er die inzwischen wunderbarerweise bereits eingetroffenen Schafe blöken, und das kleine Lämmchen mähte besonders laut, als es erschreckt gewahr wurde, daß es nun doch in edler Pfanne auf Rosmarin schmoren solle.

»Was?« der Edelmann war verblüfft. Nein, er konnte nicht glauben, daß eine ganze Schafherde samt schottischem Schäfer – der sonst nur träumend und betend vor sich hin schlenderte – in so kurzer Zeit sieben Meilen zurückgelegt haben sollte. An Zauberei glaubte er nicht, und auch so moderne Verkehrsmittel wie Bus oder Bahn sollten im Saarland noch weit in der Zukunft schlummern (wobei sie dort, allein aufgrund der recht chaotischen Verkehrsverhältnisse auch nicht gerade im Sieben-Meilen-Tempo vorankommen werden). Und so fiel es ihm wie Schuppen aus den

Haaren: »Potzblitz! Dieser Schäfer muß ein Heiliger sein!« Er bat ihn sogar um Vergebung und lud ihn zum Essen ein (natürlich: Lämmchen auf Rosmarin). Aber Wendalinus, noch leicht in seiner Ehre gekränkt, winkte ab. Fiel ihm auch leicht, da er eh mehr auf trockenes Brot stand.

Aber der Edle ließ nicht locker im Verehren und erbaute Wendalinus sogar eine Zelle - also keine zum Einsperren, mehr so eine zum Einsiedeln und Beten - und das ganz in der Nähe des Klosters Tholey. War von der Lage her einfach günstig, wo es da ja noch mehr solche merkwürdigen Gesellen gab, die nur von Luft und Liebe lebten (Liebe zu Gott - natürlich!) und sich »Mönche« nannten. Später wurde Wendalinus in diesem Kloster sogar Geschäftsführer (was in der kirchlichen Insider-Sprache »Abt« heißt). Und das lag ihm einfach mehr als Schottenkönig.

Trotzdem, auch er nahm den Weg alles Irdischen: er starb im Jahre 617 und - er muß doch ein Heiliger gewesen sein - vollbrachte sogar nach seinem Tod noch solch ein Translations-Wunder (so nennt man das, wenn einer in kurzer Zeit unmögliche Distanzen überwindet). Gut, dabei handelte es sich diesmal nicht um sieben Meilen, sondern nur um ein paar Meter, für einen Toten auch schon eine ganz beachtliche Strecke, denn nachdem er bestattet war, lag am nächsten Tag plötzlich sein Leichnam nicht mehr in der Grube, sondern daneben. So drückte er eben aus, daß er lieber woanders, nämlich an seinem Lieblingsberg begraben sein wollte. Gesagt, getan. Man trug ihn flugs dorthin und bestattete ihn erneut. Und jetzt blieb er auch brav drin im Grab. Darüber baute man ihm dann einen schönen Dom, und der kleine, darum entstehende Ort bekam seinen Namen: »Sankt Wendel«. Er aber, der Heilige - im Nebenberuf Schäfer - wurde fortan als Vieh- und Seuchenheiliger verehrt. Das war damals eine sehr praktische Therapie gegen alle Art Maul- und Klauenseuchen, bis dann später findige Quacksalber lernten, als »Veterinärmediziner« noch viel besser verdienen zu können.

Wendalinus war als Gesundsheitsapostel im Saarland nicht allein: Auch eine Heilige, um die sich diverse Legenden ranken, war medizinisch tätig. Allerdings brauchte man sie nicht fürs Vieh, nein, sie war eher eine HNO-Heilige: die heilige Oranna von Berus. Diese soll nun nicht schottischen Ursprungs gewesen sein, sondern eine irische Königstochter. Wobei man sich langsam fragt, warum eigentlich immer Königskinder. Aber gut – andere Quellen sprechen von ihr als lothringische Königstochter. Das paßt wenigstens geographisch besser. Und diese Oranna soll zudem taub gewesen sein und sich deshalb zurückgezogen haben – in die Einöde. Natürlich, immerhin war es dort ja auch viel ruhiger. Auch sie soll Wunder bewirkt haben und einem Leidensgenossen – fast schon trivial – auch einem Edelmann, nur diesmal einem fränkischen, sein Gehör wiederverschafft haben. Und darob wurde dann auch sie verehrt.

Und sie wird es noch heute! Die heilige Oranna. Allerdings streitet man sich bis dato noch um die Herkunft ihres Namens. Ob er von »Oranda« kommt oder von »orare«, beten; ob vom irischen »Othranna« oder von den heiligen »Orannen«, vielleicht stimmt auch die Volks- und HNO-Version: »Ohr-Anna«.

Spielt aber an sich auch keine so besondere Rolle. Wichtig ist: noch bevor sich Mediziner und Krankenkassen an Ohrleiden und Kopfschmerzen oder der sehr oft im Saarländischen vorkommenden »Freck«, dem üblichen herbstlichen grippalen Infekt, bereichern konnten, kamen Heerscharen von Kranken zu Oranna, um sich von ihr Heilung zu erflehen. Und dafür erhielt sie später – nach ihrem Tode – die Heiligsprechung und wurde (schließlich herrscht auch in der vatikanischen Heiligen-Abteilung eine strenge Ordnung) in die Reihe der »Heiligen mit Sonderaufgaben« eingereiht.

Gut, man kennt sie heute als erste freiberuflich praktizierende Ohren-Ärztin, aber ihr eigentlicher großer Erfolg bei den einfachen Leuten war nicht die Heilung von Schwerhörigkeit, Migräne oder Mittelohrentzündungen – nein, sie stand zudem in dem Ruf, eine Art himmlische Heiratsvermittlerin zu sein, eine Kuppelmutter mit Heiligenschein. Ja, noch heute muß sie wirken, wenn es gilt, den Mann fürs Leben zu finden. Noch heute schleichen junge Mädchen zu Orannas Kapelle, nachdem sie sich vergewissert haben, daß ja keiner ihrer Disco-Kumpels oder Tanzstundenbekanntschaften sie beobachten, zünden verschämt eine Kerze an und beten – wie ihre Mütter, Großmütter, Urgroßmütter und sonstige Vorfahren:

»Hälisch Orann,
Bescher mer'n Mann;
Kän Seffer, kän Schmesser,
Känen met 'me roden Bart.
Die senn kä gudde Art.«

Eigentlich braucht es nicht extra betont zu werden, aber auch hier gilt – wie bei den Lotto-Zahlen – »ohne Gewähr«!

Wie? Was das heißt?

Kän Seffer, kän Schmesser, känen met 'me roden Bart ... ?

Vielleicht sollten wir mal einen Augenmerk auf die Sprache werfen, die in unserer Region gesprochen wurde und zum Teil auch heute noch gesprochen wird. Denn das ewige Hin und Her der Region an der Saar, zwischen Ost und West, zwischen romanischem und germanischem Einfluß läßt sich besonders gut an der Sprache verfolgen.

Kapitel 6

RIWWER-NIWWER, TEIL 1: »RIWWER«
Die deutsch-französische Fliege

»Elsbeth?«
»–« (nix).
»Elsbeth?«
»–« (immer noch nix).
»Eeeelsbeeeth?«
»Ei, was is dann? Schrei do net so!«
»Ei, du gebbschd joo aa kenn Antwort! – Hoschd du mei Riwwer-Niwwer gesiehn?«
»Gott, wo werd der sinn? – In da link Schublad. Mach dei Auue uff!«

Ein ganz normal ehelicher Vorgang. Der Herr der Schöpfung, meist blind für die einfachen Dinge des Lebens, hat etwas verlegt. Nach Eröffnung der Konversation – sich helfen lassen ist ja wesentlich einfacher als etwas selber suchen – fragt er ganz gezielt. Naja, so ganz »gezielt« auch wieder nicht. Denn er fragt nicht, wo das betreffende Teil ist, sondern ob seine andere Hälfte (oft »bessere« genannt, wobei die »schlechtere« da schon wieder leichte Zweifel anmeldet) das Gesuchte gesehen hat. Sie – nach einem Blick gen Himmel (Gott wird dann oft angerufen: »Wie hast du nur sowas ›schöpfen‹ können?«) – fragt zunächst, wo er denn wohl sein könne; eine übrigens typisch saarländische (schon leicht oberlehrerhafte) Formulierung – »Wo werd der sinn?« – und weist ihm schließlich den Weg zu seinem ... Ja, was ist das nun, ein »Riwwer-Niwwer«?

Man könnte es auch »Ribber-Nibber« schreiben, denn die Aussprache des Konsonanten nach dem »i« ist sehr weich, ein Zwischending. Die obere Zahnreihe berührt leicht die Unterlippe, aber die Oberlippe möchte auch – in dieser Region Deutschlands ist man eben sehr geschwätzig – mitreden und verschiebt den weichen w-Laut in Richtung eines noch weicheren »b«. Im gesamten heutigen deutschen Südwesten kennt man diesen Laut, wenn man ihn auch nicht schreiben kann.

Aber was ist ein »Riwwer-Niwwer« – also ein »Rüber-Nüber«? Zu den Anfangszeiten des Kalten Krieges hätte man wohl schnell an die »Brüder und Schwestern drüben in der Zone« gedacht. Daher stammt auch der oft benutzte Ausdruck »hüben und drüben«. Aber da es »hüber« genausowenig gibt wie »nüber«, belassen wir's bei der regionalsprachlichen Artikulation: »Riwwer-Niwwer«.

Und was ist das?

Das, was da so vehement gesucht wird, hat nämlich mit einer Grenze im Sinne einer Demarkationslinie, einer Zonengrenze oder eines Vorhanges (ob eisern oder auch anders) eigentlich nichts zu tun. Ein Riwwer-Niwwer im Land an der Saar bezeichnet eine Fliege. Also keine, die fliegt (auch wenn deren Flugrichtung schon andeutungsweise klar wäre), sondern eine Fliege, die eher hängt. Oder, falls gefunden, hängen soll, nämlich unter dem Kinn des besagten Herrn zum Beispiel.

Eigentlich meinte ich gerade in Bezug auf eine Grenze, hätte Riwwer-Niwwer nichts damit zu tun. Hat aber doch. Denn dieser Ausdruck beschreibt treffend in zwei Worten (die noch dazu reimtechnisch elegant klingen) die gesamte Geschichte des Saarlandes. Von seinen Anfängen bis heute. Vielleicht sogar bis morgen, wenn man dem Geschwätz eines bayerischen oder eines badenwürttembergischen Ministerpräsidenten Beachtung schenkt, der die Saar im Zuge einer Länderneugliederung wieder an irgendwelche Pfälzer, Rheinländer oder sonst einen ungeliebten Nachbarn angliedern will.

Denn mit »riwwer-niwwer«, rüber oder nüber, also mal hierhin, dann wieder dahin, so könnte man tatsächlich das saarländische

Schicksal bezeichnen. Kaum war es dem Osten zugehörig - ob das Franken waren, Bayern oder Deutsche - es dauerte nie lange, und es gehörte wieder zur anderen, zur westlichen Seite, zur romanischen, die dafür allerdings (historisch viel konsequenter) bis auf die Anfänge immer französisch war.

»Riwwer-Niwwer« zeigt aber auch - wenn korrekterweise mit einem leichten Stöhnen ausgesprochen - daß man hierorts nicht gerade erfreut über dieses Hin und Her war. Und auch heute fühlt man sich nicht auf eine Seite fixiert, sieht sich nicht als richtig deutsch oder »vraiment français«. Man hat sich regelrecht arrangiert und fühlt sich als ... - eben als »saarländisch«. Und diese Entwicklung, dieses Zurückziehen auf die eigene Scholle, begann früh. Vielleicht schon im frühen Mittelalter.

Erinnern wir uns: da war dieser Karl, der Große. Aber auch ihm half seine imperatorische Größe nicht weiter, als der Sensenmann rief, und so nahm auch er - trotz bester Beziehungen zum Vatikan - den Weg alles Irdischen und starb, nein besser, er verblich (ein Kaiser stirbt nicht wie die anderen Proleten, er verbleicht). Dabei hinterließ er aber seinem Sohn Ludwig ein ganz schönes Reich. Und dieser nun, genannt der Fromme, verteilte es wieder unter seinen Söhnen, und damit nahm eigentlich der ganze Knatsch seinen Anfang. Hören wir dazu den Live-Mitschnitt eines kameradschaftlichen Gesprächs während eines Scharmützels »Franken gegen Franken«:

Soldat 1: »Theo, was ist? Gehst du mit?«

Soldat 2: »Ich? Gehen wir wieder nach Colmar, zur roten Nanette - in dieses verrufene Haus in der Altstadt? Au ja, aber du mußt mir 'ne Runde spendieren; hab' kaum noch einen Taler.«

Soldat 1: »Hab' doch selber alles beim Würfeln verloren. Außerdem wollte ich nicht wissen, wie wir den heutigen angebrochenen Abend gestalten, sondern, ob du auch mit den Aufständischen zu den Jungs überläufst. Aber lüg' nich!«

Dieses »lüg' nich« war unter der kämpfenden Truppe da im Sommer 833 bei Colmar zum geflügelten Wort geworden, da die Schlacht »Vater gegen aufsässige Söhne« auf dem Lügenfeld stattfand und keiner so recht wußte, wem er denn nun glauben sollte. Aber lauschen wir weiter.

Soldat 2: »Mir egal. Wenn du und die anderen aus unserm Dorf überlaufen, dann lauf ich auch über. Außerdem blicke ich eh nicht durch, warum die Jungen so einen Haß auf ihren Alten haben ...«

Mit den »Jungen« waren eben die Söhne des Kaisers gemeint. Und der, der Alte, Ludwig der Fromme, hatte Differenzen mit seinem Nachwuchs. Es waren eher so Erbstreitereien, obwohl er selbst noch quietschlebendig, wenn auch leicht angeschlagen war. Denn sein Heer war gerade im Begriff, zu dem der Söhne überzulaufen. Und nicht nur, weil jenes moderner war und auch, rein

biologisch betrachtet, die höhere Lebenserwartung hatte. Dabei wurden auch heftig Intrigen gesponnen, und viele Soldaten waren gleich Feuer und Flamme für die dreieinhalb Jungs, andere, die mehr wegen des Gaudis und dem Zaster kämpften, schlossen sich denen an, denn: Alleine weiterkämpfen macht auch keinen Spaß.

Ja, ja, ich höre schon den Leser oder die Leserin (die oft als wert tituliert werden, was aber eher auf Höflichkeit denn auf echter Wertschätzung beruht): »Was soll denn das heißen: dreieinhalb Söhne, was ein Quatsch!«

Langsam, noch mal von vorn: Ludwig der Fromme hatte drei Söhne (ist aber kein Märchen, wenn's auch so anfängt). Lothar war der Älteste und sollte auch vom Vater das ganze Reich bekommen, wie es ja von jeher so Brauch war. Aber der fromme Ludwig dachte (fromm wie er war) auch an die beiden anderen, nämlich Ludwig den Deutschen – weiß der Himmel, warum der so hieß – und Pippin (ohne Zusatz – oder aber auch nach einem Attribut aus dem reichen Fundus von Ahnen, kurz, mittel, was weiß ich? – benannt).

Und diesen beiden Söhnen wurden Teilreiche angeboten, damit's eben keinen Krach gibt: »Für einen Lothar allein ist so ein ganzes Riesenreich eh viel zu groß. Du wirst Vizekaiser, Lothar, und gibst deinen Brüdern was ab, klar?«

Lothar wollte wohl nicht so recht, und so konnte sein Bruder Ludwig ihm nur Bayern entlocken – das Lothar zwar gerne behalten wollte (wegen der grandiosen Landschaft), aber trotzdem abgegeben hat (wegen der grantelnden Bevölkerung).

Der andere Bruder, Pippin, schielte als Gourmet und Genußmensch eher nach dem Westen, wollte und erhielt auch das für ihn kulinarisch interessantere Aquitanien. Soweit, so gut.

Wenn da nicht die Frauen wären! Vorsicht! Ich möchte nämlich hier nicht so frauenfeindliche Parolen, wie »Frauen sind an allem schuld«, nähren, nur hier, in dem speziellen Fall, wurde die Sache durch das Auftauchen einer Frau kompliziert. Weniger wegen der Frau an sich, sondern weil der alte Ludwig sich auf seine alten Tage nochmal verliebt und einer zweiten Frau die Ehe und die – aus Dankbarkeit – ihm noch einen Sohn, nämlich Karl den Kahlen, geschenkt hatte. Ja, der hieß tatsächlich »der Kahle«, was bei einem Neugeborenen verständlich ist. Immerhin sind die meisten Säuglinge, ob Königssohn oder nicht, kahl. Nur dieser soll tatsächlich seine praktische und pflegeleichte »Frisur« zeitlebens beibehalten haben.

Resümieren wir: Karl war also der Halbbruder der drei anderen, macht rein rechnerisch: $1+1+1+{}^{1}/_{2} = 3\ {}^{1}/_{2}$, klar?

Jetzt durfte natürlich der »halbe Bruder« – wenn auch noch ganz neu – nicht leer ausgehen, sonst hätte die Stiefmama – klingt jetzt auch wieder nach Märchen – verständlicherweise auf den kaiserlichen Putz gehauen, auch klar! Also hatte sich der Papa eine Landkarte und einen Stift geangelt, ein bißchen rumgekritzelt, Ländereien bald hierhin, bald dahin verschoben (heute würde man neudeutsch »herumwaigeln« sagen, d. h., etwas so lange hin- und herwenden, bis endlich aus nix etwas geworden ist), und, hokuspokus, war auch für den Kahlen ein Teilreich da: Alamannien.

Da waren die restlichen Söhne natürlich stinksauer! Ein winziges Baby und schon ein Reichsherr! Soll doch erst einmal was leisten, der falsche Bruder! Na, da soll er halt mit den ganzen geizigen Teufelsaustreibern da unten selig werden.

Aber der Alte hatte des Aufruhrs noch nicht genug gestiftet. Vielleicht hatte auch der kleine Pippin zu laut gemotzt oder seinen Halbbruder unter dem Tisch getreten, auf jeden Fall nahm der Alte Pippin das hübsche Aquitanien wieder weg, legte es in die Schatulle und meinte: »Das kriegst du erst zurück, wenn du wieder brav bist.«

Pippin war natürlich alles andere als brav. Er war sogar stinksauer, wetterte gegen den Vater, der wäre senil, ein alter Tattergreis, der zum Regieren gar nicht mehr tauge, und was er dem Alten sonst noch für unkaiserliche Worte an dessen kaiserliches

Haupt schleuderte. Er wiegelte seine zweieinhalb Brüder regelrecht auf, tat sich in seltener Eintracht mit ihnen zusammen gegen den konservativen Alten, und die Boys hieben dann mal so richtig auf den elterlichen Tisch.

Aber wie das bei Kaisers so geht: da reichte es nicht aus, ein paar Blumenvasen an die Wand zu deppern, den Papa einen »alten, vertrottelten Idioten« zu nennen, den man am liebsten für unmündig erklären möchte. Nix da: Adel verpflichtet! Da mußte schon zumindest eine Schlacht her. Und wenn die auf dem Lügenfeld geschlagen würde! Und tatsächlich, dort waren die Mannen des Alten, Ludwigs des Frommen, recht bald zur jüngeren Generation übergelaufen. Und wie sich dieses wohl schon alte Wort immer wieder bewahrheitet: »Kleine Kinder, kleine Sorgen, große Kinder, große Sorgen!«

Der Papa weg – die Jungs da (und gleich dreieinhalb!); das konnte natürlich nicht gut gehen. Und da einer immer der Boß sein will, in diesem Falle nahm sich das Lothar der Älteste heraus, haben die beiden anderen (mit wem sollten die sich auch zusammenschließen?) tatsächlich den Alten wieder reaktiviert, damit der älteste Bruder ihnen nicht noch über den Kopf spuckt.

Scheinbar muß das den kleinen Pippin leicht überfordert haben, denn der wurde krank. Vielleicht hatte er sich auch totgeärgert, jedenfalls traf ihn der Schlag. »Trifft sich gut«, murmelte der Alte happy (weil er länger ausgehalten hat), kramte Aquitanien wieder hervor und schenkte es dem Halbbruder Karl, bevor er dann auch die Flatter machte – weniger aus Frust wegen seinen mißratenen Bengels – sondern eher aus rein biologischen Gründen.

Kaum war der fromme Ludwig unter der Erde, und – wie wir aufgrund seiner guten Beziehungen mit ziemlicher Sicherheit annehmen dürfen – zur Rechten des Vaters, gab's unter seiner Brut doch schon wieder Zoff! Diesmal stritten sich nämlich die mit dem Kleinkram abgespeisten Halbbrüder Karl und Ludwig mit Lothar. Wahrscheinlich wollten sie etwas mehr vom kaiserlichen

Kuchen, und droschen auf den übervorteilten Bruder ein, wahrscheinlich wieder stilgerecht in einer Schlacht. Aber ob die da jetzt zu dritt bei Fontenoy im Jahr 841 ihren Bruderzwist austrugen, wage ich doch zu bezweifeln – da hat gewiß jeder der Streithähne ein paar Hundert trunksüchtige Söldner angeheuert und aufs Bruderherz ein paar Goldstücke Kopfgeld ausgesetzt. So machte man das früher immer. Natürlich gibt es auch heute noch ähnliche Beispiele politischer Konfliktlösung. Schließlich ist die Steinzeit ja auch noch nicht so lange her, wenn man mal in erdgeschichtlichen Kategorien denkt.

Es ist anzunehmen, daß Lothar damals dann irgendwann (weißbeflaggt) um Gnade winselte, jedenfalls unterlag er. Das »lag« sei jetzt hier nur bildlich gemeint – er stand noch, wenn auch gebückt und unter der Fuchtel seiner beiden (genaugenommen eineinhalb) Brüder. Die schnappten sich natürlich sogleich die alte Karte aus den Hinterlassenschaften ihres Papas und teilten neu auf. Diesmal aber richtig, mit Stempel und Siegel und Notargebühren: im Vertrag zu Verdun (der eifrige ehemalige Schüler weiß aus dem Unterricht sogar noch ziemlich genau wann. Genau: in den vierziger Jahren des 9. Jahrhunderts. Korrekt: im Jahre 843).

Ludwig, der nicht ganz zu Unrecht den Beinamen »der Deutsche« mit sich herumschleppte, nahm sich natürlich – nomen est omen – den Osten: das Ostfrankenreich, also ziemlich alles, was später mal deutsch heißen sollte, vom Rhein bis etwa zur Oder. Karl, der immer noch kahle, hatte inzwischen die kulinarischen Vorteile einer französischen Provinz schnell zu schätzen gelernt und griff beherzt beim Westfrankenreich zu. Und das ging westwärts bis zur Atlantikküste.

So blieb für Lothar – immerhin unterlag er ja auch und sollte zufrieden sein, daß er vom Kuchen überhaupt etwas abbekam – allerdings nur noch ein derartig schmaler Streifen, den wohl keiner so recht haben wollte: das sogenannte Mittelreich, ein schlauchähnliches Gebilde quer durch das heutige Mitteleuropa, von der

Nordsee über Burgund bis zum Mittelmeer. Spötter sagten sogar »Kegelbahn« dazu.

Aber sehr lange konnte sich Lothar nicht an seinem langgezogenen Mittelreich erfreuen. Denn auch er starb bald und hinterließ – Regenten mußten halt früher vor allem fruchtbar sein (das Regieren war da weniger gefragt) – wieder drei Söhne. Lustig, nicht? Immer »drei«; wahrscheinlich kommen daher die Märchen, jetzt wissen wir's.

Und unter diesen dreien wurde der ganze »Schlauch« – besagte »Kegelbahn« – wieder aufgeteilt. Für unsere Region wichtig (dafür erzähl ich ja den ganzen Kram) war vor allem der zweite Sohn, Lothar II. Das heißt jetzt nicht, daß der erste Lothar I. hieß und der dritte Lothar III.; nein, die Arithmetik ist eine andere: der ältere hieß Ludwig II., nach dem Opa und der Jüngste hieß Karl, nach dem großen Uropa und gleichzeitig dem kahlen Onkel, aber nur Karl, also ohne Zusatz – sonst hätte er wohl Karl der Kurzlebige, Verderbliche, Kurz-Haltbare geheißen, denn bereits acht Jahre später mußte sein Besitz unter den Brüdern aufgeteilt werden, da war er, der kleine Karl (der sich noch keinen Beinamen erarbeiten konnte), gesegnet, nämlich vom Zeitlichen.

Trauer hin, Trauer her – zurück zu Lothar II. Er war, wie gesagt, entscheidend für die Saar. Denn die lag mittendrin in seinem Teil (von der Nordseeküste bis zu den Moselquellen). Und im Original hieß das damals nach Lothar und seinem Regierungsamt »Lothari regnum«. Und daraus – genau, der pfiffige Leser hat es selbstverständlich schon herausgefunden – leitete sich (oder »litt« (?) sich) »Lotharingen«, später »Lothringen« ab. Und dazu gehörte (zumindest damals) eben auch die Saar. Aber auch Teile von Belgien und dem Elsaß.

Und so kam die Saar wieder mal unter einen eher westfränkischen Einfluß. Aber das währte auch nicht lange! Nur fünfzehn Jahre, dann ging's wieder rüber, denn Lothar II. mußte ja auch mal von der Bühne und hinterließ den Hinterbliebenen seine Hinterlassenschaften; sein Reich wurde auch wieder neu aufgeteilt (das war damals ein ewiges Hin- und Herverteilen), und unsere Saar fiel jetzt wieder dem ostfränkischen Reich zu, geriet also mehr unter »deutschen« Einfluß. Und das kam nun so: Wie alles hat nämlich auch ein Königreich (und zwar in unserem Fall das ostfränkische) irgendwann einmal ein Ende, und das der Karolinger (so hießen die – das war sozusagen der Zuname der ganzen Sippe des kahlen Karl – so wie man heute Müller, Mayer, Kohl oder Windsor heißt) endete eben auch in den ersten Jahren des 10. Jahrhunderts. Man sagt häufig, die Dekadenz regierender Häuser schlage (oder schlüge? Gibt's das? – Ach, deutsche Sprache, schwere Sprache!) irgendwann auf die Fruchtbarkeit, ja, so sei es immer wieder gewesen – mag sein; auf jeden Fall war irgendwann dann kein Nachfolger mehr da – nicht mal ein unehelicher. Nix! Kein Frommer, kein Kahler, kein Großer – nicht einmal ein Kleiner.

Aber da gab es zum Glück noch die ganzen Stammesherzöge (wahrscheinlich schon bei den ersten Anzeichen drohender königlicher Impotenz eingesetzt), und die wählten nun im Ostfrankenreich – dazu gehörten übrigens sogar die Sachsen – ja! »de Socksn gehört'n ooch dazu, forbibbsch noch mal, was soch'n se nuu? ...« – nachdem sich sogar alle zusammen einigen konnten nach einem unbedeutenden Konrad bald wieder einen richtigen Kaiser, Heinrich I. Der mußte natürlich die ganze Erbmasse mit übernehmen. Und er wurde dann Kaiser des ganzen Reiches – auch über Lothringen. Und da dieser sächsische Heinrich an jene ferne Region gekommen war, wie die Jungfrau zum Kind, hatte er gar kein so großes Interesse an diesem weit im Westen liegenden Grenzland. Ihm war seine sächsische Heimat lieber (hier im Westen natürlich gänzlich unverständlich!) – ja, er sah Sachsen sogar als den Nabel der ganzen Welt! Was sollte er da mit Untertanen, die noch dazu durch die Nase sprachen? Nein, nein. So hat er unser schönes Land links (also westlich) liegenlassen. War ihm einfach nicht wichtig! Unvorstellbar: die Pfalz sagte ihm mehr zu! Naja – Sachse, eben! Auch das Elsaß nahm er mit, aber das kann nur am Wein gelegen haben.

Tja, es war wirklich ein ständiges Hin und Her – immer zwischen Osten und Westen, zwischen romanischem und germanischem Einfluß, immer zwischen Orient und Okzident. Nein! Das Letzte ist jetzt leicht übertrieben, aber eben immer »Riwwer-Niwwer«.

Das hat natürlich diese Gegend geprägt. In den verschiedensten Bereichen: in der Kultur, auch in der Küche merkt man das und am stärksten natürlich in der Sprache.

Denn man sprach meist so – notgedrungen – wie man von der Obrigkeit her gezwungen war, wenn auch die Volkssprache oft andere Wege ging. So gab es Zeiten, wo man keltisch sprach, dann römisch, also lateinisch, mittelhochdeutsch, neuhochdeutsch, alt- und jungfranzösisch. Dann gab es – wie überall – jüdische Einflüsse, slawische und nordische. Und all' das findet sich heute noch. Daher soll der zweite Teil dieses Kapitels, quasi als interdisziplinärer und edukativer Einschub, der Sprache an der Saar gewidmet sein.

Und zwar der Sprache, wie man sie heute spricht. Eine lebendige Sprache bietet einfach mehr. Und der Leser hat auch etwas davon, wenn er als auswärtiger Saar-Tourist (gut, mehr so fiktiv, denn Touristen sind rar an der Saar!) sich in authentischer »Eingeborenen«-Sprache auf dem Sankt Johanner Markt in Saarbrücken ein paar »Grumbeern«, samt »Dürrfleesch« und »Hawe« für einen schmackhaften »Dibbelabbes« erstehen will. Und damit kommt er viel leichter durch, als wenn er hochdeutsch näselt. Damit wird man dann ganz schnell als »Fremer« oder »Dohergeloffner« ertappt und vielleicht sogar als »Dummbraddeler« diffamiert.

Ein Dummbraddeler ist eben einer, der »dumm braddelt«, spricht, labert – aber »braddeln« bedeutet auch, sich überheblich und angeberisch zu äußern.

Wo das »dummbraddeln« mehr ein Privileg des Fremden ist, nimmt der Saarländer eher das »Dummschwätzen« als regionale Äußerungsform in Anspruch, was eben bedeutet, irgend etwas zu äußern, ohne eigentlich etwas zu sagen. Eine Redeform, die natürlich nicht nur aufs Saarland begrenzt ist, sondern weltweit, vor allem bei Parlamenten oder in Orts- und Stadträten, bis heute gepflegt wird. Diese Art der Null-Informations-Übermittlung wird im Saarland üblicherweise mit dem Ausdruck »Hasengespräch« umschrieben – wir haben diese Bezeichnung ja schon im letzten Kapitel bei den Saar-Galliern andeutungsweise kennengelernt – wobei selbst hunderte Jahre später immer noch niemand den eigentlichen Ursprung dieses Synonyms erklären kann. Möglicherweise wurde es ja auch erst viel später, vielleicht anläßlich der Vorstandsitzung eines Hasen- und Kaninchenzüchtervereins in irgendeinem saarländischen Dorf, geprägt. Es könnte sogar auch noch in unseren Tagen geschehen sein. Immerhin gibt es gerade heute viele solcher Zuchtvereine, die sich hobbymäßig und landwirtschaftlich interessiert mit erbbiologischen und rassischen Themen theoretisch, aber auch mit praktischen, begleitenden Übungen auseinandersetzen.

Ein weiteres, immer wieder gern bemühtes saarländisches Wort ohne Bedeutung (derer gibt es schon ein ganze Reihe) ist das berühmte »oh leck!«. Das aber – oft zitiert, nie erklärt – hat womöglich einen anderen Ursprung. Man hört dieses »Oh leck!« ja sehr häufig, und es bezeichnet – in ganz unterschiedlichen Betonungen gebraucht – einen spontanen Anfall von Freude, Trauer, Schmerz, Überraschung oder auch Erschrecken. Und beim »Oh leck!« dürfte es sich um die verkürzte Fassung eines bekannten Zitats aus Goethes Feder handeln, mithin schon ein neuerer Begriff, der, weil eben überall passend, vornehmlich zur Überbrückung im Gespräch immer wieder notwendig werdender Denkpausen geeignet ist, wie das englische »well«, das pfälzische »also« oder das sächsische »nuuu«. Die Franzosen haben übrigens auch eine solche Redeflußbremse, die aber, wenn man sie schreiben müßte, als »ööhm, äähem, ähem, ääh, eeh« notiert, phonetisch besser mit dem Wort »Denk-Geräusch« zu bezeichnen wäre.

Nun klingt das alles für den Saarland-unbedarften Leser recht fremd, aber es ist gar nicht so schwer, diesen Mischmasch aus Pfälzisch, Hessisch, Französisch, Alt-, Mittel- und Neu-Hochdeutsch samt ein paar lateinischen und jiddischen Einsprengseln selber zu praktizieren. Wie gesagt, ein »Oh leck!« paßt überall ins Gespräch, ist auch phonetisch kein Zungenbrecher, so wie die ganze Sprache oft auf einfachste Zusammenhänge reduziert wird. Nehmen wir nur als Beispiel den Komparativ. Die Steigerung im Saarland wird weniger durch Anhängen entsprechender Endungen vollzogen, sondern durch Vorstellen einer Silbe, die noch die ländlichen Traditionen lebendig hält. An der Saar sagt man weniger, daß etwas schön, schöner, am schönsten sei, sondern – auch mit der unregelmäßigen Form wird das praktiziert, also mit zum Beispiel gut, besser, am besten – man verwendet ein beliebtes Haustier und sagt rustikal: gudd, saugudd, gudd wie en Sau. Und dabei darf man dieses Wort »sau-« nicht als abwertend verstehen, ganz im Gegenteil: wer nannte im saarländischen, bäuerlichen Hinterland schon ein Schwein (saarld.: »Wutz« oder »Sau«) sein eigen? Früher hatte der normale Klein- oder Nebenerwerbsbauer, wenn's hoch kam, eine sogenannte »Bergmannskuh«, nämlich eine Ziege. Schweine hatten nur die bessergestellten. So ist die Benutzung derselben als Ausdruck der Steigerung nur zu verständlich. Und selbst bei menschlichen Gefühlen steht man zu den bäuerlichen Wurzeln, wenn man voller Inbrunst, vielleicht mit einem Rosenstrauß bewaffnet, vor der Tür seiner Angebeteten steht und leicht errötend flötet: »Du, isch hann disch saugeer!« Und damit sind selbstverständlich diese berühmten drei Worte gemeint, die so manches Pärchen ein Leben lang aneinanderbinden. Nein, nicht »Ich bin schwanger!«, sondern: »Ich liebe dich!«

Nun behaupten ja böse Zungen im Saarland oft, daß dieses Tier »Wutz« für das Land ja schon so etwas wie ein Wappentier sei, ja, daß das Land gar aussähe wie »eine Sau«. Wobei hier weniger der Zustand vor der Tür bzw. unter dem Sofa, als vielmehr die Form des Landes, nämlich der topographische Umriß gemeint ist.

Denn tatsächlich: das Saarland in seinen heutigen Grenzen ähnelt einem wohlgenährten Schweinchen, dessen Rüsselschnäuzchen feinschmeckerhaft nach Frankreich schnüffelt, während den im Osten sitzenden Pfälzern das pralle Hinterteil entgegengestreckt wird. Aber, die Grenzen sind erst ein paar Jahrzehnte alt. So handelt es sich gewiß mehr um einen Zufall, denn bei der Grenzziehung dürften weniger zoologische als geographisch-politische Gründe eine Rolle gespielt haben.

Interessantes kann man auch über den Saarländer erfahren, wenn man in seiner Ausdrucksweise erkennt, daß viele deutsche Ausdrücke und Vokabeln fehlen oder ersetzt sind; so kennt der Saarländer das Verb »nehmen« nur aus dem, hinterm Pfälzer Wald gelegenen, deutschsprachigen »Ausland«. Er benutzt generell das Wort »holen«, also phonetisch genauer: »hollen«. Er ersetzt es einfach, spricht vom »abhollen« oder vom »zuhollen«: »Es Marei is vun Seinem geholl genn«. Das muß man übersetzen – die Maria ist von ihrem Zukünftigen geheiratet worden. Kann aber auch bedeuten, daß besagte Maria von ihrem, schon länger Angetrauten »geholl« worden ist, also, daß der Ehemann seinen ehelichen Pflichten nachgekommen ist. Kein Saarländer wird jemals das Wort »nehmen« in den Mund neh..., »hollen«.

Allerdings hörte ich einmal eine Ausnahme. Nämlich bei einer einheimischen Dame – die sich allerdings schon als etwas Besseres wähnte. Das sah man deutlich am leicht übertriebenen Outfit (im Saarländischen oft mit der Wendung umschrieben: »Parisser Schickelscher unn Kellerdaaler Fieß«, elegante Damenschuhe aus Paris und darin die derb-bäuerlichen Füße aus Köllerbach). Nun, besagte Dame versuchte, hochdeutsch »zu pappelen«, und stieg ganz aufgeregt aus ihrem Auto mit den Worten: »Stellen Eusch einmal vor, da hat mich doch auf der Autobahn einer rechts übernommen!« – Nein, das war ein echter lapsus linguae. Und in dem Fall heißt es sowohl im Hochdeutschen wie auch an der Saar in allen Fällen: »hollen«.

Ebenso typisch ist für diesen Menschenschlag, der eher gemütlich und bequem ist, was sich im geflügelten Wort manifestiert: »Hauptsach gudd gess, geschafft hann mir schnell!«, daß er auch in seiner Sprache zur Faulheit neigt. Für viele Dinge verwendet er die gleichen Begriffe. So bedeutet zum Beispiel ein »Knubbe« eine Beule am Kopf, ein kleines handliches und derbes Schnapsglas, ein knorriger Stock, aber auch der Kopf selbst. Und das Wort »strack« bedeutet neben »faul« auch »betrunken«. Wenn einer zu viel gefeiert hat und lallend nach Hause kommt, dann »isser strack wie en Äämer« (Eimer) oder gar »wie en Sau« – die, auch an der Saar, üblicherweise gar nicht trinkt! Bleibt der Saarländer morgens dann im Bett liegen, weil er zu faul ist, aufzustehen, dann ist er ebenfalls »strack« (nämlich noch voll), oder er hat so gut zugeschlagen, daß er endgültig »strack« ist, dann ist er aber tot. Denn »strack« bedeutet ebenso auch starr, steif, nicht gut zu biegen. Ein Kabel kann »strack« sein, ein naßaufgehängtes und dann gefrorenes Wäschestück, aber auch ein in Betrieb befindliches, männliches ... nun ja. Auch eine Leiche ist »strack«. Gleichfalls leicht zu merken durch einen Grabspruch, den man auf einem altsaarländischen Grabstein fand: »Doo leiht er, wie er immer gelebt hott: strack« (Hier liegt er, wie er immer gelebt hat, »strack« eben).

Natürlich ist ein starker Einfluß von anderen Sprachen auch im Saarländischen nachzuweisen. Manch sprachliche Wendung ist direkt dem Französischen entnommen. So »hat« der Saarländer kalt: »Isch hann kalt, isch genn nidd warm!« (j'ai froid ...), statt »mir ist kalt, mir wird nicht warm«, wie der Restdeutsche eher passiv feststellt. Im Winter wird das sogar noch ausgeweitet: »Es schneet wie en Sau, isch hann kalt wie die Wutz«. Beim Saarländer, möglicherweise hat ihn die letzte Lautverschiebung nur gestreift, »schneet« es. Es »schneit« nicht – wie man im übrigen Deutschland sagt. Aber, darauf angesprochen, wehrt sich der Einheimische vehement: »Wieso? Das iss doch rischdisch! Es heeßt jo aa Schnee! Unn net Schnei!« Nun gut – auch ein Standpunkt.

Aber auch bei gewissen Zeitformen läßt sich der französische Ursprung nicht verschweigen. So gibt es im Saarländischen eine »nahe Zukunft«, die dem französischen »futur proche« entspricht – einer Verlaufsform, die sonst im Deutschen eher unbekannt ist. Wenn man im Saarland sagt: »Isch geen eener drinke!«, dann bedeutet das nicht jetzt, im Moment, sondern bald. Es handelt sich um die Verlaufsform: »Heit omend geen isch eener drinke!« Nicht morgen oder übermorgen, nein, heute noch! Meist hat man den Schlüssel schon in der Hand und den Mantel schon an.

Aber auch viele französische Worte nennen »directement« die Vergangenheit. Immerhin gibt es heute noch Saarländer, die in ihrer Kindheit noch ein germanisiertes Französisch »gesproocht« haben.

Vielleicht ist auch auf diverse Übersetzungsfehler der häufig falsche Gebrauch von Artikeln zurückzuführen. An der Saar heißt es nicht »der Bach«, sondern »die Bach«. Dafür statt »die Butter«, »der Butter«.

Und jede bundesdeutsche Frau, vom Schicksal ins Saarland

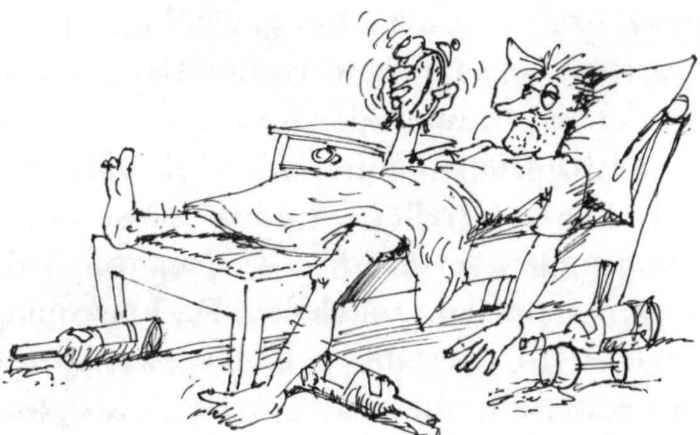

verschlagen, wendet sich zunächst irritiert ab, wenn sie mit dem Neutrum angesprochen wird. Oder wie sagt man an der Saar: »Bei uns fange alle Fraue-Name mit ›s‹ aan: es Renade, es Luwis, es Maria ...«

Oft vergehen Jahre, bis die entsprechenden Damen akzeptieren, daß es sich dabei nicht um den Übergang zum »Sächlichen«, sondern um eine Koseform handelt. Man verkleinert den Frauennamen einfach. Wehe der Frau, die an der Saar »die Maria« oder »die Sabine« genannt wird; die muß schon einen recht schlechten Ruf genießen. »Die Maria« – das grenzt schon fast an Beleidigung.

Die muß dann nachfragen – möglichst genau: »Jetzt muß isch emol ebbes uffs Tapee bringe.« (sur le tapis, auf den Teppich).

Vielleicht ist sie schon länger da und hat bereits etwas Fluchen gelernt, z.B. »Saggernundijee« (eine Abwandlung des französischen »Sacré nom de Dieu«).

Aber wenn eine Frau im Saarland »eschdamiert« wird, das heißt geachtet wird (kommt von »estimer«), dann wird sie »verkleinert«: »es Tanja, das is es kloori Krott!« »Kloor«, nun, das ist so ein Wort, das kann man nicht erklären. Entweder man ist's (nämlich kloor) oder man ist es eben nicht. Kloor heißt gut, kameradschaftlich, zuverlässig, aber auch lustig, gesellig – eigentlich alles, wie man sich seinen Gegenüber wünscht: »Der is eschd kloor!« – oder halt auch: »Es is schunn e kloori Krott!«

Als »Krott« wurden früher hauptsächlich kleine Kinder, genauer, die »Määde« tituliert, was aber – und da wage ich vielen Saar-Mundart-Kennern zu widersprechen – nicht von Kröte kommt, diesem glitschigen, zappeligen und kalten Teichbewohner, sondern vom französischen Wort »crotte«, was eine Kotkugel bezeichnet. Im Hessischen verwendet man nämlich für Krott auch synonym »Knoddel«, was wiederum das gleiche bedeutet. Früher waren auch gerade die vom Pferd produzierten »Knoddeln«, »Knitteln« oder frz. »crottes« heißbegehrte Brennstoffe.

Eine ganz typische saarländische Eigenheit ist die »Uwwerasch«, was bedeutet: Unordnung machen. Denn der Saarländer denkt gleich weiter, was nach der Unordnung folgt, nämlich das Aufräumen. Das heißt, wenn jemand eine »Uwweraasch« gemacht hat, hat er die Ouverage (nämlich die »Arbeit«), selbige Unordnung wieder zu beseitigen.

Uwwerasch kann aber noch mehr sein: Probleme, die vielleicht nur gerichtlich gelöst werden. Auch Geldprobleme, bei denen letztlich »es Hissje« kommen muß. Mit diesem mehr lieb und nett klingenden Ausdruck »es Hissje« ist übrigens der Gerichtsvollzieher gemeint, der im Französischen eben »le huissier« heißt. Aber es ist natürlich besser, man kann alles gütlich regeln und trinkt dann einen drauf: »Ään Gligg, dass bei demm Ungligg kää Malläär bassierd iss!«

Der Saarländer liebt es ruhig, harmonisch und gemütlich. Arbeiten tut er nur, wenn er muß. Aber das nennt er nicht arbeiten, sondern »schaffe«. Geistige Arbeit wird eher als Freizeitbeschäftigung gesehen. Und »schaffe« muß man, es sei denn, man hat »die Fregg« (was wie gesagt ein wunderschöner Ausdruck für alle Art Erkältungskrankheiten ist). Kennt im Saarland jeder Arzt, dieses Stöhnen: »Oh leck, hann isch die Fregg!« Ein ähnliches und noch viel beliebteres Phänomen ist »die Flemm«, eine chronische Arbeitsunlust (ein Wort, das aus dem Französischen kommt, von »la flemme, la flème«, eine depressive Gemütsverfassung), die sehr treffend die überwiegend herrschende saarländische Arbeitsmoral kennzeichnet.

Wie in allen Sprachen und Dialekten haben sich auch ins saarländische Idiom manche Begriffe eingeschlichen, deren Herkunft zweifelhaft ist. Zum Beispiel der Ausdruck »Fissemadende mache«, was soviel bedeutet, wie Schwierigkeiten machen. Oft wird die nette Geschichte erzählt, daß das Wort »fissemadende« aus dem Französischen kommt. Als napoleonische Truppen gen

Osten zogen und in der Saarregion Station machten, sollen die Jungs den einheimischen Mädels nachgepfiffen und eindeutige Angebote gemacht haben. Zum Vollzug derselben wurden die sich noch Zierenden dann ins Zelt eingeladen; eine andere Behausung konnte der französische Soldat auch schlecht bieten, und so bat er die Auserwählte: »Visitez ma tente.«, besuchen Sie mein Zelt. Und wenn die Kleine zu Hause davon erzählt hatte, dann bekam sie schnell »Schwierigkeiten«, nämlich vom Papa: »Isch genn dir – ›visitematende‹ – doo bleibsche!« Hat sie nicht darüber geredet – ist gar schwach geworden, konnte es leicht sein, daß sie echte Schwierigkeiten bekam: neun Monate später – und nur wegen »Fissemadende«.

Eine nette Geschichte, gewiß, aber die Wahrheit liegt woanders. Man nimmt heute an, daß das Wort aus dem Lateinischen kommt und zusammengewachsen ist aus »visae patentes«, geprüfte Patente, und dem mittelhochdeutschen »visament«, Gesicht, Aussehen. Nur, warum das jetzt Schwierigkeiten bedeutet, das wird von den Sprachwissenschaftlern nicht erklärt, aber gut – bei manchem Gesicht hat man schon permanent mit Schwierigkeiten zu rechnen!

Viele andere Begriffe entstammen ebenfalls dem Latein, z.B. »ebbes bekäppe« oder »bekappe« (begreifen), von »capere«. Auch viele Namen, die heute noch geläufig sind, haben an der Saar ihren lateinischen bzw. römischen Ursprung, wie »Sutor« oder »Sutter« (Schuster), Sartorius (Schneider) oder Pistorius (Bäcker).

Aber der Großteil saarländischer Familiennamen ist eher auf urdeutsche Einflüsse zurückzuführen. Oder auf Berufe – gerade an der Saar gibt es ganz spezielle, zum Beispiel den »Steiger«. Das ist sozusagen der Polier unter Tage, ein Bergmannsvorgesetzter. Oder der »Hauer«, das ist der Bergmann, der mit der Hacke in der Hand die Kohle aus dem Fels herauslöst.

Ein Land wird tatsächlich besonders durch seine Sprache charakterisiert. Dazu soll als letztes Beispiel das Mädchen dienen. In fast jedem Ort des Landes wird eine junge Dame zwar mit demselben Wort, aber immer einer anderen Phonetik bezeichnet. So sagt man in der Saarbrücker und der südlichen Saar-Gegend »Määäde« für Mädchen. Um Saarlouis heißt es »Mättch'n«, also ganz schnell gesprochen und mit einem richtigen »ch« – wie im Hochdeutschen »ich« – einem Laut, den man einem Südwestdeutschen (ob Hesse, Pfälzer oder Saarländer) eigentlich überhaupt nicht zutraut. Im mittleren Saarland heißt die Maid »Maat« – der Gleichklang mit dem Matrosen auf dem Schiff ist dabei allerdings rein zufällig, das Saarland war nie eine Seefahrernation! Und im – zugegebenermaßen noch etwas ländlicheren – Nordsaarland nennt man die jungen Damen »Määhre«, was, unter uns gesagt, dem Ausdruck für ein »altes Pferd« gleicht; aber Vorsicht, man sollte beides im nördlichen Saarland nicht verwechseln.

Daß im deutschen Sprachraum im Grunde jedes Dorf seinen eigenen Dialekt spricht, ist hinlänglich bekannt. Nur kommt im Saarland noch eine sprachliche Eigenart dazu, die sogenannte »Datt-Watt-Grenze«. Eine Sprachgrenze, die sich durch halb Europa zieht und das Rheinpfälzische (dazu gehören Hessisch, Pfälzisch, auch zum Teil das Badische) vom Moselfränkischen, das manchmal schon wie flämisch klingt, trennt. So gibt es an der Saar Orte, in denen man auf einer Straßenseite im rheinpfälzisch sagt: »Ei, was iss'n das? Isch hann disch geschdern uffem Dorffeschd gesiehn, hasch garnidd geguckd!« ... Auf der anderen Seite moselfränkisch: »Ei, watt 'n datt? Eisch hann deisch gischda ouff'm Dorreffeschd gesinn, hasch garneh gelouht!«

Zwei ganz unterschiedliche Mundarten, die das Saarländische wiederum für Fremde so schwierig machen.

Der Ursprung dieser Zweiteilung liegt dabei eigentlich in der politischen Aufteilung. Wie ja schon bemerkt, war die Saar niemals ein einheitliches Gebiet in den heutigen Grenzen. Nein, eine Aufteilung in zwei Hälften kam hauptsächlich in der Neuzeit zustande, wo sich verstärkt auch die Sprache(n) entwickelt hat (haben).

Interessanterweise gibt es diese Aufteilung heute noch, fast deckungsgleich, nämlich in der Aufteilung der Kirchenkreise. Das eher nördliche (»Datt-watt«)-Saarland gehört dem Bistum Trier an, der rheinpfälzische (»Das-was«)-Teil im Süden zum Bistum Speyer.

Lange Zeit spielte diese Zweiteilung an der Saar eine große politische Rolle. Wie gesagt, bei der Kirche sogar bis heute – aber gut, wir wissen: gerade die katholische Amtskirche war schon immer etwas langsamer und konservativer und hielt viel länger an alten Zöpfen fest.

Woher aber kam diese Aufspaltung, die sich noch bis in die Gegenwart bemerkbar macht? Die hat eben mit der weiteren historischen Entwicklung zu tun. Also – einfach weiterlesen!

Kapitel 7

RIWWER-NIWWER, TEIL 2: »NIWWER«
»Heim ins Reich!« – die Erste

Erinnern wir uns: 925 kam einer dieser Heinriche aus dem Sachsenland unter die Kaiserkrone des Ostfränkischen Reiches. Und das war ja ein ganz schöner Hammer. Also dieses Reich. Riesig groß – zumindest für damalige Verhältnisse. Herr Heinrich wußte zwar (zumindest sollte man das annehmen und als Saarländer sogar erhoffen), daß ein Fluß namens Saar – weit im Westen – zu seinem Imperium gehörte. Natürlich hatte er ihn nie gesehen. Allein der Entfernung wegen. Klar, mit Sänfte oder gar zu kaiserlichem Fuß war ein Besuch dorthin jedenfalls kaum zu schaffen. So konnte der Herrscher diese ominöse Saar nur vom Hörensagen kennen, was leider bei einem Großteil der deutschsprechenden Weltbevölkerung bis heute noch so ist; sehr zum Bedauern der saarländischen Gastronomie und des Tourismus.

Aber selbst wenn der alte Herr diesen beschwerlichen Weg gegangen wäre – wem hätte es etwas genutzt? Sein Einfluß war ohnehin nicht allzu groß. Denn irgendwie gab es da sowieso immer Probleme mit den Verträgen. Vielleicht gehörte ja auch dieses winzige Westland formaljuristisch gesehen gar nicht mal zu seinem Reich? Möglicherweise hätte das Aufdecken eines Formfehlers dazu geführt, daß die Saar plötzlich italienisch oder belgisch gewesen wäre – Gott bewahre! Denn Heinrich war das alles ja nur so als Erbteil zugefallen. Er mußte sich nicht einmal darum bemühen (hätte er womöglich auch gar nicht), und deswegen – irgendwie – hatte er auch keine sogenannte Herzogswürde, was immer das ist. Gut, also eine »Würde« hatte er schon, nämlich seine

Kaiserwürde, aber an der Saar halt nicht so viel zu sagen, wie ein Kaiser im Normal-Status, selbst wenn er gerne »würde«. (Daher kommt wohl auch das Wort, oder?)

Und wie vorher schon kurz angerissen: als westlichstes Bollwerk galt halt nun mal die Pfalz (die kannte man, unverständlicherweise). Andererseits, »Bollwerk« paßt wiederum, wenn man sich manchen Pfälzer etwas näher betrachtet. Gut, der Elsaß noch – den kannte man auch. Und das war schon immer so! Aber dieses kleine Anhängsel, das noch weiter weg lag, dieses ominöse Lothringen – war sehr schnell aus den Augen, aus dem Sinn.

Könnte man jetzt sagen: toll. Muß es den Saarlothringern ja überaus gut gegangen sein, so ohne Kaiser, der immer mal reinschaut und rummotzt. Ist doch Klasse. Genauso, wie wenn die Katze aus dem Haus ist und die Mäuse den Tisch betanzen, oder wie die sturmfreie Bude, wenn die Eltern verreist sind. Von Vorteil ist ja auch, wenn der Vermieter nicht selbst im Haus wohnt, und der Mieter sein eigener Herr ist ...

Sollte man denken, daß die Saarländer diese »Freiheit« genossen und genutzt haben – weit gefehlt.

So war es nämlich mitnichten! Gut, dieser würdelose Herzog-Kaiser schaute seinen weit entfernten westlichen Landeskindern nicht so genau auf die Finger. Aber das hatte auch einen enormen Nachteil: ihnen fehlte dafür auch sein Geld! Es gab nämlich kein Reichsgut – keine kaiserliche Schatulle, nicht einmal ein kaiserliches Schloß, nöö! Eigentlich nichts! Kein Tower mit Kronjuwelen, keine Reichskrone und an der Saar statt goldenen Zepters nur den »Knibbel aus Grubeholz« ...

Ja, irgendwie merkt man das auch heute noch: ist das Saarland nicht auch jetzt noch eines der ärmsten Bundesländer? Und war es nicht sogar lange Zeit das ärmste? Gut, war immerhin auch ein Superlativ! Aber die ganz armen Zeiten sind auch vorbei. Und nicht, weil plötzlicher Geldsegen die Kasse gefüllt hätte – iwo! Aber die Wende hat da glücklicherweise auch eine Wende in der

Hitparade bundesweiter Armut bewirkt – und das Saarland ist nicht mehr das ärmste (wenn auch ärmer als je zuvor), da noch ärmere dazukamen. Armut ist eben auch etwas Relatives!

Nun zurück in die Vergangenheit – zum alten Heinrich. Der nie hier war, dem nie ein »Dibbelabbes-Essen« (so nennt man hier angebratene geriebene Kartoffeln) oder eine Lyonerwurst zuteil wurde. So konnte er sich auch gar nicht vorstellen, welche Bedeutung die hier immer noch vorherrschende Einteilung in kleine und kleinste Herrschaftsbereiche noch lange Zeit hatte. Erst später bekamen die größeren Territorien, wie das Kurfürstentum Trier oder das Herzogtum Lothringen sowie Pfalz-Zweibrücken und – als etwas bedeutender – die Grafschaft Nassau-Saarbrücken einen stärkeren Einfluß. Und davon merkt man bis jetzt noch etwas, wenn auch nicht viel, aber immerhin schmücken diese genannten Territorien noch heute das saarländische Landeswappen.

Wobei die vier auch nicht gerade gleichberechtigt waren: die Saarbrücker (die eigentlich wahren Saarländer!) residierten manchmal auch noch auf dem Lande, nämlich in Ottweiler, aber immerhin noch mittendrin in der Saarregion. Wohingegen die anderen Kurfürstentümer, Graf- und sonstigen -schaften nur Randgebiete der heutigen Saargegend ausmachten.

Und die Trierer kümmerten sich schon mal gleich gar nicht um die Saarbewohner, außer während der Reformationszeit. Damals wollten nämlich die aufständischen Einwohner unbedingt diesem neumodischen lutheranischen Zeug huldigen, diesem sündhaften Protestantismus – nein, nein! Solange Trier in katholischen Händen lag, gab es solche Laster nicht. Man hatte – so war es schließlich von jeher Brauch – die Heilige Katholische Kirche zu unterstützen (und nicht in Form von Gebeten und praktizierter gottesdienstlicher Liturgie, sondern vor allem in Form von Spenden und Ablaßgeldern). Aber in dem Punkt zogen auch die Lothringer nicht mit. Irgendwo erzkonservativ, waren auch dort reformatorische Strömungen verpönt. Dafür duldete man in jener Region zwei Sprachen (ist ja auch schon was!). Im Herzogtum Lothringen nämlich gab es den mehr richtig französischen Teil mit der Haupt- und Residenzstadt Nancy und dazu das merkwürdige Volk im Osten, das so etwas ähnliches wie »deutsch« brabbelte, das sogenannte »Deutsche Bellistum«, »Baillage d'Allemagne«, dem man als Hauptstadt Wallerfangen bestimmte.

Nun, diese Einteilung erwies sich im folgenden sogar als recht günstig, man lebte so nämlich ein paar hundert Jahre fröhlich dahin, ohne daß sich große Veränderungen ergaben, von kleinen Scharmützeln zwischen verfeindeten Weilern oder diversen Familienfehden (»weil der doo Saukerl im Nachbarort freie gang is!« – Fehden, die teilweise sogar die Zeit bis heute überdauert haben) abgesehen.

Nein – im Westen gab's halt nix Neues. Alles blieb schön brav beim alten, während die ganze mittelalterliche Geschichte ihren bekannten Verlauf nahm. Daher wollen wir auch auf deren ausführliche historische Beschreibung verzichten. Wer möchte, kann sich ja an anderer Stelle über Canossa, die christlich legitimierten Beutezüge (Kreuzzüge genannt), die Hohenstaufer oder den Handel der Hanse informieren.

Nein, hier im Lande lebte man in jener Zeit tatsächlich ein paar hundert Jahre quasi hinter dem Mond, dafür aber gut!

Alles war noch hübsch dörflich, denn Städte im heutigen Sinn gab es kaum. Außer, daß die Doppelstadt Saarbrücken-St. Johann, sowie St. Wendel und Wallerfangen Anfang des 14. Jahrhunderts Stadtrechte erhielten, blieben die anderen Ortschaften (Homburg, Neunkirchen, Merzig u.a.) noch lange Zeit auf der Stufe von Marktflecken stehen (Spötter behaupten gar, so wäre es noch heute – da möchte ich mich doch jeglichen Kommentars enthalten).

Man lebte damals ganz gut von landwirtschaftlichen Erzeugnissen, von Getreide und prall gefüllten »Kohl-Schiffen«, die saarabwärts das Moseltal und insbesondere Trier mit frischem Gemüse versorgten. Noch heute lebt man im sogenannten »Saargau« von den Früchten des Feldes – ein Stück unterhalb sogar von den Früchten des Baumes: vom Apfelsaft, vor allem von solchem, »der herziger macht«. Und besonders herzig wird man dabei, wenn man zudem ein paar Gläser Viez genossen hat. Ein typisches Apfelwein-Getränk, ähnlich dem Frankfordder Äbbelwoi – aber nicht ganz so sauer, wie der, der einem ja bekanntlich »de Krutze zusammezieht«!

Auch Holz war ein beliebtes Saar-Exportgut – in allen möglichen Formen: roh, als bearbeitetes Stammholz, in Bohlen, bis hin zu Schnitzwerk.

Zudem wurde auch Mutter Erde zur wirtschaftlichen Blüte herangezogen: lagen da unter Tage doch Vorkommen von Kohle (die erste Grube wird in der Geschichte kurz um 1429 erwähnt, hier in unserer Geschichte dafür etwas ausführlicher im nächsten Kapitel) und Eisen. Später kamen dann auch noch Glashütten hinzu, und sogar von einem Kupferbergwerk weiß man, dessen Erträge man heute noch auf alten Gemälden in Form von »Wallerfanger Blau« findet. Ja, im 16. Jahrhundert war es in Oberitalien geradezu Mode unter Malern, diese hübsche Farbe aus gemahlenem Saar-Kupfererz zu benutzen. Sogar Albrecht Dürer soll von diesem Trend angesteckt gewesen sein. Und natürlich würde heute der Saarländer sagen, wenn er davon wüßte: »Ohne uns wär' der Dürer, Albreschd joo aa nix woor!«

Aber aus den Saarländern is »was woor«. »Oh leck, ging's uns damals gudd!« würde heute so manch einer aus dem 15. und 16. Jahrhundert sagen, wenn er es noch könnte – aber, wie in der Geschichte so oft: nach Sonnenschein folgt Regen, und das nicht zu knapp: nach langjährigem Frieden hinterm Mond fiel der Dreißigjährige Krieg übers Land herein, der ja, wie jeder gute Schüler noch vom Geschichtsunterricht her weiß, damit begann, daß im fernen Prag jemand aus dem Fenster gefallen ist, oder besser: gefallen wurde. Und dieser Krieg dauerte – wie das Wort schon sagt – 30 Jahre (logisch!), nämlich von 1618–1648.

Nun, an der Saar dauerte das ganze etwas länger, nämlich bis ins Jahr 1661. »Also 43 Jahre«, würde jetzt der gute Mathematikschüler errechnen, wohingegen der Pfälzer zum Beispiel (der ja hierorts immer gern als saarländisches Feindbild mißbraucht wird) gleich noch etwas boshafter argumentieren würde, daß »mer ebe im Saarland e bissel länger brauch, bis mer merkt, daß de Kriesch vorbei is ...« Aber auch das ist weit gefehlt: der Dreißigjährige Krieg dauerte an der Saar nämlich nur 26 Jahre, haha! Und das deswegen, weil es eben hier – im entferntesten Winkel des Deutschen Reiches – einfach ein wenig länger dauerte, bis er hier hereinbrach. Das aber dann richtig!

Und wie es sich für das Saarland gehört – Helden gab's hier nie – wurde da auch keine Entscheidungsschlacht zwischen den Feinden geschlagen. Zwar gab es deren mehrere, ob das die Kaiserlichen unter Graf Gallas waren, die Lothringer unter ihrem Herzog Karl IV., oder die Schweden unter Bernhard von Weimar, die zwar immer wieder gerne die Landesherren an der Saar in ihre kriegerischen Auseinandersetzungen einspannen wollten, aber letztere zogen doch die ruhigeren Gefilde hinter den kämpfenden Linien vor und buchten mitsamt ihrer Beamtenschaft schnell ein paar Jahre Urlaub in Metz, wo es tatsächlich weit stiller war.

So blieb es natürlich wieder einmal der arbeitenden Bevölkerung vorbehalten, zu kämpfen und Ruhm und Ehre im Blute zu finden. Ja, wer konnte sich vom einfachen Volk schon einen solch friedlichen Luxus wie die »doo obbe« leisten?

Es mußte eher den Frust unbezahlter Krieger und Landsknechte erdulden, die dann des ausbleibenden Soldes wegen eine entsprechende Kriegsbeute (als Naturalien von der Butter bis zur Bäuerin oder auch in Form klingender Münze) einforderten. Jedenfalls gab es hier ein heilloses und brutales Gemetzel, von dem man heute leider – mangels vorhandener Spuren – nicht mehr allzu viel und genau zu berichten weiß.

Tja, sauber war man halt im Saarland immer schon – sehr zum

Leidwesen diverser Historiker und Archäologen – und so wurde alles Zerstörte (Ton, Steine, Scherben) säuberlich und schnell auch wieder weggeräumt, damit »dann aach alles scheen in da Reih' is!«

Ja, man war hier dann dermaßen mit dem Wiederaufbau beschäftigt, daß man sogar den Westfälischen Frieden verpaßte, in dem offiziell das dreißigjährige Abschlachten beendet wurde. Zudem waren auch die Mandatsträger unseres kuriosen Landes zwischen Ost und West, zwischen blutrotem Himmel und verbrannter Erde gar nicht zu den Friedensverhandlungen zugelassen. Erst Frankreichs Friedensschlüsse mit Spanien und Lothringen beendeten 1661 das Gemetzel. Und nach ein paar Feldzügen durch Ludwig XIV. kehrten allmählich um die Mitte des 18. Jahrhunderts auch an der Saar wieder ruhigere Zeiten ein.

Schließlich drang sogar die Aufklärung so weit in den Westen, daß sich die damaligen Regenten unserer Region, nämlich Herzog Christian IV. von Pfalz-Zweibrücken sowie die Fürsten Wilhelm-Heinrich und Ludwig von Nassau-Saarbrücken um Verbesserungen in Verwaltung und Justiz bemühten. Die Bildung und die medizinische Versorgung des Volkes wurden auch endlich ernster genommen, überhaupt der Sozialgedanke erstmals an ganz einfache Bürger verschwendet – vielleicht könnte manch heutiger Politiker noch aus der Geschichte lernen!

Auch wirtschaftlich ging's bergauf. Ja, man erinnerte sich der natürlichen Vorkommen an der Saar, baute Handelswege auf, die eine ökonomischere Ausnutzung vorhandener Ressourcen ermöglichte. Der Merkantilismus hinterließ auch im Saarland seine Spuren. Sogar die Kultur bekam ihren Teil ab. Überall wurde gebaut. Und nicht nur öffentlich, nein, auch das private und das kirchliche Bauen wurde gefördert.

Natürlich vergaßen sich in dieser Aufbruchstimmung die Fürsten nicht selber und setzten sich stolze kleine Denkmäler in Form netter Lustschlößchen, prachtvoller Schlösser und Gärten. Alles sehr vorausblickend, damit auch spätere Generationen – zumindest über die touristische Schiene – noch davon profitieren sollten. Aber irgendwie ist von all dem eigentlich nicht viel übrig geblieben – Schade! Lag das nun an der Bauqualität oder dem ständigen Riwwer und Niwwer?

Aber diese wirtschaftlich recht gute Zeit hielt ziemlich lange an. Währenddessen veränderte sich die französische Ostgrenze immer mal wieder, bis sie im Jahre 1766 (zumindest im südlichen und südwestlichen Verlauf des heutigen Saarlandes) schon ihre heutige Form erhielt.

Vorher ging's bei den Franzosen nämlich noch etwas hin und her. Denn obwohl der einfache Mann noch unter den Kriegswirren des Dreißigjährigen Krieges darbte, profitierte der französische König doch vom Westfälischen Frieden (er hat ihn ja auch mitbekommen!) und beanspruchte gleich mal die sogenannte »Saarprovinz« – ein großer Teil der Saar, der früher einmal von den Fürstbistümern Metz und Verdun abhängig war. Er versuchte, im Zuge einer, »Reunion« genannten, »friedlichen Neu-Grenzziehung« bis zum Rhein sich linksrheinisches Territorium einzuverleiben. Das meiste davon hat die Grande Nation allerdings bis heute wieder verloren, nur Straßburg gehört ihr noch!

Aber damals nannte sie auch einen Großteil der Saar ihr eigen. Und da diese neue französische Provinz eine repräsentative (und auch eine mehr französische) Hauptstadt brauchte (sonst hätte man gleich auf Saarbrücken zurückgreifen können) und außer ein paar Kuhdörfern nichts adäquates zu finden war, wurde eben schnell eine neue Stadt gegründet – innen schön französisch, mit Fußgängerzone und Terrassenbistros, dafür außen mit einer dicken Mauer, um sie gegen allerlei saarländische, pfälzische, schwedische oder sonstigen Barbaren zu schützen. Sie wurde sogar regelrecht zur Festungsstadt ausgebaut und »Saarlouis« genannt. Einmal, weil sie an der Saar lag – (Pardon! Was heißt »lag«, im Grunde genommen liegt sie da heute noch!) – und weil sie vom Sonnenkönig Louis Quatorze (das ist französisch, heißt »Ludwig XIV.«) gebaut wurde.

Nur leider hatte der alte Ludwig nicht sehr viel Freude mit seiner neuen Ost-Besitzung: zwar war es dort etwas ruhiger, dafür donnerte es nebenan in der Pfalz! Anzunehmen, daß der französische König den europäischen Verbündeten ein wenig zu forsch war, jedenfalls gaben sie ihm schon mal kräftig einen auf die Mütze. Mehr natürlich seinen neuen Besitzungen. Und bei dieser Strafaktion wurde gar die ganze Pfalz verwüstet, auch Worms bekam seinen Teil ab, die Kaisergräber in Speyer mußten dran glauben, und selbst in der heutigen Kurpfalz wütete die sogenannte »Große Allianz zur Erhaltung des europäischen Gleichgewichtes« und machte unter anderem das schöne Heidelberger Schloß dem Erdboden gleich. Das sah nämlich nicht immer so ruinös aus, wie es heute die Japaner und die Amerikaner auf VHS-C, Hi8 oder Zelluloid nach Hause schleppen.

Erst der Friede von Rijkswijk - nachdem der arme Franzosenkönig sogar seine funkelnagelneue Flotte eingebüßt hatte - brachte wieder stabile Zustände und die Saar wieder auf die deutsche Scholle zurück - außer ein paar Kleinigkeiten (wie zum Beispiel der Stadt Saarlouis mit bescheidenem Umfeld, die noch einige Zeit unter französischer Verwaltung verblieb).

Doch dieser kleine Teil, vor allem auf westlichem Saarufer, fing doch tatsächlich an zu revolutionieren. Ja, just im Jahre 1789, wo in Paris die adligen Köpfe rollten, grollten auch die Saarlouiser gegen feudale Herrschaft. Na, so ein moderner Schnick-Schnack!

Die Bürger forderten mehr Freiheiten. Ja, die alte Zeit war vorbei! Freiheit, Gleichheit, Brüderlichkeit - Liberté, Egalité, Fraternité. Na, wie klingt das? Und diese Hymne von Rouget de Lisle spornt doch zum Mitsingen an: »aux armes les citoyens!« Zu den Waffen, Bürger!

... Und wer ein »von« im Namen trägt,
Kriegt seinen Kopf schnell abgesägt!

Natürlich waren da die eher biederen deutschseitigen Saarbewohner neidisch. Sie wollten auch einmal das Blut vom Schafott plätschern sehen. Und wünschten sich insgeheim schon so manchen Kopf in die Saar rollen. Und so motzten sie auch auf und forderten den Anschluß an die Französische Republik »ei doo is joo aa watt loss!« Klar, daß die französischen Revolutionstruppen dieser Hilfe gern entgegensahen und diesen Wunsch unterstützten. Und bis zum Frieden von Lunéville (1801), mit ein paar zerstörten Städten, einigen toten Widersachern und einem mittlerweile immer mehr verarmten Volk, gehörte dann endlich das ganze linke Rheinufer zu Frankreich.

Und jetzt sollte ein ganz neues Leben anfangen: nix mehr mit feudalen Grafen, die heute nur noch in der »Alten Galerie« hängen (auf Bildern versteht sich, wo denn sonst?) – nein! Schluß mit der Kleinstaaterei. Auch in der neuen französischen Provinz wird die Departementverwaltung eingeführt. Saarlouis und Umgebung gehörten schon seit längerem zum Departement Moselle mit der Hauptstadt Metz.

Und das gibt es heute übrigens immer noch, das Departement; heißt auch noch so und trägt auf dem Autokennzeichen die Endnummer 57. Das nur so zur Information. (Saarlouis ist nicht mehr von der Partie. Diese Stadt teilte das saarländische Schicksal und ging auch immer mal hin und her, »riwwer« und »niwwer«.) Ein eigenes Saar-Departement wurde gegründet, mit Trier als Verwaltungssitz (welches man selbstverständlich – naturellement – in »Trèves« umbenannte), der Ostteil des heutigen Saarlandes wurde dem Donnersberg-Departement (Hauptstadt Majence, Mainz) zugeschlagen und die wenigen ehemals luxemburgischen Orte zwischen Mosel und Saar kamen zum »Wälder-Departement«. Selbst das gab's – und so mancher glaubte, er stehe im Wald!

Man wurde so richtig französisch, trank Wein, aß Käse, feierte und ließ den lieben Gott einen guten Mann sein. Ja, man huldigte bald sogar dem großen »Impereur Napoleon Bonaparte« – und war mit den neuen Umständen eigentlich recht zufrieden. Immerhin bescherte diese Landnahme durch Frankreich der ganzen Region erheblichen wirtschaftlichen Aufschwung, wenngleich man sich hierorts (»mir sinn, wie mer sinn!«) seine sprachliche und kulturelle Eigenart erhielt.

Aber dafür kristallisierte sich etwas anderes heraus: das nationale Pathos, wie es sich bei den Befreiungskriegen rechts des Rheines später zeigte; es war in den linksrheinischen Gebieten niemals so stark ausgeprägt. Und das hat sich auch bis heute erhalten. Nein, wo man damals selber zu Frankreich gehörte, hatte man eigentlich ja auch nichts gegen Franzosen. Und heute sogar noch weniger. Gut, ja: vielleicht außer samstags, wenn die Lothringer alle nach Saarbrücken zum Einkaufen kommen und uns die letzten Parkplätze wegnehmen! Aber – um das mal hier einzuflechten – da rächt sich der Saarländer heute. Denn er kauft ja genauso auch in Frankreich ein. Wo der Franzose auf günstige Elektrogeräte und Unterhaltungselektronik lauert, kauft der Deutsche in Frankreich – neben frischem Baguette natürlich – gute Lebensmittel für den täglichen Bedarf. Und dafür gibt es im Saarland ja auch mehr Feiertage als in Restdeutschland. Sei es nun der 15. August, ein wunderschöner Einkaufstag mitten im Sommer. Das ist übrigens der Tag, an dem die französischen Verkäuferinnen immer versuchen, krank zu feiern. Denn da kommt dann die Invasion aus dem Saarland. Schließlich gibt es große Supermärkte im grenznahen Raum mit hervorragend sortierter Käse-, Fisch- oder Gemüseabteilung. Und die sind auch wirklich gigantisch: heißen deswegen auch »Hypermarché« – und »hyper« war immer größer als »super«! Ja – man kann feststellen: diese Märkte sind so groß, daß man fast glaubt, der Himmel sei mit eingebaut. Immerhin kommt es sehr oft vor, daß die Vögel dort drinnen herumfliegen.

Bis vor kurzem gab es an der Saar ja noch so ein herrlichen und sehr oft genutzten Einkaufstag, den Buß- und Bettag. Da rüstete man sich auch schon Tage vorher: »Nix, am Mittwoch bleibsche doo! Do geh'n mer nibber bei de Leclerc innkaafe!«

Das ist jetzt leider auch vorbei. Dieser Feiertag wurde ja, wie man weiß, den alten Leuten gespendet. Aber die ganzen Jahre vorher – immer dasselbe: was machte der Saarländer, statt zu büßen oder im Bett zu bleiben: nix! Rüber, ab »uff die anner Seit!«

Natürlich spielen bei diesem heutigen, kleinen Grenzverkehr auch die großzügigen französischen Ladenschlußzeiten eine Rolle: immerhin, täglich außer Sonntag bis 21 Uhr geöffnet. Wo gibt's so was noch? Dafür herrscht dann oft ein heilloses Durcheinander, wenn die saarländische Kundschaft dort einfällt.

Das halbe Saarland beim Erbfeind/Ausländer/Freund/Nachbarn (Nichtzutreffendes - je nach historischer Lage - streichen!); da kommt kein Franzose mehr zum Zug.

Spötter behaupten gar, die Verwaltungen der Kaufhäuser würden an solchen Tagen jede halbe Stunde die saarländische Nationalhymne spielen, die es ja eigentlich gar nicht gibt - aber das alte Bergmannslied »Glückauf, der Steiger kommt ...« kann man schon fast als heimliche Hymne bezeichnen. Und wenn der einkaufende Saarländer das dann hört, dann steht er sofort stramm, und in dieser Zeit können auch die Franzosen endlich mal einkaufen.

Aber - stimmt! - ich greife weit vor. Und zu Napoleons Zeit war die Saar sowieso französisch. Supermärkte gab es noch gar keine, ebensowenig wie Unterhaltungselektronik. Praktisch! So vermißten auch die Franzosen den deutschen Teil nicht.

Und das war ja auch alles in Ordnung. Oder?

Wie so oft in der Geschichte: man kann sich auf nichts verlassen. Nein, nichts ist von Dauer! Als nämlich der große Napoleon, dem man seinerzeit noch huldigte, immer kleiner wurde - diesmal weniger körperlich gemeint - und nach seiner Rückkehr von Elba eigentlich gar nix mehr von ihm da war, ging der ganze Zirkus wieder von vorne los: im zweiten Pariser Frieden verlor der kleine Große Bonaparte dann um 1815 wieder das ganze Saargebiet, »merde, alors - tout pour le chat!«

Und gleich gab es wieder Streit, denn natürlich wollte wieder jeder etwas vom saarländischen Kuchen haben. Aus unserer heutigen Sicht eigentlich eine ganz neue historische Dimension:

unsere Region war mal richtig begehrt! Und wurde damals sogar weniger hin- und her-, sondern vielmehr zerrissen! Ja, man stritt sich darum.

Und diesmal stritten sich nicht Deutschland und Frankreich, nein! Ein Teil (Saarbrücken, Saarlouis und was da so dazwischen liegt) ging ans Königreich Preußen, der östliche Teil sogar an das Königreich Bayern! Sollte man gar nicht glauben, wenn man heute so einen motzenden Stoiber hört, der permanent das Saarland zum bundesdeutschen Entwicklungsland degradiert, dem man endlich den Länderfinanzausgleich entziehen müsse (bla, bla, bla – Bayern hat auch lange davon profitiert. Und nicht schlecht! So!)

Aber während sich Preußen und Bayern um die Saarregion balgten, wurde diese noch weiter zersplittert: Teile des Nordostens kamen zum oldenburgischen Fürstentum Birkenfeld und dem sachsen-coburgischen Fürstentum Lichtenberg (Hauptstadt St. Wendel) – aber nicht sehr lange. Denn Preußen kaufte (muß man sich heute mal vorstellen!) das Fürstentum Lichtenberg auf.

Tatsächlich, so begehrt war die Saar seinerzeit! Ich muß es noch einmal wiederholen: »begehrt«! Und ich denke, das muß doch heute jedem Saarländer runtergehen wie Öl!

Aber woran lag diese saarländische Beliebtheit? Wo vorher keiner das Land hinter den sieben (Pfälzer) Bergen haben wollte, schienen sich später alle darum zu reißen! Da herrschte bald eine Stimmung wie zu Goldrauschzeiten in Kalifornien oder später am Clondyke.

Denn – die Saar war reich an Kohle! Und das wußte man bald zu schätzen. Zudem gab es eine eisenverhüttende Industrie. Überall war das Industriezeitalter angebrochen. Man brauchte Energieträger, man brauchte Rohstoffe – man brauchte die Saar. Das waren noch Zeiten!

Oh leck!

Kapitel 8

AWEILE GEBBD GESCHAFFT
Das »Schwarze Gold«

»Hoooch soll er leeebe! Hoooch soll er leeebe, dreeeeimaaal hoch – unn dann e nunner falle ...«
»Hoch soll er leeebe, an de Deck soll er kleeeebe! Dreeeeimaaal hoch!«
»Joo, rischdisch – kommt, Männer, mer singe: ein Prooosit, ein Prooosit ...«
»Pscht, nidd so laut – die könnten uns hören!«
»Ach quatsch! Die sinn doch all unne in de Villa beim Alde unn saufe! Bring lieber noch e paar Flasche Bier aus 'm Verschlag!«
»Pscht! Ich guck moo!« meint da der Ängstliche und schiebt leicht den Sack vom Fenster weg, mit dem dies verdunkelt ist.

Draußen ist alles ruhig. Die feine Gesellschaft hat sich zu einer Abend-Soirée in der Villa eingefunden, und manchmal klingen Sprach- und Gelächterfetzen wie auch die Musik der Bergkapelle bis hierher.

»Komm, Karl, mach de Lappe zu, mir trinke noch eener!«
»Aber nidd so laut, sunschd is ganz schnell die Beer geschällt, wissen ihr jo!«

Wir schreiben das Jahr 1854. In dieser Zeit profitierte man an der Saar von ihren Schätzen. Ihren Bodenschätzen. Und damit war das Land wirklich reich gesegnet – selbst heute noch. Nur daß heute die Ernte dieser Schätze zu viel kostet: die Löhne sind zu hoch, die Sozialversicherung, das ganze Drumherum. »Einfach zu hohe Lohnnebenkosten«, so nennt das der Arbeitgeber.

Da ist es viel billiger, die Bergleute fürs Nichtstun zu bezahlen und die Kohle aus Rußland, Australien oder aus Schweden zu importieren. Die Leute dort arbeiten kostengünstiger. Das ist der Unterschied. Also wird es nicht mehr lange dauern, und die Saar-Kohle bleibt, wo sie schon Jahrmillionen vorher war – im Schoß von Mutter Erde.

Aber sie hatte eine Blütezeit: Die begann Mitte des 19. Jahrhunderts und reicht voraussichtlich bis ungefähr zum Jahr 2005; dann beginnt der Anfang vom Ende.

Vorher gab die Kohle Generationen von Saarländern Arbeit und Brot. Sicher, auch Lyoner, Grumbeern und manchmal sogar einen Schwenkbraten. Und angefangen hat der Abbau dieses energiereichen Minerals schon viel früher: seit dem 15. Jahrhundert bis heute zieht sich diese »wirtschaftliche Ader« durch das Land an der Saar, seine Bewohner, deren Leben und auch deren Mentalität und läßt vieles im Wesen dieser Menschen erst verstehen.

Aber schauen wir noch mal zu unseren eingesperrten Jungs, die da feuchtfröhlich beisammen sitzen.

Falls da jetzt jemand glaubt, daß der Ort dieses Gelages ein katholisches Knaben-Internat bürgerlicher Prägung ist, hat er damit ebenso unrecht, als wenn er die heimliche Zecherei im Priesterseminar nach der Sperrstunde oder gar in der Mannschaftsunterkunft einer kaiserlichen Kaserne wähnt. Weit gefehlt. Es handelt sich weder um Studenten, Kadetten noch Häftlinge. Es sind Bergleute, »Berschmänner«, jene starken, drahtigen und zähen Kumpane, die der Erde das »Schwarze Gold« entlocken. Und wieso sind die eingesperrt?

Sind sie gar nicht. Sie befinden sich in einem Schlafhaus. Und dabei handelt es sich nicht etwa um die eher spießbürgerliche Umschreibung eines verrufenen Etablissements, das gemeinhin eine rote Laterne ziert. Nein, viel profaner: Im Schlafhaus schlafen die Bergleute, wenn sie nicht arbeiten. Zumindest zu der Zeit, die wir jetzt betrachten wollen: Mitte des 19. Jahrhunderts. Die Kohlenzechen, die im Land an der Saar »Gruben« heißen und schon seit dem frühen 15. Jahrhundert existieren, sind geradezu explodiert. Weniger in Form einer Schlagwetterexplosion, wenngleich so etwas bisweilen in jedem besseren Bergwerk vorkommt, nach dem Motto:

$$CH_4 + O_2 = 2\ H_2O + C$$

Explodiert sind sie bezüglich des Ausstoßes an Kohle, die im Zeitalter der aufkommenden Industrialisierung als Energieträger immer wichtiger wird. Überall beginnen sich Motoren und Maschinen zu drehen. Die brauchen Dampf, Wasser muß erhitzt werden, und die Kohle bringt eben die nötige Wärme. Noch gibt es Unmengen davon. Und noch bedroht keine billige australische Importkohle die Arbeitsplätze an Ruhr und Saar - ganz im Gegenteil. Es handelt sich sogar um eine aufblühende Industrie. Wo anfangs noch ein paar Handvoll Bauern unter und über der Erde Kohle für ihren Hausbrand hergeholt hatten bzw. sie für den ihres Fürsten abliefern mußten, arbeiteten in der Mitte des 19. Jahrhunderts schon 4500 Mann im Bergbau - und 50 Jahre später sollten es dann schon zehnmal soviel sein.

Ja, das waren noch Zeiten. Wenn man bedenkt, daß wir heute wieder beim Stand von 1870 liegen und manchem (Noch-)Bergmann die Tränen in die Augen schießen anläßlich der Misere der saarländischen Kohle, daß die noch verbliebenen Kumpel an Saar und Ruhr auf die Straße gehen, demonstrieren, sogar anno 1997 Autobahnen besetzt haben (wenn auch fröhlich mit der Bierflasche in der Hand), um weitere Subventionen zu fordern - immerhin kostet heute ein Bergmann, der unter Tage arbeitet, mehr, als wenn er zeitlebens arbeitslos wäre ...

Aber gut, das ist alles eine ganz andere Geschichte. Damals ahnte man noch nicht, daß irgendwann einmal die Kohle als Geldquelle versiegen könnte.

Damals brauchte man Arbeitskräfte: stark, willig, billig. Und die gab es auch - allerdings nicht immer dort, wo sie gerade gebraucht wurden. Und so, wie sich heute der Kumpel morgens um fünf in seinen Kleinwagen schwingt und »uff de Grub« fährt oder vom grubeneigenen Busdienst abgeholt wird, so luxuriös war das damals beileibe nicht. Man wohnte irgendwo in ländlicher Umgebung, hatte ein kleines Häuschen – ererbt über Generationen, betrieb dort etwas Landwirtschaft für den eigenen Bedarf – Mutter und Kinder waren damals ausschließlich den häuslichen Arbeiten zugetan (ohne Murren, ohne Protest und ohne Gang zum Jugendamt) und der Vater arbeitete »uff de Grub«. Und die mußte er notgedrungen zu Fuß erreichen – oft über Dutzende von Kilometern. So war klar, daß er nicht nach jeder Schicht nach Hause konnte, sonst hätte er nach einem ersten Begrüßungsschnaps gleich wieder zur nächsten aufbrechen müssen. Also stellte man den Bergleuten werkseigene Schlafstätten zur Verfügung: die sogenannten Schlafhäuser. Noch heute sind einige davon im Saarland erhalten. Allerdings sind sie nicht zu besichtigen. Wahrscheinlich würde das den Besucher auch viel zu sehr deprimieren.

Ein noch vorliegender Brief, von der Verwaltung der Grube Von-der-Heydt »unterthänigst« ans zuständige Oberbergamt Bonn gesandt, zeigt deren Bemühen, die Misere der Bergmänner zu lindern:

» ... ein großer Theil dieser Leute ist genöthigt, in den Schlafzimmern auf der Grube zu übernachten, da sie zu entfernt von ihren Wohnungen sind, als daß sie täglich nach verfahrener Schicht dahin gelangen könnten, und liegen, da zum Schlafen in den Grubenzimmern gar keine Vorbereitungen getroffen sind, auf dem bloßen Bretterboden. Diesen Leuten loses Stroh zum Lagern zu geben, würde bei der damit verbundenen Feuersgefahr bedenklich sein, und deshalb glauben wir, daß es besser ist, wenn so schnell wie möglich Strohsäcke angeschafft werden. Jedenfalls muß etwas zur Bequemlichkeit der Leute geschehen, da sie bei der jetzigen Beherbergung auf den Gruben zu Grunde gehen, oder ihre Arbeit aus Noth verlassen müssen, da sie bei Privatleuten in der Nähe der Gruben nicht unterkommen können. Wir fragen deshalb gehorsamst darauf an, uns zur sofortigen Anschaffung von 300 bis 400 Strohsäcken geneigtest zu authorisieren.«

Wahrscheinlich wurden sie »authorisieret«, kauften die Strohsäcke, aber viel änderte das an den katastrophalen hygienischen Bedingungen auch nicht. Denn die waren entsprechend, wie man aus einem Bericht des Medizinalrats Dr. Leymanns vom Februar 1869 über die Besichtigung der Riegelsberger Schlafschuppen erfährt:

»2 Schlafhäuser, terrassenförmig übereinander, das eine Belegung mit 121, das andere mit 176 Mann, à 315 Kubikfuß und à 368 Kubikfuß freien Respirationsraum pro Mann. Das kleinere Haus besteht aus einem Schlafsaal nebst Küche, Waschraum etc., das andere, größere war ursprünglich ein Saal, später in 4 Abteilungen zerlegt. Die Küche mit 2 Herden zum Selbstkochen der Arbeiter. Hölzerne Bettgestelle, je 2 übereinander, mit Brettern als Boden, dazu als Kopf- und Fußsack Strohsäcke, die jährlich einmal mit Stroh gefüllt werden. Kopfkissen von Seegras, wollene Decken in einem Überzuge. Die Deckenüberzüge und die Kopfkissen werden alle 4 Wochen gewechselt. Die Abtritte bestehen aus längeren Gebäuden mit Türen, einem Sitzbalken und einem Rückenbalken über einem offenen Schachte. In den Schlafsälen sind gesonderte, verschließbare Schränke für jeden Arbeiter, darin Naturalien und Kleidungsstücke. In Säcken lagern Kartoffeln. Beim Wechsel der Schichten sind die Schlafhäuser morgens 3, abends circa eine Stunde und mehr unbelegt, und es findet dann die Reinigung und Lüftung durch besondere Frauen, Bergmannswitwen, statt.«

Das waren also die guten alten Zeiten – naja! Später wurden die Schlafhäuser zwar verbessert, aber das dort herrschende strenge Reglement, die echt preußische Zucht und Ordnung ließ doch die meisten Bergleute nach anderen Unterkünften Ausschau halten.

»Ei menschd du, isch loss misch doo nit rumkommandiere, wie beim Barras. Isch such mer was anneres. Das glaabschde abber ...«

Vielfach suchten die Jungs damals nach anderen Wohnmöglichkeiten, wo sie unterkommen konnten. Der entsprechende Ausdruck dafür is »unnern«, man »unnerte« beim Kollegen in der Dachkammer (dafür reparierte man ihm schon einmal sein Gartentor), oder wenn's denn sein mußte, sogar bei der »buckelisch Verwandtschaft« (immer noch besser, als um zehn Uhr Licht aus!).

Wer es denn ganz weit gebracht hatte, der bezog sogar ein eigenes Haus. Nicht, daß man als Bergmann viel verdiente, aber die harten Jungs von untertage waren handwerklich sehr geschickt, und da wurde eben »vieles selbert gemacht«. Mit Hilfe von Freunden und Verwandten – noch heute beherrscht diese Do-it-yourself-Mentalität den gesamten Bausektor. Und viele Bauten und Reparaturen werden nicht in klingender Münze, sondern in Form von Sachleistungen (»E paar Kaschde Bier, e gudder Selbschdgebrennder odder e massiver Schwenkergrill«) bezahlt.

Aber die meisten Bergleute wohnten im letzten Jahrhundert weit entfernt und mußten notgedrungen, zumindest während der Woche, mit dem Schlafhaus vorlieb nehmen.

Und dort ging es hart zu – eben auch nach der Schicht. Da der ganze Bergbau von vornherein, eigentlich bis heute, unter staatlicher Aufsicht stand, wachte man von Regierungsseite natürlich wie ein gestrenger Vater mit militärischem Drill über seine Untertanen. So wurden abends um halb zehn die Türen der Schlafhäuser verschlossen und um zehn das Licht gelöscht. Lautes Singen war, genau wie Diskutieren oder gar das »Lesen sozialdemokratischer Blätter«, verboten. Oh ja! Da herrschte noch Zucht und Ordnung. Die wurde auch durch Äußerlichkeiten manifestiert: die gestrenge Bergmannsuniform, die Zeremonielle und Rituale bildeten den Rahmen dieser lange unbeachteten Bergbautraditionen.

Und dann gab es immer wieder fremde Herrschaft. Das ganze Land war geprägt von einem ständigen Wechsel (fremder) Oberen, das zeigte sich auch im Kleinen, wie hier im Bergbau. Fast ein Modell der wechselvollen Geschichte des Saarlandes.

Im 15. Jahrhundert ging das Gerenne um das »Schwarze Gold« los. Erstmals wurden im Jahre 1429 Kohlengruben erwähnt. Und zwar im Ottweiler Land. Kurz darauf wurden weitere im Sinnerthal und in Schiffweiler sowie in Sulzbach in Betrieb genommen. Zunächst waren es noch einzelne Bauern, die die Kohle abbauten, vor allem an Flözen, die bis zur Oberfläche reichten.

»Flöze«, um das vielleicht einmal dem grubenunkundigen Leser zu erklären, sind die Erdschichten, in denen die fossilen Brennstoffe lagern. Die können tief liegen, aber auch knapp unter der Oberfläche; dann wird der Tagebau angewandt. Die Flöze

müssen dabei nicht horizontal verlaufen – schön wär's – meist liegen sie schräg. Fangen ganz dünn an und werden dicker. Sie können sogar mehrere Meter dick sein, wobei man die Dicke eines Flözes mit dem Wort »Mächtigkeit« bezeichnet.

Und gerade da, wo die Flöze eben weniger tief lagerten, wurden erste primitive Gruben gegraben, in die die Bergleute mit Hacken und Schaufeln kletterten, um ein paar Klumpen des begehrten Brennstoffes abzubauen, sprich, rauszuhacken. Das taten sie anfangs für sich selbst, für die Freunde, die Bekannten und auch die Verwandtschaft. Schließlich konnte man diese Kohle gut im Herd verheizen. Später kamen dann die Regierenden, die entsprechenden Fürsten (die gab es ja »la masse die meng«) und ließen für sich schürfen. Was heißt: »für sich«? Sie verkauften die Kohle und machten einen Wirtschaftszweig aus dem Bergbau.

Ab der Mitte des 18. Jahrhunderts gab es sogar schon eine Bergbauadministration. Denn das hat man damals schon gewußt: ohne eine richtige Verwaltung funktioniert gar nix. Wohin auch mit den ganzen Beamten. Außerdem wollte man ja den unterirdischen Reichtum optimal ausnutzen. Der jeweilige König/Kaiser/Herzog/Fürst ... (wer halt gerade dran war) interessierte sich brennend für diese noch nicht so genannte Montanindustrie, um seine Kasse zu füllen, gerade in der beginnenden Industrialisierung, wo Brennöfen, die ersten Dampfmaschinen und Schmelzen nach Kohle gierten.

Dann übernahmen die Franzosen 1793 das Land und auch die Kohlengruben und beuteten beides aus. Später waren's die Preußen, sogar der bayerische König bekam einen kleinen Teil des schwarzen Kuchens ab – und in unserem Jahrhundert waren es dann wieder die Franzosen, die schützend/raffend ihre Hand darüberhielten. Bis dann 1935 das Saarland heim ins Reich eilte und Hitler mit dem Geschenk der montanen Industrie seinen Weg in die Verderbnis ebnete. Nach dem Krieg kam alles wieder unter französische Verwaltung und wurde zehn Jahre später schließlich wieder deutsch.

Hin und her, »riwwer unn eniwwer« – wie alles hier im Land war auch die Herrschaft über das, was unter dem Land lag(erte).

Und diese Herrschaft war selten (bis nie) aus den eigenen Reihen: Preußen, Franzosen, Bayern, Pfälzer regierten hier über Tausende von ameisenhaft wuselnden, kohleverschmierten Kumpeln, die für reiche »Industriefürsten« ihre Hände schmutzig machten. Dadurch gab es ein strenges hierarchisches Gefälle vom obersten Boß, dem Bergrat, bis hin zum kleinsten Hauer. Und genau wie heute, parallel dazu fiel natürlich auch das Einkommen. Und dieser soziale Unterschied zeigte sich besonders deutlich bei der Unterkunft. Nur die Kleinen, die Hauer und die Schlepper (hauten die Kohle und schleppten sie durch die Schächte), waren im Schlafhaus eingepfercht. Die Bergbaubeamten – davon gab es damals schon eine Menge (denn die Verwaltung der Verwaltung war ja schon lange erfunden, bevor man an Sinnvolleres ging) – lebten eindeutig besser. In Von-der-Heydt etwa, von wo auch unser Schlafhaus-Report stammt, lebte der Direktor in einer parkumsäumten Villa. Drumherum gab es zweigeschossige Sandsteinbauten, in denen die Obersteigerfamilien wohnten. Davor einen Platz, auf dem am Sonntagmorgen die Bergkapelle spielte. Den Vorplatz gibt es nicht mehr, die Kapelle spielt heute noch! Natürlich nicht mehr vor den Villen der Bergbauoberen. Nur noch vor Honoratioren, deren Jubiläum, Ausstand oder Einstand stilvoll untermalt werden soll. Damals ließ man es sich noch besser gehen:

Ein Beamtenkasino hatte man eingerichtet, samt Billard- und Lesezimmer. Sogar eine Kegelbahn war installiert, damit sich die Beamten nach ihrer langandauernden schweißtreibenden Sitztätigkeit ein bißchen Bewegung verschaffen konnten. Vielleicht hätte eine halbe Stunde Schicht unter Tage ihre Fitneß mehr gefördert, aber man wollte ja nicht den dort tätigen, einfachen Bergleuten im Wege stehen. Nein, da blieb man besser unter sich. Außerdem hatten sich die Beamten ein eigenes kleines »Bergwerk« aufgebaut. Zumindest einen richtigen Stolleneingang: prächtig herausgeputzt, mit kunstvollen Steinfiguren. Allerdings gab es in diesem Bauwerk mehr Flüssiges als Kohle. Es handelte sich nämlich um den Bierkeller, der für die nächtlichen Personalbesprech- und -besingungen schon nötig war – also bei den Bergbaubeamten! Die Bergleute, selbstverständlich, sollten auf Alkohol besser verzichten, allein wegen der dadurch vermehrten Unfall-Gefahren unter Tage.

Überhaupt tat man viel, um das äußere Erscheinungsbild der Kohlengruben aufzupolieren. Emsige Gärtner pflegten die Anlagen, die Gärten und die Wege. Auch einen Kinderspielplatz gab es; für die Beamtenkinder. Die Kinder der Bergleute spielten ja nicht – zumindest nicht auf Spielplätzen. Deren Spiele fanden meist auf dem Kartoffelacker zu Hause statt: Unkraut jäten, Kartoffeln ausmachen, Jauche verspritzen. Ist ja auch spaßig, gell?

Und der herrliche Prunk um so eine Grube konnte aufs Prächtigste das Chaos und den Dreck der dazwischen »verschämt installierten« Industrieanlagen verbergen.

Daß dadurch ein Gemeinschaftsgeist unter den Mitarbeitern nicht gerade gefördert wurde, versteht sich von selbst. Gegen einen solchen sprachen auch die immer wieder von den Oberen verhängten Zwänge, die der Produktionssteigerung dienten.

Fast wäre es zu einem Sreik gekommen, als im Jahre 1871 Blechmarken eingeführt werden sollten, mit deren Hilfe man genau kontrollieren konnte, wer wann, wieviel und ob überhaupt arbeitete. Aber das wollte der gemeine Bergmann partout nicht annehmen: eine peinlich genaue Notierung von Arbeitszeit und Lohn? »Und das im Saarland?« höre ich die Lästerer schon rufen!

Vorher hat es ja auch ganz gut geklappt. Und Neuerungen sind immer problematisch – nicht nur an der Saar. Aber wenn hier etwas neu eingeführt werden soll, dann hört man meistens die typischen drei Gründe, warum so etwas absolut unmöglich ist:

1. »Das hann mir noch nie so gemach!« – oder
2. »Des war schunn immer so!« – oder
3. »Unn ibberhaupt!«

Und wie war es vorher? Bevor die Blechmarken dem Bergmann auf die arbeitenden Finger »gekuckt« haben?

Das bisher übliche Ritual »Verlesen mit Gebet« war da weit angenehmer: Hunderte von Arbeitern strömten zu Schichtbeginn ins Zechengebäude und versammelten sich. Da hielt man erst einmal ein Schwätzchen, man »sproochte«, man döste noch so vor sich hin oder tauschte Neuigkeiten aus. Man wartete, bis der Steiger einen aufrief. Diese namentliche Kontrolle war nun allerdings kein böswilliger Zwang, sondern wichtig für die Lohnkontrolle. Auch im Fall von Unglücken mußte man schon wissen, wer da unten schuftete und vielleicht bei einer Schlagwetterexplosion seine Grubenlampe abgab, oder wer Glück hatte und verschont blieb, weil er gerade heute blau gemacht hatte.

Diese Versammlungen waren liebgewordene Tradition. Selbst wenn im Winter in zugigen Räumlichkeiten palavert und geschwätzt wurde – man wollte keine automatische Kontrolle mit Blech-Marken. Man wollte keine Nummer sein! Nix! Dann lieber Streik.

Gut – Streik! Sowas kannte man damals überhaupt noch nicht, auch Gewerkschaften gab's noch nicht, die die Arbeitnehmer aufwiegelten, aber gewehrt haben sich die saarländischen Kumpel schon: sie nahmen einfach diese blöden Marken nicht an, zeigten dem Verteiler den Vogel und gingen wieder nach Hause. Doch im Endeffekt half das alles nichts. Die Protestler wurden gezwungen und mußten sogar noch andere nachteilige Neuerungen zugunsten einer gesteigerten Produktion in Kauf nehmen: die Einführung des Förderkorbes zum Beispiel.

Korrekt, fachlich ausgedrückt waren das die sogenannten »Fahrkünste« – mechanische Auf- und Abstiegshilfen. Die Schächte waren nämlich inzwischen so tief geworden, daß die Kohle mit riesigen Körben an Schnüren zunächst mit Pferde-, später mit Motorenkraft heraufgezogen wurden. Doch mit diesen »Aufzügen« durften Bergleute aus Sicherheitsgründen zunächst nicht transportiert werden. Die Seile waren einfach noch zu schwach, die Motoren zu unzuverlässig; es gab einfach noch viel zu viele Unfälle.

Die Arbeiter »stiegen« sowieso viel lieber zu Fuß in die Grube. Dafür benutzten sie Stollen und abfallende Strecken. Das hatte vor allem den Vorteil, daß es unter Umständen lange dauerte (zwei Zigaretten, eine Flasche Bier und ein Schichtenbrot) bis sie an der eigentlichen Arbeitsstelle angekommen waren, und das half ganz schön, die Schicht etwas zu verkürzen. Es fiel eben nicht so auf, wenn man mal etwas später kam oder auch mal gar nicht.

Da war natürlich diese neumodische Einführung der Personenbeförderung nicht auf besonders fruchtbaren Boden gefallen – beziehungsweise auf »fruchtbare Sohle«, wie das im Bergmännischen eigentlich heißen müßte. Durch den rascheren Transport verlängerte sich ja auch automatisch die Arbeitszeit, und die Kontrolle war viel effektiver. Kein Wunder, daß man die Fahrt durch den schwarzen Schlund als »am Strick hängen« ... bezeichnete.

Die Arbeitszeit wurde sowieso immer weiter verlängert. Bald gehörten auch Ein- und Ausfahrt sowie das Waschen in der Kaue (das ist dieser riesige Waschsaal, wo die Kleider an Schnüren hoch oben unter der Decke baumeln) und die Lampen- und Materialausgabe nicht mehr zur Arbeitszeit.

Im Laufe der Jahre und mit fortschreitender Industrialisierung fielen nach und nach immer mehr liebgewordene Privilegien weg. Schon die Umstellung vom Pfeiler-Rück-Bau zum Streb-Bau änderte nicht nur eine Arbeitsweise, sondern hatte auch außerbetriebliche Auswirkungen:

Beim ersten Verfahren nämlich wurde mit der Hand abgebaut (also gehauen – so richtig mit Hacke, Häckel oder Schaufel): liegend, kniend, stehend. Da wurde geschrämt (abgebrochen) und gebohrt. Der Schlepper schleppte Säcke mit Kohle bis zum nächsten Schacht oder zur Verladestation. Und so arbeitete man sich langsam bis zur Grenze eines Abbaufeldes vor. Dazwischen ließ man immer wieder Stützpfeiler stehen, auf daß einem nicht die Decke auf den Kopf falle. Diese Vorgehensweise – wenn auch hart und anstrengend – hatte für die Kumpel einige Vorteile: sie bildeten nämlich sogenannte »Kameradschaften« von jeweils vier bis acht Bergleuten, die stets zusammen arbeiteten. Und wenn man immer so dicht auf engem Raum hockt und auch die stets präsente Gefahr teilt, pflegt man den Kontakt natürlich auch außerhalb: im Freundeskreis oder im Verein. Viele waren innerhalb ihrer Kameradschaft sogar miteinander verwandt.

Gut, eine solche Arbeitsweise hatte auch Nachteile, aber eher für die Grube selber. Allein durch die geringere Ausbeute von

nur 70%, wegen der Stützpfeiler, oder auch durch die Offenhaltung vieler kleiner Abbaupunkte. Die Kohlefallgefahr war groß und die Bewetterung – so nennt man die Versorgung mit frischer Atemluft – schwierig. Mit »Wetter« hat dabei die »Bewetterung« nur soviel zu tun, daß die Frischluft, mit der »bewettert« wird, im Winter etwas kälter, im Sommer etwas wärmer ist. Was das Wetter im Sinne von Klima angeht, gibt es unter Tag ein besonders gutes; zumindest zahlen heute Massen deutscher Touristen horrende Summen, um solches Wetter irgendwo in den Tropen zu genießen – feuchtheiß und bis zu 40, 45 Grad im Schatten.

Der Lohn der Bergleute war sehr karg und reichte nicht einmal für das Nötigste. Das, was der Bergmann nach seiner Woche Arbeit am Wochenende (das sich damals auf den Sonntag – der zudem noch zum Teil im Gottesdienst verpennt wurde – beschränkte) nach Hause trug, konnte kaum eine mehrköpfige Familie ernähren, wenn nicht noch Frau und Kinder mitgeholfen hätten. Meist arbeiteten die in der Landwirtschaft, und sehr lange waren die saarländischen Bergleute nebenher Kleinbauern, bewirtschafteten ihren kleinen Kartoffelacker, hielten sich ein paar Hühner und besaßen als Stolz des Hauses eine »Geis«, also eine Ziege, die mit leichter Übertreibung, wie bereits erwähnt, gern »Bergmannskuh« genannt wurde.

Zudem gab es eben noch keine Gewerkschaften, keine Tarife, keine nächtlichen Tarifverhandlungen mit schon vorbestimmtem Ausgang. Es gab nur die Bergbauverwaltung, und die diktierte.

Außerdem war eine solche Arbeit sehr schwierig zu beurteilen und zu messen. Es gab einfache Strecken, die ohne großen Arbeitsaufwand abgebaut werden konnten – also, um es im Jargon zu sagen, die »mit der linken Arschbacke abgeschrämt« wurden, es gab aber auch Stellen, für die jeweils der kleinste und dünnste Bergmann (Bergleute waren damals, in kargerer Zeit, wie die meisten anderen Menschen auch, erheblich schmächtiger als heute) ausgewählt wurde, weil kein anderer durch diesen schmalen Stollen paßte. Und – denn gerecht ging es schon zu – solch eine Spezialarbeit wurde entsprechend honoriert. Vor Ort wurde die Arbeit regelrecht »versteigert«. Und zwar vom »Steiger«. Der bestimmte jeweils neu den Lohn für gewisse Tätigkeiten. Das bedeutete natürlich: mit dem mußte man sich »gut halten«. Man »schmierte« ihn mit Geld oder Sachleistungen – und wer da nicht mitzog, der wurde entsprechend »gedrückt, wo es nur ging«.

Später – mit Einführung der Maschinen – änderte sich das: es gab einheitliche Löhne. Es gab zwar danach auch noch Steiger, die behielten ihren Namen, nicht aber ihre Funktion. Sie waren damals und sind auch heute noch vor allem Aufsichtspersonal – ähnlich, wie man es auch vom Straßenbau her kennt, wenn fünf Mann im Graben schaufeln, und einer steht draußen und »trägt die Verantwortung« (unnötig zu sagen, wer davon Deutscher und wer Ausländer ist).

Der Steiger war so eine Art Abteilungsleiter. Da gab es – und gibt es heute noch – eine strenge Hierarchie. Über ihm stehen der Revier-Steiger und der Fahrsteiger, sozusagen der Werkleiter.

Daneben gibt es in der »Steigerfamilie« noch einen, nämlich den Wettersteiger. Und von dem handelt auch dieses berühmte Lied, das im Saarland schon fast zur Hymne geworden ist (aber nicht nur dort, man teilt es sich unter anderem auch mit den Kumpels vom Ruhrpott, dem Erzgebirge ...): »Glück auf, der Steiger kommt«.

Selbst heute wird im Saarland am Ende jeder offiziellen Rede – ob jetzt montanspezifisch oder nicht – ein »Glück auf« angehängt, und kein Oskar Lafontaine kann zum Beispiel das Grußwort zum 25jährigen Jubiläum des Karnickelzuchtvereins »Rammelslust« oder zur Gründung der Jugendgruppe des Pensionärsvereins abschließen, ohne ein herzliches »Glück auf« nachzuschieben.

»Glück auf, der Steiger kommt. Und er hat sein helles Licht bei der Nacht schon angezündt.« Dieser besungene Wetter-Steiger war also verantwortlich für die Bewetterung. Der prüfte nämlich mit seiner Grubenlampe, ob genügend Sauerstoff in der Luft unter Tage war oder ob sich giftige oder Explosivgase gebildet hatten. Den Wetter-Steiger sieht man auch immer auf diesen Bildern, die in jedem »gudden« saarländischen Haushalt hängen. Da gibt es regelrechte »Bergmanns-Altäre«.

So ein »volkstümelndes« Arrangement muß man sich ungefähr so vorstellen: Man tritt in das typische kleine Häuschen des Bergmannes – draußen sauber verputzt, mit Eternitplatten an der Wetterseite, daneben die Garage, davor ein kleiner Vorgarten, alles sehr ordentlich (»in de Reih«, wie man hier sagt) – und steht zunächst vor der »Garderobe«, meist ein kleiner Schrank in altdeutscher Eiche mit Kleiderhaken; und dort, ganz in deren Nähe, wird man massiv mit der alten Bergmannstradition konfrontiert. Da hängt erst einmal ein Bild an der Wand – Motiv: verschwitzter und kohleverschmierter Bergmann mit Grubenlampe – meist in Holzschnitzarbeit ausgeführt. In einfacheren Haushalten dominiert aber eher die Kunststoff-Gieß-Version (die man oft auch bei der Tombola zum Pfarrfest gewinnt). Unter dem Bild findet man dann ein oder zwei Häckel – das sind kunstvoll ziselierte Bergmannshämmer mit langem Stiel. Dann gibt es irgendwo die obligatorische Grubenlampe – eine Laterne aus Metall, rund, mit Griff – in der ein in speziellem Benzin getränkter Docht unter einem feinen Drahtgitter brennt (erhält die Lampe unter Tage zu wenig Sauerstoff, bedeutet das: raus aus der Grube – Feierabend, aber schnell!) Häufig findet man auch noch ein Stück Naturkohle, also nicht so schön gerade geschnitten, wie ein käufliches Brikett, sondern richtig naturbelassen: »Schwarzes Gold« in seiner ursprünglichen Form. Und manchmal wird dieses traditionelle Arrangement noch durch ein »Mutterklötzchen« ergänzt.

Was ist denn das nun wieder? Nun, mit dem Mutterklötzchen hat es eine ganz besondere Bewandnis: im Strebbau verwendete man früher zum Abstützen der Stollendecke meist Holz, das sogenannte »Grubeholz«. Das war massives Eichenholz von zwei, drei Metern Länge. Dieses wurde unter Tage zurechtgeschnitten und dann als Stütze eingesetzt. Natürlich blieb da oft Verschnitt übrig, den die Bergleute dann einfach mit nach Hause nahmen.

Schließlich handelte es sich um sehr gutes Holz, das hervorragend zum Feueranmachen geeignet war: man konnte es leicht spalten und mit den Spänen die Kohle entzünden. Die Kohle übrigens war legal beschafft: immerhin bekam jeder Bergmann – bis heute – ein bestimmtes Kontingent pro Jahr geliefert. Und das auf Kosten der Grubenverwaltung.

Kohle gut und schön, dachte sich der Bergmann, aber die muß auch irgendwie angezündet werden. Am praktischsten natürlich mit besagtem Mutterklötzchen. Ein solcher Klotz (am besten mit ca. 25 cm Durchmesser und einer Länge von etwa 30 cm) gehörte – nach Meinung der Bergleute – also täglich dazu. Den bringt man »der Mudder hemm«. Ohne Mutterklötzchen heimzukommen, so Informationen aus gut unterrichteten Kreisen, bedeutete mindestens eine kalte Stube. Dazu aber auch ein kaltes und vor allem leeres Bett! Da lief dann nix mehr in der Nacht!

Also hatten die Bergleute die Organisation des täglichen Mutterklötzchens rationalisiert: viele bekamen von »der Mudder« eine eigens dafür vorgesehen Tasche »in den Juppen« eingenäht, die gerade für das tägliche Mutterklötzchen ausreichte und in der man es leicht aus der Grube herausschmuggeln konnte. Denn erlaubt war es nicht. Gut, keiner sagte etwas, wenn da ab und zu ein paar Späne eingesteckt wurden, die sowieso keine Verwendung mehr fanden. Aber, daß sich da jeder bediente, noch dazu an Holz in fast genormter Größe von 25 x 30 cm, das ging dann doch zu weit!

Nach langen, zähen Kämpfen wurde dieser »Diebstahl« schließlich als Gewohnheitsrecht geduldet. Allerdings nur, wenn es bei der Mitnahme von Abfall blieb. Denn da das Holz – einfach, damit das Spanen leichter von der Hand geht – möglichst astfrei sein mußte, führte das im Lauf der Zeit dazu, daß mancher Bergmann sich zur Not auch aus dem Mittelteil eines Drei-Meter-Stammes bediente und ein astlochfreies, sauberes Stück heraussägte. Mit dem Rest konnte dann – außer Mutterklötzchen zu sägen – nicht mehr viel angefangen werden. Und eine solche

Menge Verschnitt sah die Verwaltung nun natürlich überhaupt nicht gern.

Daß es letztendlich wirklich im Lande geduldet war, zeigt eine nette Begebenheit, die sich im Saarland zugetragen haben soll: Als nämlich der ehemalige Bergmann Ludwig auf dem Sterbebett liegt und es ans Beichten geht, bekommt er Reuegefühle und überschlägt kurz im Kopf: soundsoviel Jahre »uff da Grub«, macht soundsoviel Tage mal 30, mal ungefähr ...

»Herr Paschdoor, isch hann geklaut!«

»Na Ludwig, das hör ich aber gar nicht gern. Ei, was denn?«

»Ei, ungefähr zweehunnert Meter Holz!«

»Was? Ludwig! – 200 Kubikmeter Holz, ja wofür denn? Du bist ja ein richtiger Dieb! Warum hast du denn nicht einfach jeden Tag dein Mutterklötzchen mitgenommen, wie die andern auch?«

Es blieb aber nicht nur beim Mutterklötzchen. Allerlei wurde da im Laufe der Arbeitsjahre nach Hause geschleppt: neben Holz auch aller Art Baumaterial und natürlich Werkzeug. Wie wurden da manche kleine Saarländer schon in Erstaunen versetzt, wenn sie das erste Mal in die Stadt kamen und mit großen verblüfften Kinderaugen feststellten, daß man Werkzeug auch kaufen konnte! Normalerweise brachte doch »de Opa« oder »de Babba« sowas von seinem Arbeitsplatz mit. Das war seit Generationen üblich. Es wird auch gemunkelt, daß in manchen Gegenden ganze Straßenzüge aus mitgebrachtem Material entstanden seien. Da dürfe man nicht laut die Namen der größten Arbeitgeber »Saarberg« oder »Saarstahl« rufen, sonst »rummst's, unn es fallt alles um!«

Gut, der Saarländer hat zu Eigentum eben eine andere Beziehung, vor allem, wenn es sich um das Eigentum seines Arbeitgebers handelt. Irgendwie gehört es ja auch ihm – hat er sich nicht aufgeopfert? Jahrelang?

Für den saarländischen Bergmann beispielsweise war der Arbeitsplatz nämlich immer »sein Grub'« – »sein!« Er fühlte sich nicht nur als Arbeitnehmer, sondern auch als Bewahrer – der bergmännischen Tradition und auch deren Eigenarten (wie z.B. der mit dem Mutterklötzchen). Gerade weil die Oberen in den Direktionen eigentlich nie Saarländer waren, müssen wenigstens die Kumpel unter Tage ihren saarländischen Anspruch geltend machen. »Unn was is debei, wenn isch mol aus meiner Grub e Schipp metholl? – Erschdens merkt das kenner, unn zwettens bring isch se jo aa widder zerick – wenn isch se nimmer brauch!« Sowas fiel natürlich viel leichter, wenn man wußte, »daß der oberste Boss ein Pfälzer war und sowieso keine Ahnung hatte ...«

Gerade diese Tatsache, ebenso wie die Kameradschaft, die für die mitunter sehr gefährliche Arbeit unter Tage lebensnotwendig sein konnte, führte zu einer beispiellosen Kollegialität unter den Bergleuten und zu einer heute noch bestehenden Solidarisierung der Bevölkerung mit dem Bergbau. Also wurde auch nicht viel gesagt, wenn jemand täglich ein paar Steine von der Arbeit auf seine heimische Baustelle mitbrachte, um sie dort einzubauen. Ganze Häuser sind so entstanden, samt dem obligatorischen Schwenkergrill und der Ausstattung der im Keller befindlichen Hobbywerkstatt. Und so pflegt der Saarländer seine ganz eigene Moral, hat ganz individuelle Vorstellungen von Eigentum und kokettiert sogar noch damit: »So sinn mir halt!« Der weiß schon, wie er allen Neidern und Motzern im Reich klarmacht, daß der Saarländer eben so ist, wie er ist: »... unn so muß mer 'ne holle – odder mer losst's bleiwe!«

Und »geholl«, also »genommen« (und dabei immer auch ein Stück ausgenutzt) haben ihn viele. Von überall sind sie gekommen und haben ihre gierigen Finger ausgestreckt: von Frankreich, Deutschland, Preußen und – wie war das noch? Sogar aus Bayern?

Schau'n mer mol!

Kapitel 9

PREUSSISCH? BAYERISCH? – IM LÄÄBE NIDD!
Aussaat einer Identität

Heute witzelt man – vor allem in Bonn oder auch in Bayern – darüber. Nämlich über die sprichwörtliche Verbundenheit des Saarländers mit seiner Scholle und vor allem mit dem, was darunter ist. Immerhin war – zumindest bis vor kurzem – seit 150 Jahren der Bergbau die Lebensader des Saarreviers.

So war es nicht verwunderlich, daß das Saarland in jener Zeit eine besonders begehrte Region war. Unter uns gesagt: heute kann man das so nicht behaupten (auch, wenn man mit solchen destruktiven Äußerungen im Saarland vorsichtig sein sollte). Gerade das Jahr 1815 spielt eine besondere Rolle, denn da wechselte nicht nur mal wieder der Machthaber – daran war man an der Saar ja längst gewöhnt – nein, durch die Aufhebung der territorialen Zersplitterung wurde das, was man heute eher verschämt »Saarland« nennt, erstmals zu einem Gebiet einheitlicher Identität.

Vielleicht ein wenig genauer: Im Gefolge der Befreiungskriege und dem Wiener Kongreß über eine Neuordnung Europas ging ein Großteil des heutigen Saarlandes im Zweiten Pariser Frieden an Preußen. Sozusagen als westliche Bastion vor dem »Franzos'«. Ein kleinerer (nämlich der Süd-) Teil wurde dem Königreich Bayern zugeschlagen.

Zunächst einmal waren die Saarbewohner natürlich skeptisch – denn das sind sie gegenüber Fremden eigentlich immer, zumindest, bis sich die Neuen als unbedenklich entpuppen oder, wie man hier sagt, bis man merkt, »mit denne doo kann mer schwätze, die sinn ganz kloor!«. Damit sind auch schnell alle politischen Bedenken aus dem Weg geräumt.

Aber so schnell ging das 1815 noch nicht. Schließlich hatten die Preußen und auch die Bayern Kulturen, die man höchstens aus dem Journal kannte oder vom Hörensagen. Auch kann man sich schwerlich einen Saarländer vorstellen, der gleich die Lederhosen oder das Dirndl anzieht, nur weil über dem Rathaus eine blau-weiße Fahne flattert.

Und man war dem Neuen gegenüber auch deshalb etwas reservierter, da gerade dieses Neue eher altmodisch war: zumindest, was sein Rechtssystem anging. Bisher, unter Napoleons Fittichen, war man schon viel fortschrittlicher gewesen. Immerhin war der es, der den (zum großen Teil heute noch gültigen) »Code Civil« einführte, das französische Bürgerliche Recht. Und nach Übernahme des Landes durch den bayerischen und den preußischen König war man rechtlich fast wieder ins Mittelalter abgerutscht, wogegen noch manch linksrheinische Gegend fortschrittlicher, weil französisch, blieb.

Mit den Preußen war eh nicht so gut Kirschen essen.

Der preußische Staat wurde also an der Saar mit einem Schlag größter Arbeitgeber. Er übernahm die Kohlegruben und vollzog auch bald den Übergang von der landwirtschaftlichen und ständischen Sozialordnung zur kapitalistischen Industriegesellschaft. Und dadurch, daß diejenigen, die das Sagen hatten, alle von außerhalb an die Saar gesetzt wurden, »um den ollen Saarfranzosen da janz weit drü'm im Westen mal zu zeijen, wie der Hase looft unn wer nun det Sajen hat, wa?«, wurde natürlich eine weitergehende Demokratisierung im Keim erstickt. Den Saarländern, die immer wieder treu und brav unter Tage einfuhren, um das »Schwarze Gold« zu fördern, wurden da einfach wieder ein paar »Besserwisser« vor die Nase gesetzt. Eine Entwicklung, die sich übrigens einige Zeit später (genaugenommen seit 1989) in ähnlicher Weise wiederholen sollte. Vielleicht können daher die Saarländer die Ossis besser verstehen als so mancher »Besser-Wessi«!

Nicht nur, daß die Bevölkerung der preußischen Obrigkeit zunächst distanziert gegenüberstand, viele schlossen sich sogar

1848 den revolutionären Strömungen an und forderten die Schaffung eines deutschen Parlaments und die Bildung einer konstitutionellen Monarchie.

Dagegen ging es den unter bayerischer Krone lebenden Saarpfälzern etwas besser - immerhin ließ Bayern die Errungenschaften der französischen Revolution (z.B. Trennung von Justiz und Verwaltung oder Aufhebung von Adels-Privilegien) unangetastet, ein progressives Verhalten übrigens, das man dem Land heute eigentlich gar nicht mehr zutraut. Trotzdem wurde auch im Ostteil der Saarregion ein freiheitlicher Geist wach. Man rief zu bürgerlichen Revolutionen auf.

Vor diesem Hintergrund bildeten sich auch langsam oppositionelle Bewegungen heraus. Neben den regierungsfreundlichen Freikonservativen unter dem Großindustriellen Stumm formierte sich bald auch, wie in ganz Deutschland, eine Fortschrittspartei, die eine Einigung Deutschlands unter demokratischen Vorzeichen forderte. Aber die Saarländer - leicht unterwürfig, wie sie es auch heute noch sind - waren viel zu kampfunentschlossen, viel zu harmoniesüchtig, als daß sie groß etwas bewegt hätten, nein, im Gegenteil. Um 1860 gab es sogar eine konservative Wende; auch das Bürgertum fürchtete aufkeimende katholisch-proletarische Strömungen, und so wurden die Arbeiter immer wieder klein gehalten. Man redete ihnen ein, besser still zu kuschen, als diesen revolutionären Schnickschnack da mitzumachen, sonst würden nämlich ihre schönen Saargruben an Frankreich verkauft, so! »Jo mei, wann's ihr jetz net kuschen daad'st, do wird's ihr vakafft! G'scherti Ruab'n, g'scherti!«

Solche als erzieherische Maßnahmen getarnte Erpressungen spielen ja noch heute bei vielen Eltern - und nicht nur saarländischen - eine dominante Rolle: »Wenn du dei Deller nidd uffeßt, komm'sche ins Heim!«

Zeit seines Lebens wurde der Saarländer von irgendwelchen Mächtigen unterdrückt. Er war daran gewöhnt und ordnete sich unter - eine typisch saarländische Eigenschaft. Er mußte für die

Franzosen den Buckel krumm machen, für die Deutschen, für die Preußen und die Pfälzer. Und leider hat sich daran bis heute kaum etwas geändert. So findet man in vielen saarländischen Chefetagen, nicht nur auswärtiger Unternehmen, sowie auch im Öffentlichen Dienst und in der Politik überdurchschnittlich viele Nichtsaarländer. Und das führt natürlich zu massiven Minderwertigkeitskomplexen, die erst in jüngster Zeit - nicht zuletzt durch bundesdeutsches Auf- und Reintreten eines Oskar Lafontaine - etwas zurückgegangen sind.

Ja, diese Komplexe, diese Unterwürfigkeit, die dem Saarländer schon so lange eigen sind, lernt er erst jetzt langsam zu bekämpfen. Hat er sich nicht noch vor ein paar Jahren seiner Sprache, seines Dialektes geschämt? Kam sich wie der letzte Hinterwäldler vor. Er stellte doch immer seine Grubenlampe unter den Scheffel. Dabei hat er doch so manches zu bieten. Aber dieses Kleinmachen, diese Ergebenheit äußert sich noch heute, vor allem in so manchen Untertreibungen, die dem Saarländer eigen sind. Zum Beispiel, wenn er jemanden einlädt zum kleinen geselligen Beisammensein, zu einem Treffen. Heute würde man »Date« dazu sagen. Und so eine Einladung wird an der Saar ganz lapidar formuliert: »Komm, mir geh'n ääner trinke!«

Da wird also jemand gebeten, mitzukommen, um »einen trinken zu gehen«.

Bitte, welcher Saarländer geht extra irgendwohin, um nur einen (einzigen) zu trinken - ein Wein bleibt ungern allein - mit dem Bier verhält es sich ebenso, und so tröstet sich der dann doch durstige Zeitgenosse: »Auf einem Bein steht man nicht gut!«

Gerade wenn man sich noch nicht so kennt, reicht »einer« beileibe nicht aus. Im Saarland kann es sogar vorkommen, daß man einen ganzen Abend, ein ganzes Faß Bier oder eine Kiste Wein braucht und sich immer noch nicht näher kommt. Aber solche Extreme beziehen sich nur auf nichtsaarländische Gäste, die dann die sprichwörtliche »saarländische Gastfreundschaft« um die Ohren gehauen bekommen. Ja, denn hier betrachtet man sich als äußerst gastfreundlich. Eine Eigenschaft, derer sich der Saarländer – mit Verlaub gesagt – unzulässigerweise anmaßt.

Natürlich ist man untereinander gastfreundlich: »De Jupp kommt zum Heinz, die sprooche dann odda trinke eener – es Marlies geht zum Renade, um noo e paar Grumbeern ze froohn ...«

Wo man sich kennt, ist eine besondere Gastfreundschaft natürlich banal und keine Kunst. Anders sieht es aus, wenn ein Fremder kommt. Da kann es schon mal sein, daß ein Geschäftsreisender irgendwo im Saarland übernachtet, will vielleicht vorher noch ein Bier trinken, stellt sich – ganz wie die Einheimischen – dazu »ans Büffet«, merkt aber auch gleich, daß er genau beobachtet und taxiert wird. Möglicherweise hört er sogar die einschlägigen Kommentare: »Ei, wer hott dann denne mitgebrung?«, »Saah mol, kennschd du denne?« oder »War der schunn e mol hier?«

Der Fremde fühlt sich da natürlich schon ein wenig unbehaglich. Oft fällt er auch sofort auf die Masche herein und beginnt, »Runden zu schmeißen«. Aber selbst, wenn der Abend vorbei, seine Brieftasche leer und die ganze Büffet-Mannschaft voll ist – so schnell gehört er noch nicht dazu.

Gut, er erleichtert sich die Sache, wenn er etwas kann: wenn er mauern kann, sich mit »dem Elektrische« auskennt oder mit sanitärer Installation. Dann kann es sein, daß seine Arbeitskraft ausgenutzt wird, daß er (schwarz) auf der privaten Baustelle vom Jääb oder vom Karl mithelfen darf – drei Wochenenden Sklavenarbeit für zwei Kasten Bier. Aber wirklich integriert ist er im Saarland erst dann, wenn man ihn das erste Mal mit »mei Kneschd« tituliert. »Kneschd«, hochdeutsch »Knecht«, hat hierbei allerdings nicht die Bedeutung des hart arbeitenden Hausgehilfen, nein, »Knecht« benutzen zunächst die Eltern als Kosewort für ihren Jungen, man kann aber auch einen Kumpel, Kameraden oder Freund liebevollerweise so bezeichnen. Und einmal »Kneschd«, immer »Kneschd«. Dann gehört man dazu. Und dann wird man auch gleich total vereinnahmt. Man wird eingeladen: »Ei, mei Kneschd, komm trink noch eener.« Oder, nachdem man schon satt ist von drei Portionen »Dibbelabbes« oder fünf »Gefillde«: »Oh leck, mei Kneschd, hoschd jo noch gar nix gess!«

Die Gastfreundschaft wird hier leicht schon zur Nötigung: »Oh, mei Kneschd, bleib doch noch, kannsch aach ruhisch bei uns uff da Couch schloofe.« – Daß man dazu nicht noch die Tochter angeboten bekommt, wie es wohl bei manchen afrikanischen Stämmen der Brauch ist, läßt einen schon stutzen. Echte Gastfreundschaft braucht, genau wie andernorts, auch im Saarland eine ganz schöne Anlaufzeit. Dann allerdings wird sie oft über die Maßen strapaziert. Und das, sage ich, selbst auf die Gefahr hin, daß der eingefleischte Saarländer lauthals dagegen opponiert. Denn der sieht das schon etwas anders.

Sicher – hier kennt man sich, hier hilft man sich. Und Nachbarschaftshilfe wird an der Saar groß geschrieben. Vielfach hängt das auch mit der Arbeit zusammen: wenn man unter Tage miteinander »schafft«, ist man auf gegenseitige Hilfe angewiesen. Kameradschaft ist notwendiger Bestandteil bei der Arbeit im Berg, wird auch im Alltag gepflegt und äußert sich dann natürlich entsprechend auch in der Freizeit. Kaum irgendwo in Deutschland gibt es so viele Vereine wie an der Saar: vom Obst- und Gartenbauverein über den Gesang- bis zum Pensionärsverein, die ganzen Kegel-, Tennis- oder Dartclubs, Sportvereine, sogar einen Sparverein gibt es. Natürlich waren viele solcher Vereine in der zweiten Hälfte des letzten Jahrhunderts zunächst einmal politische Geheimbünde: man konnte politisieren, ohne aufzufallen. Da konnte schon einmal hinter dem »Rammeltag« des Kaninchenzuchtvereins ein politisches Komplott stehen. Aber das ist nicht mehr so. Heute nutzt man den Verein zur Pflege der Geselligkeit, zur gegenseitigen Hilfe und natürlich – vorrangig, wenn auch permanent bestritten – zum Feiern. Denn das tut der Saarländer am liebsten. Wie sagte schon der hiesige Ministerpräsident Oskar Lafontaine? »Essen und trinken sind die drei wichtigsten Dinge im Leben!« Recht hat er! Und gefeiert wird hier alles.

Doch, die Feier durchzieht des Saarländers Leben von der Geburt bis zum Tod. Geburtstag, Taufe, Kommunion, Hochzeit, »Leichenimbs« (Leichenimbiß). Wenn der Gefeierte unter der Erde liegt, braucht man keinen Schmaus mehr. Ein Imbiß tut's auch, solange genügend Getränke vorrätig sind.

Gerade dieser Leichenimbs unterscheidet sich in seiner Intensität von Leichenfeiern anderer deutscher Regionen. Da der Saarländer sehr gesellig ist, endet die Gemeinsamkeit nicht am Grab. Der Verblichene bleibt der Mittelpunkt der Feier, gehört irgendwie noch dazu: »Oh leck, hann mir beim Jupp seinem Leicheimbs zugeschlaah. Do hann mir drei Fässer Bier leer gemach. Das hädd dem saugudd gefall, wenn er hädd könne debei sinn!«

Eine solche Zeremonie beginnt zunächst ernst, mit der Beerdigung. Doch kaum ist der Sarg unter der Erde verschwunden, wendet man sich der Lokalität zu, wo auf das Wohl des Verstorbenen angestoßen werden soll. Dort ist auch alles bestens vorbereitet. Und da man nicht nüchtern trinken soll, gibt es auch was zu essen, allerdings nur Kleinigkeiten: für die biertrinkenden Männer am »Büffet« Brötchen, belegt mit Wurst oder Schinken, sowie Käse – im saarländischen Fachjargon »Schnittscher« genannt – während die Frauen eher »leicht betrippst« an den Tischen sitzen, vor sich eine Tasse Kaffee mit Cognac drin – der Cognac, um schnell den Schmerz zu vertreiben, der Kaffee dient vor allem dazu, den typischen Leichen-Kuchen hineinzutunken, nämlich den »Grimmelkuche« (hochdt.: Streuselkuchen). Und der ist unbedingt notwendig. Man kann fast sagen: »Ohne Grimmelkuche is mer net rischdisch dood!« Die starre Beerdigungsliturgie wird mit dem auch recht starren Leichenimbs-Ablauf quasi fortgeführt. Natürlich führt der anhaltende Alkoholgenuß bald auch zu etwas fröhlicherem bis ausgelassenem Verhalten. Man tut das, »was de Jupp aach am liebschde gemacht hott: mir feiern!«.

Dem Fremden mag das schon etwas fremd und unpassend erscheinen, daß es bei einer Leichenfeier an der Saar häufig feuchtfröhlich wird, daß die ganze Gesellschaft spätabends unter Absingen frivoler Lieder auf den Stühlen tanzt. Vielleicht hat es etwas mit dem Glauben zu tun, diesem tiefverwurzelten Sehnen nach einem Leben nach dem Tode, das ja dem verstorbenen Gläubigen, der sich sein Lebtag immer nur abgearbeitet und für die anderen aufgeopfert hat, ein paradiesisches, ewiges Leben verspricht.

Verwunderlich in diesem Zusammenhang ist die gegenüber

einem zünftigen Leichenimbs sehr steif bis bedrückend anmutende Hochzeitsfeier. Oft sitzt man an einem großen, U-förmigen Tisch, wartend und gähnend vor seinem Tischkärtchen am zugewiesenen Platz, und überbrückt so von einem bis zum nächsten Menü-Punkt die Zeit. Die einzigen Lichtblicke solch einer häufig recht langweilig verlaufenden Zusammenkunft sind so altbackene Riten wie die Brautschuhversteigerung oder die Entführung der Braut in eine nahegelegene Kneipe, wo es dann auch einmal richtig hoch hergeht und es alle dort bedauern, wenn der suchende und schließlich die Braut auslösende Bräutigam die ausgebüchsten

Gäste wieder zu seiner lahmen Hochzeitsfeier schleppt. Dort sitzen dann alle wieder brav an ihrem Platz, am Kopfende das Brautpaar: »Er« und »Ehs«. Neben ihm dann »ihm sei Seit'« und neben ihr »ihr Seit'« – meist geht eine strikte Trennung durch den Raum; oft auch sehr augenfällig, wenn die beiden Seiten nichts miteinander reden. Oft monate-, oft jahrelang – bis zum Leichenimbs. Aber dann geht's rund!

Verblüffend, wie in unserer heutigen Zeit sich die Abläufe solcher jahrhundertealten Traditionen kaum verändert haben. Hier sieht man auch wieder deutlich das Festhalten der Saarländer an alten liebgewordenen Traditionen. »Kee nei Zeisch!« – nein, »so, wie mir das frieher gemach hann, so mache mir das heit aa!«

Das war das, was der Saarländer Zeit seiner Geschichte immer wieder gelernt, praktiziert und sogar verinnerlicht hat.

Es gab immer Herrscher, die herrschten, und es gab die anderen. Letzteres waren meist die Saarländer.

Kaum war der eine Machthaber weg, kam von irgendwoher wieder ein neuer Vormund und bestimmte den Weg! Und dem folgte man bedingungslos. So war es ja auch, als anläßlich der Schlacht bei Spichern 1870, zu Beginn des Deutsch-Französichen Krieges, Preußen zum Schutz bereitstand. Immerhin gehörte die Saar teilweise dazu. So konnte der preußische König mal was für seine fern im Westen lebenden Schäfchen tun. Natürlich wurde das auch von den Einheimischen honoriert – sie bildeten einen regelrechten Patriotismus aus, der sich bald sogar zum Nationalismus steigerte. Die Preußen boten dabei auch andere Vorteile: Die Wirtschaft boomte, wie man es heute nennen würde (lang ist es übrigens her!), und mit Bildung der Großstadt Saarbrücken (aus den drei Saarstädten Saarbrücken, St. Johann und Malstatt-Burbach) gab es auch ein Zentrum, welches die Identität des Saarreviers förderte.

So paßte man sich gern auch der preußischen Führung an. Und durch geschickte Wahlbeeinflussungen und das Dreiklassenwahlrecht schaffte es das preußenhörige, protestantisch-nationale Bürgertum vor dem Ersten Weltkrieg, gegenüber der zahlenmäßig weit stärkeren Arbeiterschaft überrepräsentiert und tonangebend zu sein. Die überwiegend katholischen Arbeiter gingen dabei eher auf Distanz zur Regierung in eine regelrechte Opposition: es bildeten sich katholische Gewerkschaften, so daß das Saarrevier als eine »Industriekolonie« mit »kaplanokratischer Opposition« bezeichnet werden könnte. Somit war eine Gesellschaft entstanden, die in anderen Regionen Deutschlands undenkbar gewesen wäre: der Katholizismus hatte das Ansehen einer Unterschichtenreligion.

Und vor diesem Hintergrund ist auch zu verstehen, warum sich eine gewerkschaftliche Opposition im Sinne der Sozialdemokratie im Saarland erst spät durchsetzte. Erst in den 20er Jahren unseres Jahrhunderts bekam hier die SPD eine Struktur. Vorher waren das eher »Spinner«, »Sektierer« ... Wenn man sich heute vorstellt, was aus diesem kleinen Pflänzchen von damals geworden ist!

So wurden die Arbeiter an der Saar später, aber letztlich auch aufmüpfig. Einerseits, weil der Erste Weltkrieg die preußische Obrigkeit etwas im Zaum hielt, andererseits durch viele wirtschaftliche Entbehrungen zu Kriegszeiten. Gerade die Verschlechterung der Versorgungslage bis hin zur Hungersnot im »Steckrübenwinter« 1916/1917 verschärfte die Klassengegensätze. Während die Bauern sich selbst versorgen konnten, führte die Armut der Arbeiterschaft, die nur ihren kargen Lohn hatte, zu Protesten und Streiks, die sich auch immer wieder in einer rabiaten Stimmung gegen den Feind im Westen äußerte. Einem Feind, dem man sogar einen brutalen »Vernichtungsfeldzug« gegen Deutschland unterstellte.

Und als dieser böse Feind tatsächlich den deutschen Kaiser Wilhelm II. in die Knie zwang, war es nicht verwunderlich, daß sofort nach dessen Abdankung und der Proklamation der Weimarer Republik radikalisierte Arbeiter und desertierende Soldaten die Gewalt über die saarländischen Städte und Gemeinden an sich nahmen und eine sozialistische Umgestaltung forderten.

Aber auch dieser Traum war schnell ausgeträumt: nur zwei Wochen später, am 22. November 1918, besetzten französische Truppen die Saargegend und manifestierten ihren vermeintlichen Anspruch auf das Industrierevier an der Saar.

Und so wurde mit Unterzeichnung des Friedensvertrages von Versailles am 28. Juni 1919 die Saar wieder mal französisch – also, wie schon gehabt: »widder eniwwer!«

Kapitel 10

DEITSCH? FRANZEESISCH? – SAARLÄNDISCH!
Erste Pflege einer Identität

»Ei was soll 'n das heeße? Widder eniwwer? Frenzeesisch? – Isch glaab, du hoschd eener renne!«

So oder ähnlich könnte man die Zeit nach dem Versailler Vertrag einleiten. Denn das Saargebiet, erstmals übrigens in den heute bekannten Grenzen, wurde da nicht so richtig französisch. Es blieb aber auch nicht so richtig deutsch. Der Versailler Vertrag, ein recht kompromißbereites Papier, sollte nämlich einerseits das nationale Selbstbestimmungsrecht der Saarländer anerkennen, andererseits aber auch die französischen Sicherheits- und Wirtschaftsinteressen. So wollten die Franzosen ursprünglich das Saargebiet annektieren, doch das sogenannte »Saarstatut«, das zum Versailler Vertrag gehörte, sah vor, daß dieses eher künstlich konstruierte Saargebiet aus der deutschen Verwaltungs- und Regierungseinheit ausgegliedert und 15 Jahre lang treuhänderisch einer fünfköpfigen internationalen Regierungs-Kommission unterstellt würde. Diese (ihr mußte auch ein Franzose und ein Saarländer angehören) wurde vom Völkerbund eingesetzt.

Während dieser 15 Jahre konnten die Saarländer dann selber entscheiden: wohin! Ob sie sich zu Deutschland bekennen, zu Frankreich oder diesen Zwitter-Zustand, auch »status quo« genannt, weiterhin beibehalten wollten. Immerhin ein sehr lobenswertes Beispiel von Selbstbestimmung – das heute leider gar nicht mehr praktiziert wird.

Zunächst aber sah alles ziemlich französisch aus – immerhin versuchte Paris, seinen Einfluß politisch, wirtschaftlich und auch kulturell geltend zu machen. Das Saargebiet sollte zum Beispiel aus den Diözesen Trier und Speyer – zu denen es übrigens noch heute zählt – herausgelöst werden. Doch das scheiterte.

Man bezahlte zwar mit Francs, aber kein Saarländer wäre auf die Idee gekommen, französisch zu reden, außer durch ein gelegentlich flüchtig dahingeworfenes »merci« oder ein »Salut, Jean!«

Ansonsten versuchte er schon, seine Sprache zu erhalten und zu pflegen. Nix von wegen »Francs« für die Währung – nein – wie in der Schweiz: »Franken«. Der Saarländer versuchte da schon, seine eigene Identität zu finden bzw. zu erhalten. So sprach er den Namen der Hauptstadt auch nicht französisch aus, Paris (pari), also ohne das »s« mitzusprechen, er tat und tut es heute noch nicht einmal mit einem normalen »s«, wie im Deutschen. Nein, wenn der Saarländer von der Stadt der Liebe spricht, sagt er gleich »Pariss« – mit besonderer Betonung der letzten Silbe.

Andere Länder, andere Sitten. Hier wird vieles anders gehandhabt. Und möglich, daß man an der Saar ein »s« kurz und stimmlos (»Pariss«), dafür zum Ausgleich Doppel-»s« lang und stimmhaft artikuliert, wie im Ortsnamen St. Ingbert-Hassel, das man hier wie den gleichnamigen nüssetragenden Strauch ausspricht: »Haasel«. Doch, es ist schon ein etwas eigenwilliges Volk.

Zurück über »Pariss« und den »Franken« (übrigens oft heute noch verwendet) bis zum »Franc«. Man wollte schon etwas Distanz zum neuen Machthaber wahren und versuchte, das frankophile nicht gleich wieder zu übernehmen. Man wußte ja nicht einmal, wie lange der Zustand diesmal überhaupt dauern würde.

Nur, was in den (tränenüberlaufenden) Augen vieler Einheimischer – leider – von alleine schnell sehr französisch wurde, war die Leitung der Saar-Kohlegruben. Und das war bitter. Zwar waren es die »Berschleit« gewöhnt, daß »die do obbe« von irgendwoher, aber eigentlich nie aus dem Saarland, sondern von »Gott weiß woher« kamen; aber ungerecht war's schon, daß ausgerechnet dieses kleine, unbescholtene Völkchen, eh immer ein wenig belächelt, jetzt auch noch die Schulden bezahlen sollte. Die Schulden nämlich für viele durch Kriegseinwirkung zerstörte nordfranzösische Zechen. »Reparationszahlungen« nannte das der Versailler Vertrag schlicht – der Saarländer sprach da etwas derber von einer »Riesen-Sauerei«. Aber es half ihm auch nix.

Und so wurden nach den (nicht saarländischen) Preußen die (genauso wenig saarländischen) Franzosen zum größten saarländischen Arbeitgeber. Gleichzeitig aber zerrte man außen von allen Seiten an der Saar: immerhin sollte in 15 Jahren das Volk über die eigene Zukunft entscheiden. Da hieß es, die Werbetrommel zu rühren. Gerade aus dem »Reich« – so nannte man das damals und so nennt man es auch noch heute – tönten patriotische Klänge. Organisationen wie der »Bund der Saarvereine« betrieben da eine regelrecht nationalistische Propaganda: »Deutsch bleibt die Saar, deutsch immerdar!«

Und dieses Deutschtum kam auch immer wieder beim Volk durch. Schauen wir doch einmal in den Nebensaal des Gasthauses »Müllersch Hof« in einer typischen, kleinen saarländischen Gemeinde. Nennen wir sie der Einfachheit halber »Katzweiler«. Ein lauer Märzabend des Jahres 1925. Ein wichtiger zeremonieller Akt findet dort statt, nämlich die Vorstandssitzung des katholischen Kirchenchores Cäcilia. Es tagen die Herren des Vorstandes (Damen waren zwar damals in einigen Kirchenchören schon zugelassen, aber falls überhaupt, beschränkte sich die weibliche Vorstandsarbeit zumeist aufs Kuchenbacken zum Cäcilienfest – geschlechtsspezifische Traditionen, die vielfach heute noch gepflegt werden).

Personen:
Karl Brauer, genannt »de Brauer Kaarl« – erster Vorsitzender;
Ernst Lauer, entsprechend »de Lauer, Ernschd« – Schriftführer;
Elfriede Backes, ledig, genannt »'s Elfriede« – Serviererin, dabei auch heimliche Braut von Karl Brauers Sohn, im vierten Monat schwanger – aus existenzerhaltenden Gründen noch geheimgehalten);

Klaus Neumann, »de Neumann, Klaus« – zweiter Schriftführer;
Friedrich Kuhn, »de Kuhne, Fritz« – Beisitzer;
Ewald Müller, »Müllersch Ewald« – dritter Ersatzschriftführer

Karl: »Lieber Herr Präses, Herr Paschdoor, liebe Vorstandsmitglieder ...«

Ernst (widerspricht): »Karl, de Paschdoor is ned doo! Der war heit mittag uffem Leichenimbs vun Bauersch Luwis, unn jetzt isser sternhagel... also, ähem – es iss ihm nidd so gudd! Vielleischd guckt der jo späder nommo ninn.«

Karl: »Gudd, Ernschd. Dann nommo: Liebe Vorstandsmitglieder! – Isch begrüße eusch zu unserer 34. diesjährischen Vorstandssitzung. Der einzige, aber um so gewischtigere Punkt unserer heu-

tigen Tagesordnung lautet: Vorbereitung der Jahrtausendfeier in Katzweiler. Wie ihr ja alle wissen, ...«

’s Elfriede (bewußt und entsprechend penetrant störend): »Was wollen er trinke?«

Karl (leicht indigniert): »Ei, mir machschde e Bier unn e Quetsch. Mir is heit aa so raulisch ...« (leicht übel)

Ernst: »Stimmt, warschd joo aa mit, uff da Beerdischung. Also, Elfi, isch trink aa e Bier.«

Klaus: »Isch aa, mei Määde – abber net so kalt!«

Fritz: »Isch mään, isch trink lieber e Wasser ...«

Die anderen (zusammen und leicht amüsiert): »Oh leck – bisch de krank?«

Karl: »Kommen! Mir haben heute noch viel zu besproochen. Jetz heeren zu, Männer! Also – da muß isch besser hochteutsch pappelen: Vor tausend Jahren wurde unsere Saarheimat sozusagen aus der Wiege herausge..., ähem, also gehopen. Isch hann es mir hier genau notiert – Ernschd, isch genn der’s nochher, doo kannschde ’s fers Protokoll abschreibe! – also: im Jahre 925 vereinigte der sexische König Heinrich I. ...«

Fritz: »Geh fort! Herr mit dem wutzisch Zeisch uff!«

Karl: »Isch meine doch der sexische König. Aus Sachsen. Und der bekam ja das ganze Gebiet hier, und der vereinigte noch das Herzogtum Lotharingen ...«

Klaus: »Lottringe heeschd das!«

Karl: »Das is mir doch egal – hier steht Lotharingen. Unn genau so hann isch’s vunn de Gemeinde kritt! Also, der doo Kneschd hodd die zesamme vereinigt, unn unser Region ...«

Ernst: »Katzweiler?«

Klaus: »Nee, es ganze Saargebiet, du Dirmel! – Also, des hodd dann irschendwie zum Ostfränkische odder zum Deutsche Reisch geheert! Also irschendwie ...«

Fritz: »... Wo soll’n das sinn?«

Karl: »Jetz heeren doch aa mo zu! – So wurde die Saar deutsch – urdeutsch! Und das soll jetz gefeiert genn – also, ähem, geben ...«

Fritz: »Werrn!«

Klaus: »Ei, war die Saar vorher net deitsch?«

Karl: »Was weeß dann isch. De Günther vun der Gemeinde hodd gesaaht, die Rheinländer hädde gemennt ...«

Ewald: »Oh leck, die Pälzer? Was wissen dann die?«

Karl: »Is doch egal ... Hauptsach e scheenes Feschd!«

Fritz: »Genau, feiern iss immer gudd!«

Karl: »Also, es wär jetz genau 1000 Johr her, daß unser ganz Region zum Reisch deed geheern, unn isch meen – unn de Günther hodd aa gesaaht: also 1000 Johr, immerhin ...«

Fritz: »Das is werklisch e Grund zum Feiern, do hann ihr mol gudd rescht.«

Karl: »Ja, unn außerdem deede mir domit denne Franzose mo zeihe, daß mir in unserer Seel mehr deitsch sinn. – Das brauchsch de jetz nidd ins Protokoll zu schreibe, Ernschd. – Sinn mir doch, odder Männer?«

Alle (beiläufiges Gemurmel)

's Elfriede (wieder störend): »Wer krieht des Wasser? – Unn die annern des Bier ...«

Karl: »Also langer Rede, korzer Sinn: all saarländische Vereine solle für denne doo Summer eine rheinische Jahrtausendfeier organisiere. Da Turnverein baut eine Menschenpyramide, es gebbd e Heimatabend, wo de Theaterverein »Tallia« was aus 'm Willi Tell vum Gööde spielt ...«

Klaus: »Wer soll 'n das sinn?«

Fritz: »Ei, de Gööde! Kennt der de Gööde nitt. Aus da Schul!«

Karl: »Genau. Unn der hodd so e Stick geschribbe, das mit dem – waade mol ...« (nippt an seinem Quetsch)

Ernst: »Appel!«

Karl (setzt ab): »Quatsch, Appel, Quetsch. Das is e Quetsch!«

Ernst: »Nee, in dem doo Stick.«

Karl: »Ach so, ja, weil die schwöre doch doo, an dem – hach, wie heeschd jetzt der See doo in da Schweiz ...«

Fritz: »Genfer See!«

Karl: »Joo! Doo – wie heischd 's: mir wollen sein ein einisch Volk von Brüdern, oder so ähnlisch! Unn dofür solle aa mir Katzweilerer allegare mithelfe. Isch hann aa schunn mit unserm Chorleider geschwätzt, unn de Berti hodd gemennt, mir könnde vielleischd unser Vaterlandlied singe – do hann mir jo nidd so oft die Geleschenheit ...«

Einige (schon leicht angesäuselt):

»Es braust ein Ruf wie Donnerhall,
Wie Schwertgeklirr und Wogenprall,
Lieb Vaterland magst ruhig sein,
Fest steht und treu die Wacht am Rhein,
Die Waaacht aaaam Rheeeeein!«

s' Elsbeth (flink daherbrausend): »Ei, hodd jemand geruf?«

Karl: »Dumm Zeich! Also, die Node hann mir schun mol rausgehollt. Jetz geht's nur noch um das Problem Fahn – unn desweschesinn mir heit hier.«

Fritz: »Ei, wieso? Mir holle ennfach unser Fahn – die scheen naahtblau Fahn, wo es Maria gestickt hodd ...«

Karl: »Ebe nitt! – De Büjermeischda hodd gesaaht, es gebbd einheitlisch geflaggt: schwarz – weiß – rot. Bei all Vereine! Unn an alle Heiser – iwwerall.«

Klaus: »Isch hann abber fer dehemm nur e schwarz-rot-golden Foohn! Abber du, die is faschd wie nei. Unn frisch gebiegelt isse aa.«

Ewald: »Klaus, komm, es reischt, daß de bei de Sozis bisch. Aber mach jetz hier nidd uff radikal! Verschon uns mit eierm sozialistische Revoluzzertum!«

Karl: »Stimmt, Klaus. Es is amtlisch bestimmt, alles gebbd schwarz-weiß-rot, alles rischtisch gudd deutsch geflaggt. Doo gebbd's aa extra so Schleifscher – doo kenne sisch die Leit selbert schmücke. Die steckt mer eenfach an de Juppe. Doo – er hodd mer schun emol e ganzer Kaschde mitgebb.«

Fritz: »Oh leck! Das sinn abber viele! Unn die sinn all fer uns? – Do könnde mir unserm Dackel Waldi joo aa noch enns umhänge ...«

Und so weit ist das gar nicht hergeholt, diese Fest-Vorbereitung in Katzweiler. Zwar ist der Ort Katzweiler, samt der Vorstandsitzung seines Kirchenchorvorstandes, rein fiktiv. Nicht aber die wirklichen Vorbereitungen für diese patriotische Selbstdarstellung im Frühsommer 1925. Das ganze Saargebiet stand kopf. In einer von nationalen Kräften propagierten rheinischen 1000-Jahr-Feier wurde die eigentliche Zugehörigkeit zu Deutschland demonstriert. Und tatsächlich: Alle Schaufenster, alle öffentlichen Gebäude, Straßen und Plätze, die Teilnehmer, alles war entsprechend dekoriert – wirklich, sogar mancher Hund trug stolz eine schwarz-weiß-rote Manschette am Schwanz und bellte – aber nicht französelnd durch die Nase, sondern richtig germanisch durchs Maul.

In der Homburger Gegend – ehemals zum bayerischen Teil gehörend, daher auch noch stellenweise blau-weiß geschmückt – mischten sich sogar schon ein paar dieser neumodischen Nazis der (noch) verbotenen, saarländischen NSDAP unter die Feiernden. Aber diese »braunen Spinner« ließ man ganz in Ruhe – eine vielleicht falsch verstandene, aber trotzdem typische saarländische Toleranz, die man auch heute noch pflegt, gegenüber allen Minderheiten.

Zwar versuchte damals die Regierungskommission (die ja eher zur Neutralität, als zu einseitiger Orientierung – egal, in welche Richtung – verpflichtet war) diese deutsch-nationale Zurschaustellung durch diverse Beschränkungen etwas einzudämmen, doch das Gegenteil wurde bewirkt: mehr als 170 Ortsausschüsse bereiteten das Spektakel vor, die Gesangvereine probten Massenchöre, Sportvereine übten »Lebende Bilder«, Festredner entwarfen markige Reden.

Und schon diese »Jahrtausendfeier« machte schnell offensichtlich, auf welcher Seite des Saarländers Herz wirklich schlug, und ließ dabei schon einmal vorausahnen, nach welcher Richtung die geplante Saarabstimmung zehn Jahre später wohl tendieren würde.

Nach und nach kristallisierte sich dabei auch eine, immer stärker werdende, patriotische Bewegung heraus. Zwar fing die

NSDAP an der Saar klein an – aber sie wurde mächtig. Kaum war Hitler in Deutschland an der Macht, schlossen sich im Saargebiet unter Führung der kleinen Saar-NSDAP die bürgerlich-liberalen Parteien sowie (trotz einiger Bedenken) das katholische Zentrum zur »Deutschen Front« zusammen, die für die Rückgliederung der Saar an Hitlerdeutschland eintrat.

Die immer stärker auftretende und gezielt lancierte Propaganda entlockte dem Saarländer patriotische Tränen: »Deutsche Mutter, heim zu dir« – oder, gerade den frommen katholischen Saarländer besonders berührend, »Wer seinem Vaterland die Treue bricht, der hält sie auch dem Herrgott nicht!«.

Der im pfälzischen Neustadt regierende Gauleiter Josef Bürckel verstand es dabei hervorragend, im Vorfeld der Volksabstimmung, die auf den 13. Januar 1935 angesetzt wurde, die Saarländer auf eine eher gefühlsduselige nationale Entscheidung statt auf eine Wahl zwischen Demokratie und nationalsozialistischer Diktatur einzustimmen, und schon lange vor der Abstimmung selbst wurde ihr Ausgang immer klarer.

Als die Entscheidung vor der Tür stand, begann der heiße Wahlkampf. Der spielte sich nicht nur an Plakatwänden oder in den Zeitungen ab, nein, auch in den Vereinen oder zu Hause bei Papa (Er), Mama (Ehs) und der Tochter Bärbel ('s Klään):

's Klään: »Papa, bischd du eher fer die Franzose odder fer de Hitler?«
Ehs: »Du weeschd doch, Bärbel, die Papa is nidd fer denne status kwo. Der schafft schließlich uff da Grub, unn do sinn die Franzose schlimmer als allegar!«
's Klään: »Also wähld er de Hitler?«
Er: »Isch wähl für Deutschland.«
's Klään: »Ei, saan isch doch!«

Es gab gewalttätige Auseinandersetzungen zwischen Andersdenkenden. Prügeleien an den Büffets. Feste arteten in regelrechte

Wahlkampfkriege aus. Und gerade die Status-quo-Gegner, vielfach unterstützt von der Deutschen Front, wußten, wie sie Wählerstimmen fangen konnten.

So wurden zum Beispiel viele im Ausland lebende Saarländer aus allen Richtungen nach Hause geordert – von der deutschen Reichsregierung entsprechend finanziert und beschwatzt – und deren Empfang war grandios.

Einer davon, Ilja Ehrenburg, Korrespondent der Iswestija, schrieb zur Weihnachtszeit 1934: »Die deutsche Weihnacht an der Saar präsentierte sich auch in den Vitrinen der Läden: rosa Marzipanschweinchen, Würste mit blauen Bändchen umwickelt, für die Kinder alles, was ihre patriotischen Herzchen begeistern könnte: Puppen in braunen Blusen, Soldaten mit faschistischen Fahnen, Bilderbücher für die Kleinen mit wenig, dafür um so ausdrucksvollerem Text: Tod den Roten! Tod den Verrätern! Tod den Juden!«

Das ganze Saargebiet wurde von einer beispiellosen Polarisierung erfaßt. Auseinandersetzungen aller Art, bis hinein ins persönliche Leben, beherrschten den Wahlkampf 1934. Familien und Freundschaften wurden gespalten, Arbeiter wurden von ihren Vorgesetzten unter Druck gesetzt, sogar die Bischöfe von Trier und Speyer – deren Meinungen man damals noch ernst nahm – rechtfertigten Hitlers Staat und erklärten die Rückgliederung sogar zur sittlichen Christen-Pflicht.

Wer es wagte, sich als Anhänger des »status quo« zu »outen«, wurde sehr schnell auch aus seinem Verein ausgeschlossen und gesellschaftlich isoliert.

»Was? Du bischd fer die Wackese? – Mach disch dapper vum Acker!«

Dagegen bildeten die Sozialdemokraten und Kommunisten ein Aktionsbündnis »Für Deutschland, gegen Hitler« – propagierten aber die Abstimmung für den »status quo«, für ein vorläufiges Verbleiben beim Völkerbund, bis eine Angliederung an Deutschland möglich werden wird, nachdem die Hitlerdiktatur beendet sei.

Aber da waren die Nazis weit besser organisiert: ab 1934 warben sie für den Eintritt in die »Deutsche Front«.

Da wurden hinter vorgehaltener Hand und mit wissender Mine Ratschläge geflüstert, die vieles schon vorweg nahmen: »Leit, isch menn's doch nur gudd mit eisch. Kommen doch erinn bei die Deitsch Front. Glaabt mer, es is besser; je frieher ihr inngetrete sinn, desto wennischer passiert eisch später!« Mit solchen Äußerungen übten die Anhänger der Braunen schon einmal den Psychoterror fürs Tausendjährige Reich. Und wurde der Rat einfach in den Wind geschlagen: »Komm, Kurt, schwätz nidd! Du warschd frieher so e kloorer Kerl, unn jetz bischde so en Dummschwätzer genn!«, wurde der Druck schon einmal durch das Auftreten schwarzgekleideter Werber in schwarzen Limousinen samt ihrer »schwarzen Listen« verstärkt. Unnötig zu sagen, daß dabei Ähnlichkeiten mit schwarzen Ledermänteln drüben im (dritten) Reich weniger zufällig waren.

Die Situation für die Nazis wurde nach und nach immer besser. Selbst die Regierungskommission verhalf ihnen, wenn auch unbewußt, zum Sieg: sie ließ zum Beispiel für die Kundgebungen zum 1. Mai 1934 als Fahnenschmuck nur Flaggen zu, die Staaten symbolisierten. Aus »Gerechtigkeitsgründen«. Klar, daß die Deutsche Front da »schwarz-weiß-rot« aufzog und auch die Hakenkreuzflagge voller Stolz präsentierte (die war inzwischen erlaubt, immerhin war Deutschland ja ein anerkannter Staat).

Die Kommunisten hatten damit auch kein Problem und hißten die sowjetische Flagge. Nur die Sozialdemokraten standen vor einem Dilemma: »Ei, so e dumm Zeisch. Nur Staatsflagge! Jetz hann mir do extra e ganz nei roodi Fahn unn derfe se nidd emol uffziehe! Ei, das is doch Beschiß!«

Da halfen nur Ideen und Improvisation, wie sie der clevere Sulzbacher SPD-Vorsitzende zeigte; er suchte im Lexikon nach einer Staatsflagge die einfach nur rot war. Und fand sie auch – unter dem Inselstaat Sansibar. So warben die Roten halt für Sansibar, gegen Hitler. Aber es nutzte nichts!

Das perfektionierte System der Nationalsozialisten warb nämlich mit großflächiger, prodeutscher Giebel- und Plakatwerbung. Der optische Wahlkampf wurde dabei auch noch praktisch unterstützt durch zahlreiche Kleinaktionen: Überfälle und Mißhandlungen von Antifaschisten durch schwarz uniformierte Schlägertrupps:

»Ein jeder völkisch geben soll,
Sunnschd hau'n mir ihm die Hucke voll!«

Die braunen Nazihorden haben das Wort vom Wahlkampf eben »ein wenig« wörtlicher genommen.

Als Höhepunkt der legalen Auseinandersetzungen könnte man eine Hitler-Kundgebung in Koblenz-Ehrenbreitstein ansehen, zu der tatsächlich 126 000 Saarländer in Sonderzügen anreisten.

Die Hitlergegner kamen mit ihrer Gegenveranstaltung in Sulzbach »nur« auf 60 000 – und schworen (äußerst optimistisch): »Nie wird die Saar an Hitler fallen! Nie wird die braune Pest unsere Heimat verwüsten! Nie sollen Hunger, Knechtschaft, Mord und Krieg, nie Brand und Barbarei das Saarvolk geißeln! Wir wollen frei sein! Frei! Frei! Frei!«

Markige Worte – so laßt ihnen also Taten folgen!

Kapitel 11

DEUTSCH IS DIE SAAR!
»Heim ins Reich!« – die Zweite

Bevor das Saarland 1935 an Deutschland angegliedert wurde, hatten die Saarländer 15 Jahre, um darüber nachzudenken. Und während dieser Zeit unter Völkerbundsverwaltung entwickelten und pflegten sie eine beispiellose Identität, die sie noch bis heute zusammenschweißt. Immun gegen alles, was von außen kommt. So wurden auch alle Wirren (also: »der ganze Huddel«) im Nazideutschland, während des Zweiten Weltkrieges und in der Wirtschaftswunderzeit bis zu den heutigen Krisen immer wieder gemeistert, weil man hier stets wußte:

»Mir Saarlänner wisse, wer mir sinn, unn mir wisse, was gudd is! Unn alles annere is uns egal!«

Gut, vielleicht gab es Momente in der Geschichte, wo man das nicht so genau wußte ...

Erinnern wir uns: das Saargebiet stand unter Verwaltung des Völkerbundes, war weder richtig deutsch noch richtig französisch. Das Volk sollte wählen. Und viele protestierten lautstark gegen Hitler und seine braun uniformierte Anhängerschaft. Man wollte um keinen Preis seine Freiheit und die saarländische »Unabhängigkeit« verlieren. »Nie wird die Saar an Hitler fallen!«, rief man und: »Nie wird die braune Pest unsere Heimat verwüsten! Wir wollen frei sein! Frei! Frei! Frei!«

Immerhin entschieden sich am 13. Januar 1935 auch 9,6 % für diese Freiheit. 90,4 % dagegen für die Unfreiheit. (Und noch heute gibt es Straßennamen im Saarland, die stolz dieses denkwürdige

Datum tragen, den Tag, als die Saarländer »hemm ins Reich« – zur »Deutschen Mutter« heimgekehrt sind.)

90,4 % für Hitlerdeutschland – mithin also auch zwei Drittel der ehemaligen KPD- und SPD-Wähler votierten für die Rückgliederung. Somit war die nationale Zugehörigkeit für die meisten viel wichtiger als die Demokratie.

Vielleicht half aber auch das Geschenk, das Hitler den Saarländern damals machte. Immerhin ein »galanter Österreicher«. Der wußte scheinbar, wie man die Leute für sich gewinnt: er schenkte der Saar das Stadttheater Saarbrücken. Ein großes Opern- und Schauspielhaus mit der damals modernsten Bühnentechnik. Noch heute lebt dieses völkische Geschenk in Form des Saarländischen Staatstheaters weiter – wenn auch unter anderer Führung.

Ja, Hitler feierte dieses Wahlergebnis »voller deutscher Frrrreude und innigem Stolz!« als großen, außenpolitischen Triumph. Er, der »große Führer«, kam sogar selbst am 1. März 1935 nach Saarbrücken – um sich feiern zu lassen. Und um sein Geschenk zu übergeben. In einer großen Parade zog er mit seinem Gefolge durch die bald nach ihm benannte Bahnhofstraße. Ja, mit patriotischen Tränen in den Augen wußten die Saarländer: »Jetzt sinn mir widda dehemm«. Wenn auch nicht so ganz. Man ließ sich zwar von Berlin aus regieren, machte auch den ganzen braunen Firlefanz mit, aber innerlich, im Herzen, blieb man in erster Linie Saarländer.

Diese vorwiegend regionale Identität, dieser tiefverwurzelte Bezug zum saarländischen Boden prägte sich ja besonders in der Zeit unter der Völkerbundverwaltung, als die Saar weder deutsch noch französisch war, sondern eben »saarländisch«.

Und dieser Hitler wußte die Massen zu begeistern. Er schenkte großzügig, sagte Arbeitsplätze zu und versprach ein gutes und sorgenfreies Leben für alle – also, für fast alle. Er kümmerte sich dabei ja auch um die »Entsorgung« einiger, (oft wegen ihrer wirtschaftlichen Erfolge) weniger beliebten Juden und malte sich sogar schon einen »schönen Krieg« gegen diese »östlichen Untermenschen« aus, um im Jargon der damaligen Zeit zu sprechen. Gut, versprochen hatte Hitler den Krieg anfangs noch nicht so laut, aber leise schon. Und wer es in den dreißiger Jahren hören und verstehen wollte, hörte es auch. Wenn er es auch heute nicht mehr versteht.

Und so wurde das Saarland – das jetzt auch offiziell so hieß: »Saarland«, wieder deutsch! Und damit auch wieder fremdbestimmt. Jetzt von Berlin aus – und vom pfälzischen Neustadt, dem Sitz des NSDAP-Gauleiters Joseph Bürckel, der bald zum Reichskommissar für das Saarland bestellt wurde.

Die Saarländer waren's zufrieden. Und es sah ja auch so aus, als ob es ihnen bald besser gehen würde. Und dieser Hitler, naja – »halt so en kleene Verrickte, hodd so e bisje eener renne« (solche Äußerungen aber stets nur hinter vorgehaltener Hand, und nur zu jenen, die man kannte, also, die man wirklich kannte!), »abber selbschd denne österreischische Pälzer, denne schaffe mir aa noch!« (schon damals stand der Saarländer mit topographischen Gegebenheiten außerhalb der saarländischen Grenze sehr auf Kriegsfuß!).

Obwohl es vorher niemand vermutete, währenddessen keiner wahrhaben wollte und nachher wieder alle von nix gewußt hatten: auch die Saar wurde schließlich vom braunen Mob überrollt, genau wie Rest-Deutschland. Auch hier hob man den rechten Arm zum »Deutschen Gruß« – erst mehr aus Jux, dann mehr aus Gewöhnung, schließlich aus Zwang und dann aus Angst und viele aus Überzeugung. Bald raffte man ebenso wie im übrigen Deutschland alle Papiere zum »Großen Ariernachweis« zusammen. Schließlich hing man ja an seinem Vertrauensposten als »Zweiter Kassenwart« im Karnickelzuchtverein: »Also Edgar, hier, isch hann's schriftlisch – bis ins vorfränkische Pleistozähn is mei Famill arisch! Awwer, pschd – unner uns: hoschde dir em Sauer, Herbert sei Nos mol genauer betracht? – Also, isch menn jo nur mol so ...«

Ja, man paßte sich einfach an. Das liegt dem Saarländer. Er wunderte sich nicht mehr über schlagende Trupps auf den Straßen, über Wehrsportertüchtigungsübungen junger Pimpfe, nicht einmal darüber, daß »de alde Grünspan, Willi, der wo obbe unnerm Dach gewohnt hodd ...«, so plötzlich verschwunden war, »debei war das eigentlisch e ganz netter Mann!« Aber auch die Auflösung der Gewerkschaften oder der politischen Parteien (»nee, nee, mit de Rode bin isch sowieso nie so warm genn!«), die Gleichschaltung der Medien, die Verfolgung politischer und religiöser Opposition nahm man zwar zögernd, aber dann doch (und auch nur) zur Kenntnis.

Dafür überzeugte ja auch der wirtschaftliche Aufschwung. Die Saar war wieder was. Unsere kleine, bisher immer wieder belächelte Region, man brauchte sie. Sie und ihre Bodenschätze. Und, was soll's: ob der Stahl jetzt »uff de Naahtschischt zu Schwenkbroodeständer zusammegeschweißt gebbd« oder in Brücken, Lokomotiven, Panzer oder Granaten der »guten Sache« dient, ob das Baumaterial jetzt »metgeholl unn dehemm im Häusje verschaffd gebbd« oder ob's für Panzersperren und Bunker im Westwall verbaut wurde, ob die Kohle »unser Stubb warmmacht« oder ... – »Hauptsach' Arbeet, Hauptsach' die Kinner genn satt.«

»Es ging doch aufwärts« – eine Meinung, die leider heute immer noch von manchem mit merkwürdig nostalgischem Blick in den Augen geäußert wird. Ja, es gibt tatsächlich noch Unverbesserliche, die von der damaligen Zeit schwärmen: »Das hat man doch überall gesehen: die ganzen Modernisierungen im Land, der Volkswagen, die Autobahnen ...« Ja, das ließ selbst den motzigsten Pessimisten viel leichter und auch ein bißchen stolzer seinen rechten Arm heben und seine Wahl für Hitlerdeutschland auch nachträglich noch im rechten (also im richtigen) Licht erscheinen ... – man hört fast noch den Volksempfänger dudeln, aus dem so manch schnarrende Stimme verspricht, daß »endlich diese kriminellen Elemente, diese Verbrecher, Schmarotzer, Juden, Intellektuelle, Denker, Schwule von der Straße verschwinden werden. Diese Pestbeulen am Deutschen Volkskörper. Die haben's schließlich nicht anders verdient. Und es tut ihnen gut, wenn sie mal in einem dieser neu eingerichteten Arbeitslager zur Vernunft gebracht und umerzogen werden!« Und viele dachten wirklich so:

»Isch menn: schaffe hodd noch niemand umgebrung!« (wirklich?) – »zumindest hodd's noch kemm geschadet!«

Tja, wer sollte da vom Gegenteil berichten?

»Isch saahn eisch, unn isch hann's schun in de Franzosezeit gesaaht: der doo Adolf weeß, was fer die gudd is!«

Ja, nach und nach erkannte man den Hitler an, wenn auch zunächst eher skeptisch. »Skeptisch« vor allem deshalb, weil der Kerl doch tatsächlich alle wichtigen Posten mit Pfälzern besetzt hatte. Und das wurde ihm, gerade auch von den Konservativen, nie verziehen. Bis heute nicht! Nicht nur, daß der Reichskommissar für das Saarland ein Pfälzer war, überall, in allen Vorständen mischten die nun mit.

»Uff die Beem, die Pälzer kumme!« rief man ihnen (hinter vorgehaltener Hand) nach – und wünschte sie insgeheim zum Teufel. Pscht, nicht so laut – nix gegen die Braunhemden sagen und nix gegen Pälzer, pscht! – man weiß ja nie ...

Doch, man arrangierte sich: mit dem System, mit Hitler, mit der Gestapo. Man wußte zwar, daß das im Grunde alles dumme Pälzer waren (»Die doo genn nie rischdische Saarlänner!«), trotzdem hofierte man sie ein wenig (»Mer weeß nidd, fer was das gudd is!«), paßte sich an und hielt besser seinen Mund (»Isch saahn nix. Isch weeß joo aa gar nix, unn es interessiert misch aa nidd«).

Gut, man rätschte vielleicht mal im trauten Vereins- oder Familienkreis. Und wenn man besonders gut drauf war, dann wurde man schon ein wenig melancholisch und sang: »Deutsch ist die Saar, wär' sie nur wieder, was sie war!«

Denn so einfach war es eben auch nicht, das, was man da (fälschlicherweise oder gradzeleetz) gewählt hatte, zu akzeptieren. Und noch dazu mit einem Pfälzer als Autorität dieser Nationalsozialisten – als wenn es nicht genug stramme und rechte Saarländer gegeben hätte! Versuchte nicht dieser Bürckel sogar, den Einfluß der katholischen Kirche zu begrenzen (»So e dummes Zeich! Gummo, unser Paschdoor hodd immer gesaaht, was er gedenkt hodd. Unn do kenne die dicke Arme mache, wie se wolle, der macht das aa wieder. Das glaabschde abber!«)?

Doch, man solidarisierte sich auch schon mal gegen die braunen Machthaber an der Saar. Gerade, wenn's gegen die Kirche ging: »Also, Moment mo! Das doo, das geht zu weit. Mir losse uns jo viell gefall, abber nix gesche unsern Herrgodd saahn!«

Wieso, was wurde da gesagt?

Gab es da nicht in der kleinen Ortschaft Frankenholz nahe Homburg einen wirklich haarsträubenden Skandal? Einen dreiwöchigen Schulstreik »Christuskreuz statt Hakenkreuz«!

Beängstigend!

Darüber hätten sie mal bei BBC London berichten sollen!

Man stelle sich vor: das Regime verfügte doch tatsächlich, daß das Schulkreuz vorne neben der Tafel auf einen unscheinbaren Platz über der Klassentür verbannt werden sollte, um dem Bild des »geliebten Führers« Platz zu machen – und da gehörte er ja auch hin. Immerhin wäre das ja der neue Messias!

Gut, den meisten Schülern war das ziemlich egal, unter welchem »göttlichen« Blick sie ihren Schulschlaf halten konnten, aber nicht den Frankenholzern. »Ihr werre uns kennelerne. Rassegesetze joo – Euthanasie kann isch aa noch verstehe odda sowas wie Rassenschande. Abber das Symbol vunn unserm Herrgott ab- unn denne Gröfaz (»Größter Feldherr aller Zeiten«) dodevor uffzuhänge – nee. Das laßt sisch unser Paschdoor nidd gefalle! – Das werre ihr siehn!«

Stimmt, der sorgte sich nämlich wirklich um das Seelenheil seiner Schäfchen und handelte: er stachelte die Eltern auf. Zunächst gegen den Schulleiter, ein aus Speyer (»schunn nommo e Pälzer!«)

stammender Fremder, zudem noch der Leiter der Frankenholzer NSDAP!

Und schließlich gegen die ganze Schulbehörde.

Und es blieb nicht beim Schulstreik: die Frankenholzer Bergleute schlossen sich an, es kam sogar zu Entlassungen. Dazu kamen – wie man es von den Nazis ja kennt (was sie machen, machen sie richtig) – auch Gestapo-Verhöre und Verhaftungen. Und alles wegen dieser Schulkreuze, aber »jetz mo ehrlisch: sowas losse mir uns aa nidd gefalle!«

Aber – (gut, man einigte sich auf einen Doppelmessias: pro Klassenraum Hitlerbild und Kreuz!) – bald war die dörfliche Ruhe wieder eingekehrt; und gebetet wurde dann halt nicht mehr nach vorn, wo früher der Herr und jetzt der Herr Hitler hing, sondern zum Kreuz – zum Christuskreuz – egal, in welche Nische das jetzt versteckt worden war!

Auffallend übrigens diese Parallele: Irgendwo hat man doch kürzlich wieder sowas gehört: »Schule, Klassenzimmer, Kruzifix-Urteil ...« Hm?

Aber gehörte nicht Frankenholz zum ehemals bayerischen Teil des Saarlandes – und war das nicht auch Bayern, wo ein gewisser Herr Stoiber auch ein paar Jährchen einen Kampf um Schulkruzifixe focht? Vielleicht hat der ja aus der saarländischen Geschichte gelernt.

Nun ja – besser, wir enthalten uns jeglichen Kommentars, bevor wir in der Hölle schmoren!

Sicher, es ist nur eine kleine Episode am Rande, dieser Schulstreik. Aber doch auch ganz typisch für die Saarländer. Wenn ihnen etwas gegen den Strich geht, dann streiten sie schon mal. Auch wenn die meisten nur aus Vorfreude auf die anschließende Versöhnung, samt dazugehörigem Besäufnis mitstreiten. Denn normalerweise neigt der Saarländer eher zum Kompromiß. Er möchte auch nicht so gern als Querulant angeprangert werden. Nein, nein – er hält sich lieber klein – und fällt nicht auf.

Auch während der Naziherrschaft wäre der Saarländer lieber zu Hause in seinem Häuschen geblieben – unbehelligt – hätte abgewartet, und wenn's 1000 Jahre gedauert hätte, bis die mit ihrem Dritten Reich endlich fertig gewesen wären (zum Glück verzichtete der »Gröfaz« auf die letzten 988 Jahre). Doch so einfach war es nicht. Auch an der Saar wurde man von Zeit zu Zeit auf die Bürgermeisterei bestellt, mußte Formulare ausfüllen, eine Lebensmittelkarte beantragen oder sein Kindergeld abholen.

Aber, so pfiffig wie der Saarländer ist, verstand er schon seit langer Zeit, elegantere und schnellere – vor allem kürzere – Wege zu gehen.

Die Art nämlich, wie ein Saarländer mit vorgesetzten Behörden, Ämtern oder anderen offiziellen Stellen umgeht, hat er zwischenzeitlich sogar zur Perfektion entwickelt. Es läßt sich denken, daß diese sogenannte »saarländische Lösung« während des Dritten Reiches erfunden wurde (und gewiß auch vielen Saarländern geholfen hat), aber, zur Vollendung und zur Blüte gereift, funktioniert sie noch heute hervorragend. Nämlich so gut, daß auch Fremde und Zugereiste (also »Dohergeloffene«) sich diese Art der Problembewältigung schnell und gern angeeignet haben.

Wenn man hier zum Beispiel auf ein Amt muß – egal, welches und wo – macht man nicht einen Termin mit dem entsprechenden Sachbearbeiter aus, informiert sich über dessen Sprechstunden, setzt sich vor seinem Büro auf die Bank, wartet, bis man dran ist; nein, im Saarland geht das anders: Man überlegt zuerst einmal, wen man kennt. Das Saarland ist ja so klein (immer noch) und überschaubar. Zudem sind die Menschen hier so kontaktfreudig und offen, daß man immer jemanden kennt, der mit diesem Amt, zu dem man soll, etwas zu tun hat. Gut, es muß nicht der Amtsleiter sein, oder der entsprechende Sachbearbeiter. Schon der Parkplatzwächter der Dienststelle hilft einem weiter: »Was Egon, du brauchschd e Antrach uff Sozialhilfe? Du, doo heer isch misch emol um. Isch kenne jo de Meier, Fritz. Weil, dem sein Schwager, der schafft dort, unn wenn mir widder Stammdisch hann, dann schwätz isch mo mit dem, mach der kee Sorje. Das kriehn mir schun gereschelt!«

Und das wird dann auch wirklich geregelt. Das wird nicht nur höflicherweise so dahergesagt. Das Einhalten solch eines Versprechens – denn um so etwas handelt es sich nach dem saarländischen Ehrenkodex – ist garantiert. Selbst, wenn der Parkplatzwächter den entsprechenden Beamten gar nicht kennt, so kennt er doch wenigstens einen, der den kennt. Und wenn ich den Parkplatzwächter auch nicht persönlich, sondern nur über mehrere Ecken kenne, wird mein Anliegen trotzdem weitergeleitet und kommt auch an – »abber 100 Prozend«!

Zurück geht's übrigens genauso – also auch sein Formular bekommt man auf diesem Weg, seine Antwort oder was immer man brauchte. Und das geht (gerade weil ja die Kenn-Wahrscheinlichkeit im kleinen Saarland recht groß ist) immer schneller als über den offiziellen Dienstweg.

Und wenn heute Saarpolitiker für den Standort Saarland werben und vom Land der »kurzen Wege« sprechen, dann meinen sie genau das.

Ich gehe doch nicht zur Unteren Bauaufsichtsbehörde, um eine Baugenehmigung zu beantragen. Schließlich möchte ich den Baubeginn ja noch erleben! – Nein, ich durchforste erst einmal meinen Bekanntenkreis. Wen kenne ich, oder von wem habe ich gehört, daß er mir weiterhelfen kann? – Und so jemand findet sich immer! Und daher klappt die Baugenehmigung auch weit schneller, als man das im übrigen Bundesgebiet so kennt.

Und diese »saarländische Lösung« – von der heute hier jeder, vom kleinsten Obdachlosen bis zum Ministerpräsidenten profitiert, dürfte manchem während der braunen Ära geholfen, vielleicht sogar sein Leben gerettet haben.

Ja, so ging es – um wieder in die saarländische Geschichte zwischen den Weltkriegen einzutauchen – dem Saarländer auch im Dritten Reich wieder »ganz gudd«; nicht jedem, aber zumindest dem arischen Teil (zur Erinnerung: das sind die, die blond waren wie Hitler, groß wie Göbbels, und sauber wie der schwule Röhm). Dem Nichtarier, der nicht gerade den Weg ins französische Exil gewählt hatte, ging es auch im Saarland nicht ganz so rosig. Er wurde zum Sündenbock abgestempelt, wie man aus einem Artikel der Saarbrücker Zeitung vom 11. November 1938 erfährt:

»Die Saarbrücker Synagoge in Flammen – Ein Judenbengel setzte durch seine feige Mordtat an dem deutschen Gesandtschaftsrat vom Rath die ganze deutsche Oeffentlichkeit in siedendheiße Erregung und diese Hitze schien sich gestern morgen auf die Synagoge in der Kaiserstraße übertragen zu haben. Jedenfalls schlugen gegen 8 Uhr in der Frühe die Flammen aus dem Zwiebelturm, der samt dem darunter befindlichen Gebäude noch nie in unser Stadtbild hineingepaßt hatte. Bald hatte sich eine große Menschenmenge in der Kaiser- und der Futterstraße angesammelt, die mit größter Spannung den weiteren Verlauf der Dinge verfolgte. Keiner konnte die Genugtuung darüber verbergen, daß nun das Haus, in dem sich noch immer die Judenclique ungestört hatte zusammenfinden können, verschwand ... Die Menge in den Straßen wich und wankte nicht. Man wollte es erleben, wie die Kuppel zusammenbrach, man wollte dabeisein, wenn dieses äußere Zeichen fremden Volkstums und fremder Geisteshaltung aus dem deutschen Stadtbild getilgt wurde.

Daß man währenddessen in dem neben der Synagoge gelegenen Judenhaus eine Durchsuchung vornahm und allerhand mehr oder weniger wertvolles Material hervorschaffte, diente zur allgemeinen Belustigung und wurde gebührend bejubelt ...«

Natürlich weiß man nicht mehr, wer diesen Artikel verfaßt hatte und wer da die »Reichskristallnacht« in Saarbrücken bejubelte - wer wußte denn von solchen Dingen. Doch überhaupt niemand. Selbst der Führer oft nicht.

Heute würde man einen solchen Artikel eine Schmähschrift nennen. Ein Franz-Josef Strauß (Gott hab ihn selig, und Er möge ihn ertragen!) würde solche Schreiberlinge mit dem Synonym »Ratten und Schmeißfliegen« titulieren, auch im Saarland käme ein solcher Schmierer nicht ungeschoren davon, würde zumindest mit »Gegendarstellungen« zu rechnen haben, legalisiert nach der »lex Lafontaine«, die eine Schmähung des saarländischen Kaisers (Vorsicht! Ministerpräsident heißt das ja heute) bei Strafe verbietet.

Halt - Stop! Was ein Quatsch. Falschrum! Die Haltung des besagten Journalisten oben war ja »pro Regime«. Dann gilt natürlich der ganze letzte Absatz nicht und kann aus dem Protokoll gestrichen werden (auch im Saarland darf sich heute ein Journalist der Pressefreiheit bedienen, solange er »pro Oscar« schreibt).

Aber zurück in die Zeit der Judenverfolgung, Deportation und der nachbarlichen Diffamierung. Obwohl letzteres auch heute noch aktuell ist (und im Fall der Denunziation von Steuersündern sogar noch honoriert werden soll). Gut, das Thema »Juden an der Saar« war damals kein so großes, und es wurde immer kleiner, bis am 22. Oktober 1940 der Reichsstatthalter Joseph Bürckel – nach der Deportation der letzten 134 von ehemals 4600 saarländischen Juden nach Frankreich – an seinen geliebten Führer melden konnte: »Das Saarland ist nun endlich judenfrei – Heil Hitler!«

Aber es dauerte gar nicht mehr so lange, da war dann noch viel mehr frei. Zum Beispiel Saarbrücken! Die ganze Stadt wurde nämlich evakuiert. Nicht wegen eines Chemieunfalls, wegen Hochwassers oder eines Erdbebens, nein, wegen Feindbeschusses.

Aber halt. So schnell schießen die Preußen jetzt auch nicht – pardon! Die Franzosen!

Zuerst einmal war an der Saar ja noch Frieden. Noch. Wenn auch nicht mehr so ganz. Denn noch bevor der Krieg mit dem Überfall auf Polen am 1. September 1939 begann, war er an der Saar schon deutlich spürbar. Schon im Frühjahr 1938 kamen Fremdarbeiter ins Saarland. Nicht, um den Einheimischen unter Tage zu helfen oder die Kunst des »Organisierens« von Baumaterial zu erlernen, wenngleich sie schon zum Bauen kamen.

Aber da ging es nicht um den privaten Bau vom kleinen Häuschen, so unter den Hand, heimlich. Nein – es waren öffentliche Bauten, die da plötzlich vermehrt aus dem Boden schossen. Wenngleich auch eher geheim und ohne großes Tamtam. Denn ganz heimlich, still und leise wurde eines der größten Bauvorhaben des Reiches durchgezogen: der Westwall – Schutz und Trutz Richtung Westen. Wo die Franzosen schon ihre Maginot-Linie installiert hatten, um von der nazideutschen Rassen- und Übermenschen-Philosophie verschont zu bleiben, mußte Hitler ein Gegengewicht bilden. Für die Saarländer, die ja traditionell keinen »Huddel« mit den Franzosen hatten, war das schon ein starkes Stück. Und dieses Bollwerk durch ihr Land sahen sie auch weniger als Mauer der Sicherheit und des Schutzes, sondern sie ahnten eher die drohende Kriegsgefahr.

Und der Krieg kam schnell ins Saarland. Schon ganz zu Anfang war man an der Saar nicht nur durch Masseneinberufungen oder Verdunklungsgebote in Kriegsstimmung, nein, man mußte sogar gleich den Kampfplatz räumen: Alle Bewohner der roten Zone mußten evakuiert werden. Die Militärs ahnten, daß die Franzosen schnell durchbrechen würden, da in den ersten Kriegstagen die Wehrmacht noch schwer im Osten damit beschäftigt war, die polnischen »Aggressionen auf unser sauberes, friedliches Hitlerdeutschland zu ahnden«, wie es hieß.

Und tatsächlich: sie sind auch ganz schnell durchgebrochen – anfangs. Genau in jene rote Zone. Ein zehn Kilometer breiter Streifen entlang der Grenze, der vorsorglich »saarländerfrei« gemacht wurde (um noch einmal dieses treffende, nationalsozialistische Vokabular zu nutzen). Da krabbelte kein Hund mehr. 300 000 Einwohner wurden ins Reich evakuiert: hauptsächlich nach Hessen, Thüringen und Oberfranken. Dort gab es kaum eine Familie ohne saarländische Einquartierung, wenn auch so mancher nicht gerade erfreut darüber war. Und doch gibt es aufgrund der Art der Geselligkeit und Offenheit dieser saarländischen Spezies noch heute Kontakte so mancher Saarländer zu ihren ehemaligen Gastfamilien »im Reich«. Und so manche Grubenlampe ziert (zur Erinnerung an den netten Besuch aus dem Westen) sächsische oder fränkische Kamine, und wenn man irgendwo zwischen Main und Elbe einen typischen saarländischen Schwenkergrill in einem Garten entdeckt, kann es sich leicht um eine Dankesgabe für geschenkte Gastfreundschaft zu Kriegszeiten handeln.

Aber keine Gastfreundschaft kann so tief sein, daß der Saarländer nicht bei der erstbesten Gelegenheit wieder nach Hause will. Das durften die Bewohner der Roten Zone dann endlich Mitte 1940 wieder. »Nix wie hemm!« lautete die Devise, und das ist auch noch heute ein geflügeltes Wort für die Heimatverbundenheit der Saarbevölkerung. 1940 war auch wieder Ruhe eingekehrt, immerhin hatte Hitler im Juni Paris besetzt.

Aber der »Feind« schlief nicht, und so ereilte auch das Saarland im wesentlichen das gleiche Kriegsschicksal wie ganz Deutschland. Luftangriffe ab 1942 zerstörten 60 % des Wohnraums, Innenstädte und Brücken. Tausende Zivilisten fanden den Tod. Von den fünf ehemaligen Hütten existierte am Schluß nur noch eine, und im Dezember 1944, nachdem schon die ganze im Westen eingesetzte Wehrmacht in ziemlich ungeordneten Haufen den Rückzug durch das Saarland antrat, waren die Luftangriffe und der Bodenkrieg durch die Alliierten so stark geworden, daß eine zweite Evakuierungswelle auch einen großen Teil der Zivilbevölkerung in sicherere Quartiere im Hinterland zwang.

Bis endlich am 21. März 1945 der Krieg im Saarland vorbei war. Die Amerikaner kamen von Westen her – für die meisten eine »Befreiung«, für manche, noch heute dumpf darüber herbrabbelnde Unverbesserliche, eine »Besetzung«.

Das Land war 1945 teilweise zerstört, die Bevölkerung dezimiert – ein Großteil irgendwo im zertrümmerten Reich verstreut, das Chaos regierte, nichts funktionierte, es gab Hunger, Obdachlosigkeit, aber es gab auch Frieden und Freiheit. Is ja auch was wert.

Nur, wie sollte es jetzt weitergehen?

Kapitel 12

LA SARRE ALLEMANDE? – JAMAIS!
Ein kurzes Kapitel, doch ein prägendes!

Wieder war ein Krieg verloren. Und hier zeigt sich erneut: egal, was man wählt, man wählt falsch. Vielleicht haben sich ja auch ein paar Saarländer schon während des Krieges Gedanken gemacht, ob es so gut war, »heim ins Reich« zu wollen und das sogar mit einer »Treue bis in den Tod!« zu besiegeln. Wer hätte schon geahnt, daß das einmal bittere Wahrheit werden könnte. Zumindest für einige.

»De annere geht's aa nitt besser!« trösteten sich manche, »wär'n mir domols bei die Franzose gange, hädde mer zwar de Kriesch gewunn, abber es dääd ganz genauso aussiehn!«

Stimmt auch wieder. Auf beiden Seiten sah es gleich chaotisch aus: Trümmer, Zusammenbruch der öffentlichen Ordnung, Obdachlosigkeit und vor allem Hunger. Keine Bahn fuhr, keine Post funktionierte (obwohl letzteres nicht unbedingt auf die Nachkriegszeit beschränkt blieb).

Und wie es auf der anderen Seite zuging, konnten die Saarländer auch ganz schnell erleben: denn nach kurzer amerikanischer Militärregierung kümmerten sich die französischen Militärs um die Saar – wie um den Rest ihrer linksrheinischen Besatzungszone.

Doch während sie an der Pfalz oder am Rheinland weniger interessiert waren, meldeten sie wieder Besitzansprüche an »La Sarre« an. Für die Einheimischen kam das gerade recht, denn die Franzosen kümmerten sich ja auch um den Wiederaufbau – recht schnell waren die Verkehrswege und Brücken instand gesetzt – nur mit dem Aufbau einer funktionierenden Verwaltung haperte es. War ja auch schon ein Unding, immerhin sollten alle öffentlichen Ämter für ehemalige NSDAP-Mitglieder tabu bleiben. Aber unter uns: wer war damals nicht in der Partei?

Und so mußten viele Angehörige freier Berufe ran – ob sie wollten oder nicht – und die Verwaltung aufbauen, ohne davon Ahnung zu haben. Und die Tatsache, daß das doch recht flott klappte, zeigte deutlich, daß man als Angehöriger der Öffentlichen Verwaltung nicht unbedingt den entsprechenden Durchblick haben mußte. Und wenn gar nix ging, halfen ja auch die Franzosen.

Und die nahmen auch sofort die Kohlegruben wieder in Beschlag. Denn vor allem daran waren sie interessiert, weniger an der saarländischen Bevölkerung oder gar deren Kultur (»Culture sarroise? Pardon, mais qu'est-ce que c'est?«).

Für die Saarländer war die Konstellation auch nicht gerade neu, zunächst erinnerte es ein bißchen an die Zeit nach dem Ersten Weltkrieg.

Nur, daß sich diesmal die französische Regierung das Saarland ganz unter den Nagel reißen wollte. Ja – sie äußerte am 12. Februar 1946 ihren Willen, das Land ganz aus dem alliierten Kontrollgebiet auszuklinken und wirtschaftlich sowie währungsmäßig Frankreich anzugliedern.

Während die Franzosen auf das schöne Land an der Saar scharf waren (»nur der Gruben wegen!«, wie schon angedeutet, um da gleich einem eventuell aufkeimenden patriotischen Enthusiasmus zu entgegnen), war es den Amerikanern und Briten scheinbar vollkommen egal (»Saar? What's that? – Oh, Paris, take these peanuts and be happy, ha, ha, ha ...«). Die Sowjets waren – wie erwartet – gegen die Angliederungspläne der Franzosen.

Sollte da schon der Saarländer Erich Honecker seine Hände im Spiel und seine Freunde im Kreml gehabt haben? – Wohl kaum. Die Sowjets waren eigentlich immer – dagegen. Was es auch war.

Jedenfalls waren's die Alliierten zufrieden, und das Saarland wurde mehr oder weniger selbständig, samt Zoll- und Währungsunion mit Frankreich. Aber gerade die Wirtschaftsunion mit Frankreich war eine Überlebensgarantie, angesichts der katastrophalen Ernährungslage an der Saar. Und ob das Land jetzt unter französischer oder unter deutscher Flagge hungerte, war den Saarländern erstmal ziemlich Wurschd. Gut, Wurschd weniger, gab ja nur Kartoffeln, wenn überhaupt.

Außerdem sagten sich die Saarländer, angesichts ihrer Alternativen: »Jetz sinn mir immer riwwer unn eniwwer geschob genn – Schluß! Egal, wer do in da Regierung huckt – mir sinn jetzt Saarländer. Uns kenne die gar nix sache!«

Ein schon immer latent vorhandenes, aber immer wieder aus Minderwertigkeitsgefühlen heraus unterdrücktes, saarländisches Selbstverständnis wurde bald schon deutlicher geäußert.

Man nutzte auch die neue Konstellation. Während der Kriegssieger Frankreich noch darbte, schmuggelten die Saarländer schon fröhlich alles aus Deutschland heraus, was das Herz begehrte. Da wurden unterm weiten Mantel oder unterm kreischenden Baby im »Schääsewäänsche« (Kinderwagen; von frz. »chaise«, Stuhl, und dem saarländischen Wort für »Wägelchen«) Lebensmittel, Zigaretten oder Haushaltsgegenstände über die provisorischen Grenzen »importiert«. Zur Not kannte man einen der Grenzposten (man kennt ja immer jemanden, der jemanden kennt) – und der wurde durch kleine milde Gaben entsprechend milde gestimmt.

Außerdem – wie bei den schon angedeuteten saarländischen Moralbegriffen verständlich – sahen die Saarländer das »ibberdie-Grenz-innkaafe« niemals als etwas Verwerfliches an. Immerhin bezahlten sie mit gutem Geld. Und da machten natürlich alle mit. Sogar die Geistlichkeit verhüllte von Zeit zu Zeit mit lila Tuch das Antlitz des Herrn am Kreuz, um zur Schmuggeltour aufzubrechen. Immerhin bietet so eine Soutane reichlich Platz. Und wer wird wohl dem Herrn Pastor unter den Rock ..., also nein!

Da gab es zum Beispiel den Pastor, dem die Fußballmannschaft seiner katholischen Jugend, die noch in zerfetzten Hemden oder in umgefärbten Militär-Klamotten für ihre Pfarrgemeinde gegen die verhaßten »Evangolen« antreten mußte, so leid tat, daß er für die gesamte Mannschaft Trikots aus Trier nach Saarbrücken schmuggelte. Elf Stück – eines über dem anderen. Und diesen Job mußte schon der Pastor machen, immerhin fiel in der nährstoffarmen Zeit ein dicklicher Pastor weit weniger auf als ein wohlbeleibter Normalbürger. Heute ist es ja eher umgekehrt.

Man gewöhnte sich langsam auch wieder an die Franzosen, an die neue Lage, aber man fühlte sich innerlich nun mal so richtig als Saarländer. Immerhin war das Land fast schon autonom – wenn auch unter Frankreichs Gnaden.

Die Franzosen setzten eine Regierungskommission ein, mit der Aufgabe, eine Verfassung zu erarbeiten. Und als erster Minister-

präsident wagte sich sogar Johannes Hoffmann wieder »hemm«. Das war übrigens der, der letztes Mal (als die Saarländer sich entscheiden mußten) für Beibehaltung des »status quo« war, der also gegen Hitlerdeutschland opponierte und deshalb nach Südamerika ins Exil gegangen war (aber Saarländer zieht es sowieso immer wieder »hemm«!)

Auch trotz Autonomie behielten die Franzosen schon ein »kleines Auge« auf die Saar und sahen den Machern ein bißchen auf die Finger. Denn eigentlich wollten sie das Land so nach und nach ja auch ganz für sich gewinnen und begannen dabei erst einmal mit der Kultur. Das wußten sie noch von früher: Brot und Spiele. Das Brot hatten die Saarländer bekommen – fehlten nur noch die höheren Werte. Denn Sprache, Kultur und Lebensart – das prägt das Zugehörigkeitsgefühl.

Allerdings nicht unbedingt bei den Saarländern. Die sind ja sowas von bescheiden: brauchen nur ihren Verein, hie und da mal ein Dorffest, ihren Schwenkergrill, diverse Kartoffelgerichte, und schon sind sie »dehemm«. Egal, ob deutsch oder französisch!

Fragten sich die Besatzer: wie könnte man die saarländische Lebensart frankophiler gestalten? Denn die Einführung von Französisch als erste Fremdsprache ab der dritten Grundschulklasse nutzte da herzlich wenig. Auch ein eigenes französisches Gymnasium in Saarlouis machte aus dem Saarländer noch lange keinen Franzosen. Bis heute nicht. Obwohl jeder Saarländer Französisch lernte, sprechen kann er's – außer ein paar Floskeln, die er zum Einkaufen »uff de anner Sitt« braucht – nicht. Im Gegensatz zu den Lothringern, die das Deutsche immer noch sehr gut beherrschen – gut, was heißt »Deutsch«, die Franzosen im grenznahen Raum benutzen denselben Kauderwelsch wie der Saarländer mit »oh leck!« und »lou moo loo hei!«

Aber manche französische Neuerung war den Saarländern auch ganz angenehm. Und wenn man denen was schenkt, nehmen sie's auch. So, wie (neben dem französischen Gymnasium) auch noch zwei Hochschulinstitute: eines für Kunst und Handwerk in

Saarbrücken, ein anderes in Homburg, aus dem später die medizinische Fakultät des Saarlandes werden sollte.

Später kam sogar noch eine komplette Uni dazu. Da studieren heute knapp 20000 Studenten, und kaum einer weiß, daß die Gründung der Universität des Saarlandes eigentlich auf französische Initiative zurückgeht.

Und stolz war man schon auf die neue »Université de la Sarre«. Selbst heute gibt es noch Saarländer, die das vermeintliche pfälzische Hinterwäldlertum vor allem darauf zurückführen, daß die Universität in Kaiserslautern erst eine Einrichtung unserer Tage ist.

Dabei war ja der ganze französische Einfluß damals (vor allem gastronomisch und lukullisch betrachtet) schon deutlich spürbar. Der Saarländer lernte sehr schnell zu genießen. Und mit seinem sich daraus entwickelnden »Saar-voir vivre«, einem guten Essen, einem guten Wein und was es da noch so zu genießen gibt (noch heute werden übrigens im Saarland bundesweit die meisten Seitensprünge verübt), entfernte er sich nach und nach etwas von deutscher Gründlichkeit und Fleiß.

Die Saarbewohner (mittlerweile im »Reich« als Saarfranzosen oder sogar als Rucksackfranzosen abgestempelt) sagten sich halt: »Hauptsach' gudd gess', geschafft hann mir schnell!« – und außerdem hatten sie von dem ganzen »deutschen Übermenschentum« gründlich die Nase voll.

Sehr drastisch zeigte das im Juni 1947 der Präsident der saarländischen Verwaltungskommission Erwin Müller, der eine Einladung des Landes Bayern zu einer Ministerpräsidententagung aller deutscher Länder ausschlug mit der Begründung, daß das Saarland künftig eher Beziehungen mit Frankreich einzugehen gedenke.

Das war übrigens die erste offizielle Absage an die beginnenden Versuche, Deutschland in den Grenzen seines verbliebenen Territoriums wiederzuvereinigen.

Aber doch nur ein geschickter Schachzug!

Denn so dumm sind die Saarländer nun auch nicht, daß sie sich jetzt von Frankreich vereinnahmen lassen. Und von wegen Randlage. Quatsch. Die Saarländer fühlten sich schon immer als Mittelpunkt der Welt, quasi als der Nabel Europas! Stimmt ja auch irgendwie: »Nabel«! – zumindest, solange man es von vorne betrachtet! Weil, von hinten wäre das nicht der »Nabel«, das wäre eher der »Ar... – hm!

Nein, irgendwie ist was dran, wenn immer wieder behauptet wird, daß die Saar schon fast als Keimzelle des modernen Europa betrachtet werden könne.

Hier weiß man auch zu taktieren; erst machten die Saarländer den Franzosen schöne Augen, dann – dank dem Verhandlungsgeschick und der Freundschaft zwischen Johannes Hoffmann und dem amtierenden französischen Außenminister Robert Schuman – erhielten sie tatsächlich die erhoffte weitgehende Eigenständigkeit. In den sogenannten »Saarkonventionen« setzte Hoffmann sogar durch, daß es ein eigenes saarländisches Recht gibt, daß die Kohlegruben wieder in Saar-Besitz kamen (sie wurden dann für viel Geld an Frankreich verpachtet – haha! So geht's ja auch!), und daß das Saarland somit tatsächlich autonom wurde!

Ja, es gab eigene Briefmarken, eine eigene Saar-Währung und sogar eine eigene saarländische Olympia-Mannschaft 1952 – nicht gerade doll, aber immerhin, für so ein kleines Land.

Nur hielt die Idylle leider nicht so lange, dieser Zustand »selbständig«, von dem heute noch viele Saarländer träumen. Erstens wurde die Stellung Frankreichs innerhalb Europas schwächer, zweitens waren zur dann »letzten« Saar-Wahl mehrere prodeutsche Parteien zugelassen und drittens entdeckte der deutsche Bundeskanzler Konrad Adenauer diesen kleinen weißen Fleck auf seiner Deutschlandkarte und fragte interessiert: »Ja, watt is datt denn?«

Und so wurde wieder einmal eine Volksbefragung anberaumt – man hatte da ja schon einschlägige Erfahrungen gesammelt.

Und diesmal lautete die Frage: Sollte das Saarstatut beibehalten werden – damit war der gegenwärtige autonome Zustand gemeint – oder sollte es abgelehnt werden, was einer Eingliederung der Saar zum französischen Staat gleichgekommen wäre. Eine Befürwortung des Saarstatutes war (vor allem in der Interpretation der neuen Saar-Parteien CDU und SPD) dabei eher als Eintrittskarte in die mittlerweile wirtschaftlich schon wieder erstarkte Bundesrepublik zu sehen.

Und »same procedure as last time ...«, der Wahlkampf wurde wieder einmal sehr emotional geführt, bis zu tiefen Rissen im Freundeskreis, im Verein und sogar in der Familie! Und eigentlich ging es nicht um Statut, »ja« oder »nein« – es ging nur noch um »Deutsch is die Saar« oder um eine »Sarre francaise«.

Die Abstimmung fand schließlich am 23. Oktober 1955 statt: zwei Drittel entschieden sich für den Anschluß an Deutschland, ein Drittel dagegen. (Dieser Termin übrigens, der 23. Oktober, wurde nicht mehr in irgendwelchen Straßennamen verewigt, so wie der letzte Entscheidungstermin, der 13. Januar, als die Saar zum Dritten Reich kam – was will uns das sagen?)

Möglicherweise waren es ja primär gar keine politischen Gründe, die die Saarländer so abstimmen ließen. Immerhin erblühte die Bundesrepublik mitten im Wirtschaftswunder und einiges von diesem Blütenduft schwappte auch bis ins Saarland hinein.

Und wenn man mal beide Volksbefragungen an der Saar vergleicht, da fällt doch sowieso gleich etwas auf – stellt man sich nämlich die Frage, was war denn eigentlich der Köder? Ja, was gab's denn dafür? Für das »Ja« oder »Nein«?

Erinnern wir uns: Hitler schenkte der Saar damals als Willkommensgruß das Stadttheater. Und zwanzig Jahre später? Da gab's auch etwas (neben garantiertem wirtschaftlichen Aufschwung): als Geschenk für die Wiedereingliederung des Saarlandes in die neue Bundesrepublik am 1.1.1957 (politisch) und am 5.7.1959 (wirtschaftlich) ließ der deutsche Bundeskanzler die neue Kongreßhalle springen! Na? Klingelt's?

Beim ersten Mal ein schönes Theater, heute Staatstheater, beim nächsten Mal eine schöne Kongreßhalle, heute Kongreßzentrum ...

Fragt sich nun: Was gibt's beim nächsten Mal? – Was könnten wir denn brauchen?

Kapitel 13

DE NABEL VUNN DA WELT!
»Heim ins Reich!« – die Dritte

Also – von wegen selbständiges Saarland! Die Geschichte wiederholt sich eben doch immer wieder – jetzt also »widder eniwwer«.

Und so wurde die Saar wieder Deutsch – am Tage X, das heißt genaugenommen am 6.7.1959. Dann nämlich wurde mit der Währungsumstellung, mit der Einführung der D-Mark im Saarland die endgültige Wirtschaftsunion mit der Bundesrepublik Deutschland vollzogen.

Und diese Angliederung ans »Reisch« war die letzte!

Also, bis jetzt. Man weiß ja nicht, wie dieses ewige Hin und Her noch in Zukunft weitergeht ...

Aber mit der politischen und der wirtschaftlichen Vereinigung war das Saarland noch lange nicht bundesrepublikanisch.

So etwas geht halt im Saarland alles etwas langsamer.

Noch 1980 schrieb Rolf Zundel in »Die Zeit«: »Das Saarland ist ein vertracktes Gelände, das sich nicht ganz in die politischen Schablonen pressen läßt, die sonst in der Bundesrepublik gelten ...«

Wie wahr!

So mußte in den Jahren 1955–1957 das Saarland erst einmal einen wirtschaftlichen Vorsprung der Bundesrepublik aufholen, was bis heute immer noch nicht ganz vollzogen ist.

Noch heute ist das Durchschnittseinkommen geringer als das eines Hessen, eines Hamburgers oder eines Baden-Württembergers. Gut, dem Mecklenburg-Vorpommerer (oder wie der heißt), sowie einem Thüringer geht es schon noch etwas schlechter – die Wende '89/90 »katapultierte« das Saarland vom letzten Platz der Erfolgstabelle der bundesrepublikanischen Länder schnell ein paar Plätze nach vorn.

Die Wende im Saarland, das heißt die politische Angliederung, Gesetzesanpassung, soziale Veränderung und wirtschaftlicher Anschluß bis hin zur Währungsangleichung ging ungleich langsamer vonstatten, als das bei den neuen Ländern der Fall war. Hier hat das nämlich alles in allem etwa sieben Jahre gedauert, was im Osten in ein, zwei Jahren über die Bühne ging - halt! - gehen sollte. Denn dort dauerte es - wenn man ehrlich ist - viel länger und noch heute an!

Vielleicht hätte man 1989 doch auf Oskar Lafontaine hören sollen, der sagte, eine DDR und damit eine Wiedervereinigung bekommt man nicht zum Nulltarif - und auch nicht so schnell. Vielleicht hätte man Lafontaine nicht als hinterwäldlerischen Wichtigmacher, sondern als ein gebranntes Kind akzeptieren sollen, das als Ur-Saarländer so eine Wende schon einmal miterlebt hat ...

Nach der Angliederung 1957 mußte das Saarland zunächst einmal die Bundesrepublik einholen, die ja schon lange im Wirtschaftswunder schwelgte. Erst nach und nach kam der Aufschwung auch über das Saarland.

Nach kurzer Zeit etablierte sich eine CDU-, später eine CDU-FDP-Regierung unter Franz-Josef Röder, einem richtigen älteren Landespapa, der wußte, was Sache war.

Alles blühte auf - vor allem in den 60er Jahren: Die Universität wurde ausgebaut, ebenso der Saarländische Rundfunk als Hauptmedienanstalt für die Saar. Verkehrswege verbesserten den Standort Saarland: Autobahnanschluß, Ausbau des Saarbrücker Flughafens, am Ausbau der Saar zur Großschiffahrtsstraße arbeitet man heute noch. Wahrscheinlich auch noch morgen, wobei dann eine Binnen-Schiffahrtsverbindung für Großraumschiffe mangels Masse (vor allem montaner Herkunft) nicht mehr notwendig sein wird. Aber bestimmte Kräfte lassen auch heute noch nicht locker - und sei es nur, um auch einem 50 000 Bruttoregistertonnen schweren Traumschiff die Fahrt zu dem - auch noch zu bauenden - Bäderparadies Rilchingen-Hanweiler zu ermöglichen.

Aber in den sechziger Jahren ging's erstmal aufwärts: Vollbeschäftigung, viele neue Betriebe wurden angesiedelt – trotz der beginnenden Kohlekrise.

Nur die wurde Anfang der siebziger Jahre so schwierig, daß viele Arbeitsplätze verlorengingen und nicht mehr aufgefangen werden konnten.

Aber so lange noch Geld da war, wurde es auch ausgegeben. Gerade bei den Behörden tut man das heute noch – nur mit dem Unterschied, daß heute eben keins mehr da ist.

Aber zwischen 1970 und 1975 schossen die Schwimmbäder und Stadthallen nur so aus dem Boden.

Denn das wußte man ja noch von den diversen historischen Saar-an-Deutschland-Angliederungen: will man politische Einheiten zusammenlegen, muß man irgendetwas Kulturelles springen lassen.

So wurden auch – im Zuge einer bundesweiten Verwaltungsreform – im Saarland mehr als 300 Gemeinden zu etwa 50 Einheitsgemeinden zusammengeschlossen. Nicht immer im Einklang mit der Bevölkerung, aber die wurde dann schnell mit guten Gaben besänftigt.

Und wenn Oberlinxweiler und Unterlinxweiler zu Linxweiler zusammengelegt werden sollten, dann wurde eben der neuen Gemeinde ein neues Hallenbad spendiert. Solange noch Geld da war, kein Problem. Das einzige Problem, das sich ergab: Wohin mit dem neuen Schwimmbad? Nach Ober- oder nach Unterlinxweiler? Meist gab es dann so viel Knatsch, daß dann eben zusätzlich noch eine Mehrzweckhalle gebaut wurde (eben für das andere -linxweiler).

Die meisten Gemeinden nahmen die Gebiets- und Verwaltungsreform (und selbstverständlich die dazugehörigen neuen infrastrukturellen Verbesserungen) ohne großes Murren an. Nur manche gingen sogar vors Verwaltungsgericht und kamen wieder frei!

Aber in dem Maße, wie der wirtschaftliche Aufschwung (parallel zu ganz Deutschland und auch Europa) zu Ende ging, veränderte sich auch das politische Bild im Saarland.

Nach vielen Jahren CDU-Regierung veränderten sich durch Milieu-Umschichtungen (auch die Kirche büßte viel von ihrer Stellung ein) auch die Wählerschichten hin zu einer mehr sozialliberalen Fangemeinde. Zudem bot die SPD in den 80er Jahren eine jüngere und vor allem eine »grünere« Mannschaft (die Grünen hatten an der Saar anfangs überhaupt keine Chance), so daß 1985 Oskar Lafontaine mit seinem Kabinett die bisherige CDU-Regierung ablöste. Dazu führten aber auch wirtschaftliche Probleme, vor allem die bis heute andauernde (und wohl nie zu meisternde) Kohle- und Stahlkrise.

Mittlerweile, weil das Saarland der Bundesrepublik in allem immer ein bißchen hinterherhinkt, sind die Probleme so groß geworden, daß immer wieder Sticheleien aus »dem Reich« die Eigenständigkeit des Saarlandes in Zweifel ziehen.

Gerade aus Bayern hört man solch böse Worte, die immer wieder in die Diskussionen hinein »gestoibert« werden. Denn die Bayern sind (neben dem »teuflischen« Baden-Württemberg) diejenigen, die einen Länderfinanzausgleich (mit dem die starken die schwachen Länder unterstützen) ablehnen.

»Moment mal!« hört man da viele Saarländer wettern, gerade die Bayern, die zu Anfangszeiten der BRD selber aus diesem Topf großgezogen wurden, die sollten sich da besser mal ganz klein halten!

Aber immer öfter hört man dieses schlimme Wort »Länderneugliederung«, bei dem sich des Saarländers Nackenhaare sträuben wie einem aggressiv gewordenen Bullterrier! – Gut, sagen wir besser »Dackel«, paßt besser! Trotzdem, das Saarland, immer hin- und hergezerrt, wurde nach dem Krieg sogar fast souverän!

Und jetzt soll es Rheinland-Pfalz zugeschlagen werden? Denn so sind die Ideen: größere Länder mit verschlankter (auch wieder so ein hypermoderner Zeitgeistausdruck: »verschlanken«) Verwaltung. Aber was soll's – durchsetzbar sind sie ja wohl vorerst nicht.

Über die Zukunft des Saarlandes hat ja kein bayerischer oder baden-württembergischer Provinzfürst zu entscheiden. Selbst der Bundeskanzler hält sich in dieser Frage merkwürdig bedeckt – vielleicht plagt ihn doch schon einmal eine gewisse Furcht vor dem saarländischen Landesfürsten Oskar I.

Außerdem muß für so eine Entscheidung das Volk gehört werden. Und »Mir sinn des Volk«.

Dann wird es nämlich auf Saarlands Straßen zugehen wie weiland in Leipzig bei den Montagsdemos. Warum die immer montags waren, ist nicht bekannt, vielleicht ging die Initiative verstärkt von Friseuren aus?

Aber im Saarland wäre der Montag kein Problem, wo er eh der beliebteste Tag zum Blaumachen ist. Da wird kein Saarländer davor zurückschrecken, einen Krankenschein zu machen, um mit seinen Kameraden, ein paar Kasten Bier, dem fahrbaren Schwenker auf einem Ziehwäähnsche (hinterhergezogener Handkarren) und mit wilden Transparenten in der Hand durch die neue Fußgängerzone Saarbrückens zu marschieren: »Mir sinn des Volk – des saarländische! Unn des bleibt aa so!«

Und nicht nur das Volk wird marschieren, alle – die Regierung, auch die Opposition in seltener Eintracht, alle Würdenträger des Saarlandes, sogar ein paar Pfälzer werden einreisen, um diesen Protest, diese Demonstration der Geschlossenheit gegen eine Angliederung der Saar an Rheinland-Pfalz (und damit genaugenommen ja auch an die Pfalz ...) zu unterstützen.

Denn wenn das Volk gefragt wird, muß auch das pfälzische gefragt werden. Und, bitte, welcher Pfälzer hängt sich freiwillig so einen Klotz wie das Saarland ans Bein? Hm – wie? Ja, gut – Entschuldigung, ich nehme den letzten Satz zurück. Gut! (Wäre aber eine nette Pointe gewesen).

Nein, stimmt! In diesem Punkt verstehen die Saarländer (ausnahmsweise) keinen Spaß.

Da sind sie echt zum Kampfe bereit – mit wehenden Fahnen, wilden Gesängen und auch wirtschaftlichen und beruflichen Einbußen – sich für den Erhalt ihres Landes, ihrer Heimat einzusetzen.

Und wenn es hart auf hart kommt, dann wird es auch mal einen Saarländer geben, nennen wir ihn Alfred Backes, der eine Initiative gründet zur »Rettung des Saarlandes« – und der wird nicht müde werden, seinen Standpunkt und den vieler »ernsthafter« Saarländer voller Vehemenz hinauszuposaunen ins Land. Auch wenn er des Hochdeutschen nicht so mächtig ist und selber nur von einfacher Struktur – er wird kämpfen und den »Pälzern« und den Länderneugliederungsfritzen so richtig die Meinung sagen. Denen mal »rischtisch an de Kopp ze schmeiße, was mir Saarlänner vunn so 'nem Schwachsinn halle!« Ungefähr so:

»Liebe Genossen von rot, schwarz, grün oder vunn sonschdwo. Liebe Saarländer! Seit Monaten geht hier ein Gespenst rum. Nein, es heißt nischt Peter Müller (amtierender CDU-Vorsitzender), es heißt auch nischt Lafontaine und auch nischt – ähem, ähem, den vunn de Grüne kenn isch gar nischt – is ja auch egal!

Nein, das Gespenst, das wie ein Damenklo-Schwert (er meint natürlich Damoklesschwert) über uns baumelt, heißt: »Länder-Neugliederung«. Es heißt: das Saarland an's Reisch verscherpelen (verscherbeln).

Nein! Mir lassen uns nischt üperrumpelen (überrumpeln). Das sagen isch eusch! Mir werden kämpfen! Das Saarland gibt (wird) niemals ins Reisch einverleibt. Zu Läbs Tags nischt (zu Lebtag nicht)!

Diese ganze saublöde Diskussion: Berlin zu Brandenburg, Hamburg zu Schleswig-Holstein, Bremen zu Niedersachsen. Ei, so etwas, das geht uns doch alles am Hinteren vorbei!

Glaubt mir, Kameraten (ein etwas vehement ausgedrücktes »Kameraden«): Eher Italien gibt serbisch, als daß nur ein Saarländer anfängt, pälzisch zu pappelen.

Auch wenn das Saarland immer mal wieder am Bonner Tropf hängt (damit meint er die Teilentschuldung des Saarlandes durch den Bund), egal. Da müssen wir dursch. Aber jeder Kranke gibt auch einmal wieder gesund – und wird dabei noch stärker als wie vorher. (leidenschaftlicher) Auch wenn uns mansche im Reisch beschimpfen als »Ruck-Sack-Franzosen« oder gar als »den Wurmfortsatz vor Frankreich«. Deshalb müssen wir uns noch lange nischt mit »Saumagen« quälen oder einen »Deidesheimer Dummkopp« aus unseren Zapphähnen rieselen lassen! (schreit gar) Denn mir haben unseren Dibbelabbes und unseren Schwenker. Unser Bier iss gudd, unn mehr brauchen wir nischt.

Nein, eine solsche Schein-Ehe kann doch nischt funktionieren. Selbschd, wenn sie immer wieder als vernünftisch bezeischnet gebbd. (steigert sich noch weiter hinein) Ei, das hannen mir doch schon bei der Verwaltungs-Reform in den 70er Jahren gesiehn, ähem, Entschuldigung: gesehen! Was hat uns das denn gebrungen? Nur Krach und Huttel (Huddel, Probleme).

(lauter) Mehrzweckhallen, die keinen Zweck mehr haben, und Schwimmbäder, die wir nischt mehr können bezahlen. (mit verbis-

sener und schon voller Haß zitternder Stimme) Isch sagen hier – und horschen gudd zu! Spiesen paßt eben nischt zu Elversbersch. Genausowenisch wie Ensdorf zu Schwalbach oder Theley zu Tholey (im Zuge der Verwaltungsreform gegen den Willen der Bevölkerung zusammengelegte Orte) oder gar die Saar zur Palz.

Und wenn sollte jemals ein Diktat auf uns herniederkommen, werden wir militärisch inter-, inter-, interdingens (er meint: intervenieren)! Kämpfen wie die Bosnier – bis zu ethnischen Säuberungen im Pälzer Wald (jetzt schießt er aber sehr übers Ziel hinaus). Und da könnt ihr uns ruhisch die NATO schicken! Aber ziehen eusch warm an (ein Zitat von Oskar Lafontaine gegen Helmut Kohl)!

Denn dann sehen wir uns gezwungen, zu kämpfen bis zum letzten Lyonerzipfel. Ähnlisch wie ein kleines gallisches Dorf, das 'n ihr allegaren kennen und das sisch auch mußte gegen Invasoren schützen (wer hat nicht Asterix und Obelix gelesen?).

Auch den Zaubertrank, der uns unbesiegbar macht und der Millionen Hektoliterweis in Hombursch gebraut gebbd (ohne Schleichwerbung machen zu wollen: Karlsberg Ur-Pils), werden wir dann schamlos innsetzen. Da kennen mir nix!

Und dann werden wir von Tausenden von Büffets vereint aufmarschieren und ziehen in den Kampf gegen den Invasio, -vasio, -vasio-nator. Bewaffnet mit Kriegs-Material, welsches in besseren Zeiten von der Saarbersch organisiert gegeben (worden) ist (im Laufe eines Bergmannslebens zusammengeklautes Material).

Mit Dreckschipp (Schaufel) und Knippel (Holzknüppel) aus Grubeholz, unsere Artillerie bollert mit Mutterkletzjen (Mutterklötzchen) und unser Frauleit (Frauen) feuern als Heckenschützen aus den Vorgärten mit Hoorischen (spezielle saarländische Kartoffelklöße) unn Mehlknöpfen (ähnliche aus Mehlteig), daß eisch Hören und Siehen vergebbd (Hören und Sehen vergeht). Vorneweg tappt tapfer die Infanterie mit Dachlatten vom Baumarkt und Schwenker vunn da Hütt!

Und diese Apolypse (er meint natürlich die Apokalypse) vor

meinen Augen – diese Apolypse vor meinen Augen! – kann isch nur dringend warnen: um des lieben Frieden – ähem, stop! Falsch! Um dem lieben sein Frieden, ähem ... – halt!

Also: damit's kenn Palaver (Streit) gebbd: meintzweschen teilt ein die Welt in neue Sphären, tut Europa umkrempelen, gliedert das Reisch neu, aber laßt euere dreckische Griffel vunn da Saar (so sagt man im Saarland oft zu kleinen ungezogenen Kindern: sie mögen bitte »ihre Griffel« davon lassen). Sonst sollten ihr uns mol kennenlehren!

Und deshalb ruft mit mir aus unseren Schlachtruf:

»Lieber in die Saar, als wie in die Palz«.

Was soll man dazu noch sagen?

Kapitel 14

... EI, SO SINN MIR HALT!
Die Moral, eine Gegendarstellung
und dabei die letzte Möglichkeit, noch was zu lernen

Den Abschluß soll ein eher kritisches Kapitel bilden.

Immer wieder ist sie angeklungen. Immer wieder wurde sie erklärt und auch gerechtfertigt aus der Geschichte heraus: die Moral im Saarland.

So mancher Saarländer wird sich verschämt fragen: »Was ist das?«

Aber auch – und vor allem – Auswärtige: Sie werden sich an solche Dinge erinnern wie die »Rotlichtaffäre« eines Oskar Lafontaine. Sie versuchen zu verstehen, warum sich Saarländer einen Ministerpräsidenten leisten, der in ominösen Etablissements verkehrt, wo es leichte Mädchen und schwere Jungs gibt. Die Antwort ist so überzeugend wie einfach: Saarländer sind tolerant. Sie sagen sich: »Solang' de Oskar sisch um uns kümmert unn uns gudd regiert, is uns doch egal, was der obends in seiner Freizeit macht. Das geht uns doch nix aan!«

Sie wollen ja auch nicht, daß behördlicherseits ihre kleinen Verfehlungen, die Organisation diverser Baumaterials, die Bevorzugung diverser Vettern oder die recht freizügige Auslegung ihres Krankenstandes zu sehr unter die Lupe genommen werden.

So sind sie sich auch keiner Schuld bewußt, wenn sie mal auf ihre eigenen Vorteile schauen. Schließlich tut das auch ein saarländischer Abfallbeseitigungschef, der der Firma, in der seine Tochter beschäftigt ist, ein paar Aufträge zuschanzt: »Ei, das is jo schließlisch demm sei Dochter. Das wär e scheener Rabevadder, wenn er nix fer ehs mache dääd!« Oder ein Saarbrücker Verwaltungsdezernent, der ähnlich dankbar war. Ob bei der Sparkasse oder auf Bürgermeisterämtern: immer finden sich nette, liebenswürdige Herrschaften, die wissen, was sie ihren Lieben schuldig sind. Was ist dagegen zu sagen. Was heißt da »Moral«?

Nehmen wir doch nur einmal das Beispiel »Eigentum« – ein Begriff, der im Saarland halt ein wenig lockerer gehandhabt wird als andernorts.

Gut, man ist sich dessen gar nicht so bewußt. Man kennt es ja auch nicht anders, als daß der Vater die Dinge des täglichen Bedarfes »vunn de Arbeit metbringt«.

Erst einem Fremden fallen solche Unregelmäßigkeiten ins Auge, wie zum Beispiel einem fiktiven Herrn Klaus-Dieter Maurer aus Berlin, der, sagen wir einmal, besuchsweise ins Saarland verschlagen, so seine eigenen Erfahrungen gemacht hat:

»Also det Saarland, dett is ja knorke, wa? Ick habe da een Freund wohn', der Heinz, da bin ick manchmal so zu Besuch zu Jange, wa? Unn der hat da so'n kleenet Häuschen, aber piekfein. Und sauber! Kaum biste da rinjetappst, schon wischt de Emma mitten Lappen hintaher.

Det war in, warten Se ma, in – wie hieß det – hatte so'n komischen Namen, »Nackt-Arsch« oder so ähnlich, nee, nee, Moment, jetzt kommt's mir: Kaltnackisch (das ist jetzt nicht fiktiv, sondern der mundartliche Name für den Ort Herrensohr – auf einem recht kahlen Hügel gelegen).

Kaltnackisch! So heeßt da een Ort. Also Namen haben die? – Sie, da is Suaheli eenfacher, wa?

Na, is ja ooch Wurscht. Also da, bei mei'n Freunde Heinz ha'ck watt entdeckt. So'n Teil aus Metall. Sacht der Heinz, watt mein Freunde is, ›Klaus-Dieter‹, sacht der, ›det jibt et in jede saarländische Haushalt. Hat jeder Saarländer, der wo watt uff sich hält – det jehört halt dazu!‹

»Watt jlooben Sie, ha'ck jefunden? – Nee! Ebent nich! Keen Schwenkbratenständer – so een ha'ck ja noch von letzten Jahr. Und den hat der Heinz mir sojar selber jemacht – uff seine Arbeetsstelle!

Drei Nachtschichten hat der da dran rumjeschweißt. Stellen Sie sich det ma vor!

Ha'ck zu ihn jesacht: ›Sach mal, Heinz, habt ihr denn keene Arbeet?‹ – Sacht er: ›Wieso?‹ Det wär doch Arbeet. Und er hätt noch 'ne janze Menge davon. Hatt er mir die Liste jezeigt: Mann oh Mann! So 'ne Latte – für sein janzen Jesangverein – bis Ostern wär er beschäfticht. Vorher könnten se 'n jar nich entlassen.

Nee, nee, ick hab da watt janz anderet jefunden – so aus Metall, so ne Art Laterne. Sacht der Heinz, det wär 'ne Jrubenlampe. ›Watt?‹ sach ick, ›mit so 'ne Funzel beleuchtet ihr die Jänge oder Schächte da unten? Jibt det noch keen elektrisches Licht?‹ Sacht er: ›Sicher jibt det elektrisches Licht. Aber nur 110 Volt.‹ ›Wie altmodisch‹, sach ick, aber, erklärt er mir, det hätten die extra jemacht, sonst wär'n da ja nie Jlühbirnen da. Aber diese Jrubenlampe, also die wär ja ooch jar nich zu'n Beleuchten, sondern die hätten da extra jemand, der looft mit dieset Ding durch die Stollen – oda Tunnel oda wie det heeßt – und der kiekt nach 'n Wetter. Ja, hat er jesacht: nach schlajende Wetter. Der kiekt vorher, ob det nachher explodiert.

Der looft da iberall rum, steigt er ruff, steigt er runter, deswejen heeßt der wohl ooch Steijer. Und wenn er watt besseret is, denn nimmt er 'n Fahrstuhl unn heeßt Fahrsteijer.

Aber 'n dollet Ding so 'ne Funzel. Sieht echt prima aus – und würd' Klasse uff mein Kamin passen.

Saach ick zu ihn, ›Heinz‹, sach ick: ›pass ma uff. Wo kricht ma denn sowatt? Kann man so 'ne Lateuchte in Saarlande irjendwie koofen?‹

Sacht der: ›Hm! Det kannste schon koofen, aber – det macht hier keena. Aber man keene Bange‹, sacht er, ›ick besorcht dir so 'ne Lampe!‹

Ick sache: ›Is jut – und quanta kosta, watt kost det?‹ – Sacht der: ›Laß man!‹

Wie ›Laß man‹? – Ha'ck ieberleecht, unn is mir wie Schuppen ausse Haare jefallen: ›Sach mal, du klaust det doch nich?‹

›Quatsch klauen‹, sacht er, ›een Saarländer klaut nich – Pälzer klauen, een Saarländer or-ja-ni-siert!‹

Ha'ck ihn jefracht, watt der Untaschied wär, sacht er, ›praktisch keen, aber theoretisch‹. Weil ›klauen‹ wär kriminell. Und ›orjanisiern‹, det wär pfiffig.

Hatt er mir denn von so'n Kollejen erzählt: also der Kolleje, oda wie hatt er jesacht: ›Knechd‹ oda so ähnlich, also, der kommt abends vonne Schicht nach Hause mit lauter Säjespäne. So 'n Berg Säjespäne. Sie, det war so ville, da mußt der sojar extra 'ne Schubkarre für nehm'.

Der Pförtner anne Tür denkt sich: ›Halt! Nachtijall, ick hör dir trappsen!‹ denkt, der klaut da watt, und prüft, watt da wohl unter die Säjespäne versteckt is – greift da so rin: nüscht!

Nächsten Tach dettselbe. Wieder nüscht jefunden. So jeht det drei Wochen. Bis der Pförtner schließlich fraacht: ›Mensch, ick verrate dir ooch nich, abba sach mir mal: watt schaffst du denn da jeden Tach raus?‹

Sacht der: ›Schubkarren!‹

Sach ick zu'n Heinz: ›Mensch, dett is aber 'ne blöde Jeschichte. Watt will denn eener mit zwanzich Schubkarren?‹

Sacht der, der hätte sich halt uff Schubkarren spezialisiert. 'N anderer arbeetet uff Bohrmaschinen, wieder 'n anderer nimmt Schaufeln – und denn wird jetauscht: und so hätt em Ende jeder allet.

Zum Beweis sind wir denn noch in Keller jestiejen. Da hat der Heinz mir denn seine Beutewerkstatt jezeicht. Mein lieber Mann! Da wär manch een kleener Handwerksbetrieb froh, wenn er so ne jut ausjestattete Werkstatt hätte.«

Das ist natürlich schon verblüffend für einen Fremden, wenn er so plötzlich mit der etwas außergewöhnlichen Auslegung vom Eigentum an der Saar konfrontiert wird. Da braucht selbst ein flinker und aufgeweckter Berliner schon seine Zeit, die richtigen Erfahrungen mit der saarländischen Mentalität zu machen. Übrigens, die Geschichte mit den Schubkarren sowie die 110-Volt-

Lampen sind nicht der blühenden Phantasie eines Autors entsprungen, sondern echte saarländische Realität. Das andere ist ein wenig geflunkert, aber trotzdem absolut möglich.

Denn solche Erfahrung mit der saarländischen Mentalität kann jeder machen: Er braucht sich nur mal an ein typisch saarländisches Büffet zu stellen und Mäuschen spielen – am besten sonntags.

Sonntags wird nämlich nicht über die Bundesliga, übers Wetter oder über »de Grub« geredet, sonntags – da gibt es scheinbar nur ein einziges Thema. Da hört man nur Begriffe wie »Rohrschell'«, »Dachlatt'« oder »wo gebbds'n billisch Verbundsteen?« ...

Denn am Wochenende hat jeder Saarländer gebaut. Zu Hause – auf seiner privaten Baustelle.

Und diese heimische Bautätigkeit hat auch wieder historische Ursprünge und ist genau genommen auf den Bergrat Sello zurückzuführen.

Erinnern wir uns: häufig mußte der Saar-Bergmann im Schlafhaus nächtigen. Dort war es eng, schmutzig, alles war sehr reglementiert, so daß die meisten versuchten, andere Lösungen zu finden. Und vor allem, um die Arbeitskräfte nicht zu verlieren, um zu verhindern, daß sie abwandern (sie sollten praktisch, aber auch moralisch stärker an die Grube gebunden werden, möglichst samt ihrer ganzen Nachkommenschaft), führte jener Bergrat in der Mitte des 19. Jahrhunderts das »Prämienhaus«-Modell ein:

Möglichst dezentral, möglichst in ihren eigenen Heimatorten sollten die Bergleute Eigenheime erwerben. Sie bekamen Zuschüsse und günstige Kredite. Durch Verbesserung der Verkehrsanbindungen zur Jahrhundertwende wurde dieses System begünstigt.

Vielfach wurden auch kleine Bergmanns-Siedlungen mit winzigen Einfamilienhäuschen gebaut, die dann – zu günstigen Konditionen – an die Angestellten verkauft wurden. So fühlten die sich auch verpflichtet, loyal zu sein und ihre Arbeitskraft – so wie die ihrer Kinder und Kindeskinder – lebenslang »ihrer« Grube zur Verfügung zu stellen.

Im Unterschied dazu findet man in anderen Kohlerevieren, zum Beispiel an der Ruhr, kaum Einzelhäuser unter der Bergbau-Arbeiterschaft. Dort lebt man in großen Mietskasernen, meist in eigenen Stadtteilen in der Nähe der Zechen.

Der saarländische Bergrat Sello wollte nun mit seinem Modell vor allem erreichen, daß die Belegschaft für die Bergwerke auf lange Sicht gesichert war, ohne viele auswärtige Arbeitskräfte aus anderen Ländern herbeiziehen zu müssen (waren das noch Zeiten!).

Und daher gibt es tatsächlich an der Saar die pro Kopf höchste Zahl von Eigenheimbesitzern.

Natürlich sind die Häuser recht klein – und ihre Besitzer waren stets darauf angewiesen, selbst Hand anzulegen: man bastelte am Wochenende daran herum, baute aus und vergrößerte.

Und so hat der Saarländer am Wochenende meistens an seinem Häuschen »geschafft«. Und das tut er heute noch: denn das Schönste, was er kennt, ist, wenn er freitags geschafft von seiner Schicht heimkommt, dann hopp! – in die »Schaffbuchs«, die »Schaffschuh« an – und auf geht's.

Neben dem Grillen und dem Saufen gehört das Bauen halt zu den drei liebsten Hobbies des Saarländers. Was gibt es für ihn Schöneres, als der fröhliche An-, Um- und Ausbau – möglichst mit Hilfe des krankgeschriebenen Nachbarn und dreier Kasten Bier. Dabei steht dann der Schwenker im Garten und die »Speismaschin'« im Hof. Und dann wird fröhlich der lukrative Grubenschaden repariert – das sind die Auswirkungen durch unterirdisches Zusammenfallen ausgebeuteter und »toter« Stollen.

»Unn vunn de nächschd Entschädischung werd noch die Garasch ausgebaut – weil 's Klään geht heirade!«

Denn Grubenschäden werden entschädigt. Und das Geld wird tatsächlich genutzt, zum Beispiel um den – im Saarland sprichwörtlichen – Familiensinn zu fördern. Dann wird aufgestockt oder die Garage ausgebaut, damit man die Tochter samt deren Familie im Haus behalten kann.

Durch diese permanente Bautätigkeit (die im übrigen eher »schwarz« zu nennen ist – das Bild vom »Schwarzen Gold« an der Saar hat nämlich genaugenommen zwei Seiten) sehen die Häuser natürlich auch entsprechend verbaut aus: manchmal recht unförmig und bunt, nichts paßt so richtig zusammen.

Böse Zungen behaupten sogar, das sei die typisch saarländische »Lyoner-Stil-Architektur«. (Lyoner ist die gängige Wurst, Fleischwurst im Ring).

Und verständlich ist das schon, daß an einem solchen Haus, das einem steten Wandel und Umbau unterzogen ist, nicht immer alles zusammenpassen kann. Und wenn man dabei die »Organisier-Mentalität« vieler Saarländer berücksichtigt, könnte man zynisch sagen, es gibt ja auch »auf der Grube oder auf der Hütte« nicht jedes Jahr das gleiche Material. Da gibt's mal rote Klinker, mal grüne Platten oder Waschbeton. Das kann man sich nicht so aussuchen. Und das wird dann »organisiert« und angebaut – dafür gibt es sogar einen Spezial-Ausdruck: »es Material gebbd verschafft!«

Aber nicht alle »klauen« ihr Material. Gerade heutzutage, wo ja viele entlassen wurden, arbeitslos sind (Frage: Was gibt es auf dem Arbeitsamt schon zu »organisieren«?). Viele müssen ihr Baumaterial und das Werkzeug kaufen. Und – auch wieder hochinteressant – so gibt es im Saarland, statistisch gesehen, auch die meisten Baumärkte, und trotzdem gibt es immer noch Saarländer, die erstmals da hineingehen und stutzen: »Oh leck! Das Zeich kann mer joo aach kaafe!«

Aber im Saarland wird schon immer geschafft und gebaut. Ähnlich wie zum Beispiel im Schwabenland. Nur, daß es im Saarland halt nicht heißt: »Schaffe, schaffe, Häusle baue«, sondern besser: »Klaue, klaue, uffgestockt!«

Natürlich ist eine solche »Nehmer-Mentalität« nicht auf das Saarland beschränkt. Eigentlich gibt es sowas überall. Wo wird nicht mal etwas eingesteckt, telefoniert oder kopiert auf Firmenkosten – überall. Nur einen eklatanten Unterschied gibt es. Fragt man einen Hamburger, einen Berliner oder einen Münchner, ob er so etwas tut oder ob in seiner Firma so etwas passiert, wird der immer sagen: »Bei uns? Nee!«

Fragt man aber einen Saarländer, wird der den Kopf schieflegen, leicht süffisant lächeln und sagen: »Ei, allemol! – Ei määnschde, isch wär bleed!« Ja, der Saarländer ist noch stolz drauf!

Und da könnte schon mal die Frage auftauchen, ob er sich denn nicht mit schlechtem Gewissen quält, weil sein Schwenker auf der Hütte entstand, das »verschaffte« Baumaterial von der Grube geklau..., ähem, organisiert und vielleicht das Eßservice durch einen geschickten Tausch auf ähnlichen Wegen von Villeroy & Boch in den Küchenschrank gewandert ist.

Er wird, wenn man ihm seine »etwas eigenwillige Auslegung von Moral« direkt vorwirft, eh nur mit der Schulter zucken, einen süßlich anlächeln und zugeben: »Ei, so sinn mir halt!« Der Saarländer hat seine Fehler im Laufe der Geschichte regelrecht kultiviert, steht dazu und läßt sich auch durch Lästermäuler nie aus der Ruhe bringen.

Nur – bekommt er nicht irgendwann doch die Rechnung serviert?

Vielleicht steht solch ein saarländischer Bergmann, der sein Leben lang geschafft hat (am Häuschen), der seine Familie gegründet und hochgepäppelt hat, auch stets seinem Nachbarn zu Diensten war (»besser schwarz geschaffd, als gar nix verdient«), der für sein Seelenheil dann aber auch brav in die Sonntagsmesse ging – auch wenn er seinem »Paschdooor«[1] vielleicht nicht gerade alles gebeichtet hat – am Jüngsten Tag etwas »betrippst« (betroffen) vor seinem Herrgott, wenn er schließlich wirklich Rede und Antwort stehen muß!

Gott: »Nun, Jupp – jetzt aber Butter bei die Fisch, was hast du vorzutragen?«

Jupp: »Also mein Name ist Berwanger, Jupp, Saarbrigger Straße, Dengmatt[2]. Früher war isch Berschmann auf der Grube Göttelborn geween, dann bin isch ein bißlein stempelen gegangen, später dann an einem Schlaganfall verstorpen. Habe daher leider meinen Leichenimbs[3] verpaßt und stehe nun vor dem Hohen Gerischt. Aber isch weiß eigentlisch gar nicht, wovor – isch hab ja nix gemacht!«

Gott: »Nun, Jupp, hast du nicht manchmal gesündigt?«

Jupp: »Oh Herr, mein Gewissen ist frei von ... Dings, wie das heeßt.«

Gott: »Und hast du das Eigentum anderer immer als heilig erachtet?«

Jupp: »Also, wenn Sie meinen Schwenkbratenständer meinen, den habe isch geschenkt bekommen, von meinem Kamerad Klaus ...«

Gott: »Und dafür hast du ihm zwei Kasten Bier gegeben.«

Jupp: »Das hat man halt so. Konnte isch wissen, daß der Klaus diesen Schwenker auf seiner Arbeitsstätte organisiert hat? Isch habe gemeint, den hätte er wie alle anderen zu Hause zusammengeschweißt. Und das bißchen Material, mein Gott!«

Gott: »Wie meinen?«

Jupp: »Also, mein Herr. Da kann man doch oft gar nix davor, wenn einem zufällig ein paar T-Träger in die Juppentasche[4] gleiten. Außerdem hat ein richtiger Saarländer einen Schwenkbratenständer dehemm stehen – und der kommt auch von der Hütte, von der Grube, von Ford oder von sunschdwoher. Ja, was sollen die Lehrbuben in den Lehrwerkstätten auch anderes lernen? Grad ein Schwenker, vor allem, wenn es ein besonnerer, einer »fer gudd« is, der stellt doch hohe Anforderungen, wo sisch die Jungs können erproben. Und jeder hat was fer met hemm zu hollen. Schließlisch gehört ein massiver Schwenker zur saarländischen Grundausstattung, wie Grubenlampe, Schupkarren, Karsche[5] oder ein Satz Schlüssel.«

Gott: »Nun gut, Jupp, aber einfach so mitnehmen, das geht doch auch nicht ...«

Jupp: »Ja, du lieber Gott – also, lieber Herr Gott – Sie kennen nischt das Saarland, wie mir scheint. Da ist das doch ganz normal.«

Gott: »Daß man stiehlt?«

Jupp: »Nein, Herr, organisiert.«

Gott: »Nimm mich nicht auf den Arm, Jupp. Wo ist der Unterschied? Also, wie heißt es in der Schrift: ›Du sollst nicht stehlen!‹«

Jupp: »Aber lieber Herr! Sowas wird einem ja oft auch zum Geburtstag geschenkt. Kucken Ihr mal, ich habe auch seinerzeit zum zwanzigjährigen Dienschdjubiläum einen schönen Ratschenkasten[6] gekrischt. Mit 2er bis zu 32er Nüssen! Isch meine, da sind die Jungs doch auch froh, wenn sie für einen verdienten Arbeitskollegen ein schönes Geschenk finnen tuen. Da fragt man doch nicht, welsche Schischt sich darum gekümmert hat.«

Gott: »Nun ja, Jupp – so gesehen, mag das angehen. Aber hast du nicht manchmal auch selber Material von deinem Arbeitsplatz entwendet?«

Jupp: »Oh Herr! Im Leben nicht!«

Gott: »Jupp, Vorsicht! Du bist jetzt im Himmel – oder besser gesagt: noch etwas davor! Also bereue deine Taten: Was hast du alles begangen während deiner Schichten, Jupp?«

Jupp: »Also, Herr, isch habe immerhin zwanzisch Jahre für die Grube geschafft. Joh! Im Schweiß vun meinem Angesischt habe isch unter dem Tage Kohlen geschürft – unn was noch alles! Was sind da die paar Plättschen im Bad oder die Glasbausteine auf der Veranda.«

Gott: »Scheint in euerm Land ja gang und gäbe zu sein, sich sein Baumaterial beim Arbeitgeber zu verschaffen. Hört man ja so einiges!«

Jupp: »Das sind doch nur ein paar blöde Pälzer, die wo solsche Gerischte in die Welt setzen. Die sollten besser ihre Schnabelschnüsse[7] halten, bevor sie geschwaatet[8] geben. Die behaupten zum Beispiel ja auch, die Eternitplatten an saarländischen Häusern wären nur dafür da, um gestohlenes Material zu verbergen.«

Gott: »Und? Sind sie nicht?«

Jupp: »Ei, das sind doch alles Dummschwätzer! Man hat ja schließlisch nischt nur was an der Wetterseite zu verbergen. So schwätzen doch nur Dummpratteler[9] aus dem Reisch, so Ipperkandittelte[10], die von saarländischer Mentholitalität keinen Plan haben.«

Gott: »Aber du?!«

Jupp: »Das glaabschde abber, ähem, Verzeihung! Das werden Sie aber glauben! Isch bin ein Saarländer. Und bei solschen Anschuldigungen fühle isch misch bis in meine innerste Mark hinein verar..., ver- ähem, veräpfelt. Manschmal gebe isch dann so krümelwütig[11], daß meins mir muß schon einen doppelten Quetsch[12] machen, der eigentlisch fer Besuch doo is.«

Gott: »Und dann bist du so schwach, daß du selber auch dein Tagwerk nicht mehr verrichten kannst, stimmt's?«

Jupp: »Manschmal ja, aber nicht immer. Weil, oft wird von uns Saarländern behauptet, mir täten montags immer Krankenschein machen, ohne krank zu sein. Das ist doch dummes Zeug. Montags!«

Gott: »Stimmt, ich habe es beobachtet: es verteilt sich schon etwas über die Woche ...«

Jupp: »Außerdem kann so etwas doch nur ein Arzt entscheiden. Und natürlisch habe isch manschmal die Frecke[13], oder es fesselt misch eine akute Flemme[14] ans Bett.«

Gott: »Gut, kommen wir zurück zum Eigentum. Wie war denn das damals mit diesem 38er Schlüssel, der tagelang gesucht und dann bei dir in deiner Beutewerkstatt gefunden wurde? Hm, Jupp?«

Jupp: »Sischer sind wir nischt alle Engel. Aber muß isch mir das Geschwätz von solschen Foaznickeln[15] gefällen lassen, nur weil isch – ja, stimmt ja – seinerzeit diesen 38er Schlüssel met hemm gehollt habe? Aber nischt für zu klauen, oh nein! Der

war nämlich immer wieder verschwunden. Und wenn dann die große Schräm-Maschine[16] gefrecket[17] wäre, oh leck. Von der war nämlisch das Werkzeusch. Und so wußt isch, wo er is!
Und daß dann tatsäschlisch die Produktion zwei Tage stillgestanden war, kann isch auch nix davor: Wär isch nischt krank geworden, hätte ja auch am nächsten Tag der Schlüssel wieder, wie das Gewitter, an seinem Hoken[18] gehonken[19]!«

Gott: »So, so!«

Jupp: »Und, was heißt, isch täte keine 38er Schrauben brauchen? Wie will man denn das wissen, wie man sowas braucht? Genau wie die langen 200er Nägel, die isch vorsorglisch mal met hemm geholt habe – damit sie nischt wegkommen. Schließlisch herrscht bei mir Ordnung. Und isch fühle misch mitverantwortlisch – auch für das Material.«

Gott: »Jupp, Werkzeug kann man auch kaufen, um seine häuslichen Reparaturen zu verrichten!«

Jupp: »Das schon, Herr, aber wenn isch mir vorstelle, was isch auch schon alles Sachen auf der Arbeit repariert habe. Und nischt nur für die Grube, oh nein! Aber dafür mit meinem eigenen Werkzeuch, das noch sellemols[20] aus der Bergmannszeit von meinem Pappa stammt.«

Gott: »Und findest du das richtig, das Arbeitswerkzeug einfach mit nach Hause zu nehmen und somit seinem rechtmäßigen Besitzer zu stehlen?«

Jupp: »Herr, versündigen Sie sisch nischt. Was heißt stehlen? Das heißt ja auch: ›unser Grub‹ – ›unser!‹ oder ›unser Hitt‹, ›unser Saarland‹, ›unser Oskar‹, alles ›unser‹!!!«

Gott: »Hört, hört! Das klingt ja richtig sozialistisch, Jupp.«

Jupp: »Ja, was glaubt Ihr, oh Herr, wieso ein Erich Honecker aus dem Saarland kam?«

Gott: »Jetzt lenk nicht ab! Du hast gestohlen, gib es zu und bereue!«

Jupp: »Herr, was heißt gestohlen? Erst einmal ist das mehr ›organisiert‹ und zweitens macht man das ja auch nicht für zum

Klauen, oh nein! Es geht darum, das wertvolle Produktivvermögen des Saarlandes zu erhallen. So ist es überall verteilt, in guten Händen, und die Kollegen halten es in ihren Hobby-Werkstätten in gutem Schuß.

Natürlisch gebbds auch Leute, die wo einfach Sachen met hemm hollen, um sie zu behallen: Wackese, Pälzer, Dohergeloffene[21] ...«

Gott: »Jupp, Vorsicht! Jetzt suche nicht die Schuld bei anderen!«

Jupp: »... viele können auch gar nischt: meine Schwester zum Beispiel, die schafft auf einem Bestattungsunternehmen. Was soll die methollen? Und das finde ich eigentlich sehr ungerecht verteilt! So!«

Gott: »Jupp, Jupp, was soll man mit einem wie dir denn machen? Also ich meine, so kann ich dich nicht in den Himmel lassen – zuerst mußt du geläutert werden!«

Jupp: »Isch will auch gar nischt in den Himmel, Herr. Aber wenn ihr im Fegfeuer noch ein warmes Plätzchen hättet ...«

Gott: »Hm? – Gut, Jupp – dann will ich dich zuerst einmal zum Fegefeuer überweisen, wenn das auch total überlaufen ist: Das halbe Saarland sitzt dort und läßt den lieben Gott einen guten Mann sein.«

Jupp: »Genau, Herr, saugudd, ähem, Entschuldigung: schweinegut! Da wollte isch hin, lieber Gott. Weil, Feuer ist immer gudd – und da werde isch auch die meisten meiner Bekannten treffen. Isch danke Ihnen auch schön. Und kommen mal vorbei für einen Kaschden Bier. Und einen Schwenker haben wir auch ganz schnell aufgestellt über Euerem Fegefeuer, allez dann, machen es gudd!«

Anmerkungen

[1] Paschdoor = Pastor, katholischer Geistlicher (Betonung auf der 2. Silbe!)
[2] Dengmatt = mundartlicher Ausdruck für St. Ingbert
[3] Leichenimbs = Leichenimbiß (feucht-fröhliche Verabschiedung mit Bier, Wurstbroten, Kaffee und vor allem Krümelkuchen = Streuselkuchen)
[4] Juppentasche = Tasche im Juppen, in der Jacke
[5] Karsche = eine große Kohlenschaufel
[6] Ratschenkasten = Werkzeugset mit einer Ratsche (halbautomatischem Drehgriff) und einem Sortiment verschieden großer Nüsse (einsetzbare Schraubenschlüssel)
[7] Schnabelschnüsse = Münder (Versuch, aus dem mundartlichen »Schnabbelschniss« eine hochdeutsche Version zu konstruieren; Schnabbel = Schnabel, Schniss = Mund, der Böses, Giftiges von sich gibt)
[8] geschwaatet; von »schwaaten« = schlagen, geschwaatet = eine runtergehauen
[9] Dummpratteler = affektiert Sprechender (Versuch, das mundartliche »Dummbraddeler« ins Hochdeutsche zu übersetzen)
[10] Ibberkandittelte = Überkanditelte (Hochnäsige)
[11] krümelwütig = Versuch, aus dem mundartlichen »grimmelwiedisch« eine deutsche Version zu schaffen – grimmelwiedisch = wütend, so wütend, daß man sich sogar über Kleinigkeiten (Krümel) erregt.
[12] doppelter Quetsch = Zwetschgen-Schnaps, meist eigener Produktion (»schwargebrennd = selber gemacht«). Die Verwen-

dung des »doppelt« zeigt deutlich das erhöhte Genußpotential des gemeinen Saarländers

13 Frecke = saarld.: die Fregg = Erkältungskrankheiten aller Art

14 Flemm = chronische Arbeitsunlust (aus dem Französischen)

15 Foaznickel = unangenehmer Zeitgenosse

16 Schräm-Maschine = Untertagemaschine, die über Schaufel- und Zahnräder die Kohle vom Berg »abschabt«

17 gefrecket = kaputtgegangen. Ursprung: »Frecke« ist die Erkältungskrankheit, die bei Nichtachtung (»e gudder Quetsch unn e warmes Bett, unn vor allem kee meh Arbeit«) unter ungünstigen Umständen sogar bis zum Tod führen kann (»der is doo dran gefreckt!«)

18 Hoken = vornehm-saarländisch für »Haken«

19 gehonken = ebenso für »gehangen«

20 sellemols = damals

21 Dohergeloffene = Dahergelaufene, hochdt.: Zugereiste

Danksagung

Herzlichen Dank möchte ich aussprechen an Reinhart Klimmt, für kostenlose Lektoratsdienste (so unter der Hand), ebenso an Dr. Dieter Staerk für den Willen dazu (leider durch einen Krankenhausaufenthalt vereitelt), an Frau Antje Fuchs, an Volker Schmidt für die »klooren« Illustrationen, an Oskar Lafontaine, an die Saarländer (ohne die ein solches Buch nicht zustande gekommen wäre – ohne die es allerdings auch keinen Sinn gemacht hätte) und an Familie Weymann für die stets freundliche und geduldige Unterstützung. Vor allem gilt mein Dank (posthum) Dr. Frank Weymann, der mir die ersten Anregungen gab und der vor allem meine Zweifel an solch einem Projekt mit Tatkraft zu zerstreuen wußte.

Detlev Schönauer

Hans-Otto Dill
Gerta Stecher

Die unernste Geschichte Brandenburgs

Illustrationen Cleo-Petra Kurze

Die Geschichte Brandenburgs wird in einer ironisch-heiteren Mixtur vorgestellt. Auch jene epochalen Ereignisse, die die offizielle Geschichtsschreibung bislang unterschlug, werden endlich in der ihnen gebührenden Wertigkeit dargestellt. So erfährt der Leser, warum der Große Kurfürst die sogenannten Hugenotten als französische Gastarbeiter erfand oder wie Fridericus Rex die schottische Whisky-Produktion ankurbelte oder warum es keine märkischen Nazis gab oder wieso es im Brandenburgischen Inseln gibt, die man anbinden muß.

223 Seiten
ISBN 3-929 395-14-2
WeymannBauerVerlag

Ulf Annel

Die unernste Geschichte Thüringens

Illustrationen Ioan Cozacu

Der Autor beantwortet welthistorisch bedeutsame Fragen: Wie wurde Thüringen die Samenbank der europäischen Königshäuser? Waren die Thüringer die Blaumacher des Kontinents? Und was verbindet Luther, den Gartenzwerg und das Glasauge? Ein amüsant-nachdenklicher Zeit- und Lebensspiegel eines kleinen deutschen Landes.

199 Seiten
ISBN 3-929 395-15-0
WeymannBauerVerlag